KB163616

바덴바덴에서의 여름

Лето в Бадене

SUMMER IN BADEN-BADEN
by Leonid Tsypkin

세계문학전집 133

바덴바덴에서의 여름

Лето в Бадене

레오니드 치프킨
수전 손택 서문
이장욱 옮김

민음사

클라라 미하일로브나 로젠탈에게 이 책을 바친다

인류가 지향하는 지상의 모든 목적은
오직 목적 달성을 위한 이 끊임없는 과정에,
달리 말해 삶 자체에 있다.
— 도스토예프스키, 『지하로부터의 수기』

당신의 행동거지는 정말 끈덕지고 뻔뻔스럽기 짝이 없지만
그러면서도 동시에 겁은 또 얼마나 많은지!
— 도스토예프스키, 『지하로부터의 수기』

수전 손택의 서문

20세기 후반의 문학은 설명이 많이 된 영역이어서, 집중적으로 탐구된 주요 언어권에 아직도 발견되길 기다리고 있는 걸작들이 있을 것 같지는 않다. 하지만 십여 년 전에 나는 우연히 『바덴바덴에서의 여름』이라는 책을 발견했다. 나는 그 책을 지난 한 세기의 소설과 범소설(para-fiction)들 가운데 가장 아름답고 뛰어나며 창조적인 성취를 이룬 작품에 포함시키고 싶다.

이 소설이 묻혀 있었던 이유를 추측하는 것은 어렵지 않다. 우선 이 책의 저자는 직업적인 작가가 아니었다. 레오니드 치프킨(Leonid Tsypkin, 1926~1982)은 의사이자 뛰어난 의학 연구자로서, 100편 이상의 논문을 소련과 소련 밖의 과학 저널에 발표해 왔다. 하지만 역시 의사였던 체호프나 불가코프 같은 작가들과 비교하는 것은 포기해야 한다. 러시아의 작가이자 의사인 이 인물은 생전에 문학작품을 단 한 페이지도 출판해 보지 못했기 때문이다.

검열 등의 위협적인 환경은 그 이유 중 일부일 뿐이다. 치프킨의 소설은 확실히 소련에서 공식 출판을 기대할 만한 작품은 아니었다. 하지만 그의 소설은 사미즈다트(지하출판)로도 유통되지 않았는데, 왜냐하면 1960년대와 1970년대에 모스크바에서 번성하던 독립문학권 또는 지하문학권에서도 그는 국외자로 남아 있었기 때문이다. 치프킨은 자존심이 세고 까다로운 우울질의 성격인 데다 비공식 문학권에서 거부당할지도 모른다고 우려하고 있었다. 그 시대에도 치프킨은 '서랍에 처박아 놓기 위해' 글을 쓰고 있었다. 문학 그 자체를 위해서인 셈이다.

사실상 『바덴바덴에서의 여름』이 온전히 남아 있다는 것은 일종의 기적이다. 이 기적을 설명하려면, 그리고 이 소설이 출현한 배경을 설명하려면 우선 저자의 삶에 대해 좀 얘기해 두어야 할 것 같다. (이제 내가 할 얘기들은 레오니드 치프킨의 아들인 미하일과 그의 아내 엘레나가 제공한 풍부한 정보들에 빚지고 있다. 그들은 1977년에 미국으로 망명했으며 현재 캘리포니아에 살고 있다. 또 다른 망명자인 아자르 메세르가 쓴 「작가-반항자의 죽음」이라는 짧은 조사(弔詞)는, 치프킨이 죽은 다음 해인 1983년에 《에트 세테라 *Et cetera*》라는 제목의 유대인 잡지에 실렸다. 이 글은 내가 아는 한, 치프킨의 삶을 다루고 있는 유일한 영문 문헌이다.)

레오니드 치프킨은 1926년 민스크에서 태어났다. 그의 부모는 유대계 러시아인이었으며 둘 다 의사였다. 그의 어머니인 베라 풀랴크는 폐결핵 전문의였다. 그의 아버지인 보리스 치프킨은 정형외과 의사였는데, 1934년에 당시로서는 흔하던 허위 고발 때문에 체포된 적이 있었다. 그는 교도소에서 계단 난간 아래로 뛰어내려 자살을 시도한 뒤, 영향력 있는 친구의 중재로 풀려났다. 그는 등뼈가 부러진 채 들것에 실려 집으로 돌아왔지만 불구가 되지는 않았으며, 1961년 64세를 일기로 사망할 때까지 계속 외과 업무를 보았다. 보리스 치프킨의 누이 두 명과 형 한 명은 유대인 학살 시기에 사망했다.

민스크는 1941년 독일 침공 후 일주일간 함락된 적이 있다. 보리스 치프킨의 어머니와 또 다른 누이, 그리고 두 명의 어린 조카들은 민스크의 게토에서 살해당했다. 보리스 치프킨과 그의 아내, 그리고 열다섯 살의 레오니드 치프킨은 근방 집단농장 위원장의 도움으로 도시를 탈출한다. 그는 예전에 치프킨의 환자였던 사람으로, 트럭에서 오이 절임 통을 내리게 하고 자신이 존경하던 외과 의사와 그 가족들을 태웠다.

일 년 후 레오니드 치프킨은 의학 공부를 시작하고, 전쟁이 끝난 뒤에는 부모와 함께 민스크로 돌아와 1947년에 의대를 졸업한다. 1948년에 그는 그는 경제학자인 나탈리야 미치니코바와 결혼한다. 그들의 유일한 자식인 미하일은 1950년에 태어났다. 그 무렵, 일 년 전쯤에 시작된 스탈린의 반유대정책은 희생자를 찾아 헤매고 있었다. 치프킨은 이후 몇 해 동안 시골 정신 병원에 일자리를 구해 숨어

지내게 된다. 1957년에 그는 아내 및 아들과 함께 모스크바에 거주하는 것을 허가받는다. 유명한 '소아마비와 바이러스성 뇌염 연구소'의 병리학 담당으로 자리를 잡고, 소련에 사빈 소아마비 백신을 도입한 의학 팀의 일원이 된다. 이후 연구소에서 그의 연구는 다양한 관심사를 반영했는데, 그 가운데는 악성 바이러스 전염병에 대한 종양 조직의 반응 연구라든가 원숭이를 통한 생물학과 병리학 연구 등이 있다.

치프킨은 언제나 문학에 열정적이었으며, 시와 산문 분야를 넘나들며 언제나 조금씩이라도 자신을 위한 글을 쓰고 있었다. 이십 대 초에 의학 서적을 가까이 하고 있었을 때, 그는 문학을 공부하고 창작에 전념하기 위해 의학을 포기하려고까지 생각한다. 그는 저 19세기의 '러시아 정신'이 던진 질문, 즉 과연 신앙 없이 삶은 가능한가, 신이 없는 삶은 가능한가, 라는 질문에 사로잡힌 채 톨스토이를 이상화한다. 그러나 곧 톨스토이의 자리에는 도스토예프스키가 대신 자리 잡는다. 치프킨은 또 영화광이기도 했다. 그는 미켈란젤로 안토니오니는 좋아했지만, 타르코프스키는 좋아하지 않았다. 1960년대 초에, 그는 영화감독이 되기 위해 영화 학교의 야간 강좌를 수강하려고도 생각하지만, 가족의 생계 때문에 포기했다고 한다.

치프킨이 글쓰기에 더욱 매진하기 시작한 것도 1960년대 초였다. 그의 아들에 따르면, 그의 시는 츠베타예바와 파스테르나크에게 강한 영향을 받은 것으로, 그의 작은 작업용 책상 위에는 그들의 사진이 걸려 있었다고 한다. 1965년

9월, 치프킨은 자신의 서정시들을 안드레이 시냐프스키에게 보여주기로 결정한다. 그러나 만나기로 약속한 날 며칠 전에 시냐프스키가 체포되고 만다. 시냐프스키는 치프킨보다 한 살 위였고 두 사람은 한 번도 만난 적이 없었는데, 이 사건으로 치프킨은 더 조심스러워진다. 그의 아들 미하일은 다음과 같이 말했다.

"아버지는 정치에 관해서는 말도 생각도 많이 하려고 하지 않았다. 우리 가족들은 별다른 토론 없이도 소비에트 권력이 악의 화신이라고 생각하고 있었다."

시집을 출판하려는 몇 번의 노력이 실패로 돌아간 후, 치프킨은 한동안 글쓰기를 중지한다. 그는 대부분의 시간을 생물학 박사 학위 청구 논문인 「단백질 분해 효소 세포의 형태론적, 생물학적 특성 연구」를 완성하는 데 바친다. (그 이전 의학 박사 학위 논문은 반복적 수술 후의 뇌 세포 성장 비율 연구였다.) 1969년 두 번째 논문이 통과되고 나서, 그는 더 많은 연봉을 받게 되고, 그래서 작은 병원의 파트타임 병리학자로서 야간 업무에서 해방된다. 이미 사십대가 된 그는 다시 글쓰기를 시작한다. 다만, 이제는 시가 아니라 산문이었다.

나머지 13년의 생애 동안 치프킨이 쓴 작품들은 수가 많지는 않았지만, 점점 풍요롭고 복잡해진다. 짧은 스케치였던 몇몇 작품들에 이어서 더 길고 복잡한 플롯의 작품을 썼다. 그 후 두 편의 자전적 단편 「네로치 강의 다리」와 「노라르타키르」를 쓰고, 장편 『바덴바덴에서의 여름』을 쓰는데, 이것이 그의 마지막 작품이다. 그의 아들은 다음과 같이 말했다.

아버지는 매일, 정확하게 7시 45분에 척추 질환 및 바이러스성 뇌염 연구소로 출근했다. 모스크바 교외 먼 곳에 위치해 있는 연구소는 브누코보 공항과 멀지 않았다. 그는 6시에 귀가해서 저녁을 먹고 짧은 잠을 잔 후에 글을 쓰곤 했다. 글은 대개 소설이거나 의학 연구 논문이었다. 잠자리에 들기 전 10시에 그는 때때로 산책을 나갔다. 그리고 주말은 보통 글쓰기로 보냈으며, 도스토예프스키에 대한 자료를 모으기 위해 레닌 도서관에 나가기도 했다.

아버지는 언제나 글 쓸 시간을 내려고 애를 썼지만, 글쓰기는 어렵고 고통스러웠다. 그는 단어 하나하나마다 괴로워했으며, 수고(手稿)를 한없이 고쳐 썼다. 한 번 수정이 끝나면, 그는 자기 글을 오래되고 반질반질한 독일제 타이프라이터인 '에리카'로 타이핑했다. 그것은 제2차 세계 대전의 전리품으로, 1949년에 삼촌이 원소유자에게서 구매해 아버지에게 선물한 것이었다. 그의 원고들은 이렇게 타이핑한 상태로 남아 있었다. 그는 원고를 출판사에 보내지 않았으며, 지하 출판을 통해서도 회람시키고 싶어 하지 않았다. 그는 KGB를 두려워했으며 직업을 잃을까 봐 걱정했던 것이다.

출판을 할 수 있다는 희망도 전망도 없는 글쓰기라니. 이런 문학에는 대체 어떤 신념이 내포되어 있을까? 치프킨의 글을 읽은 사람은 그의 아내, 그의 아들, 그리고 아들의 모스크바 대학 친구 두엇 정도였다. 그는 모스크바의 문학계에 친구라고 할 만한 사람도 없었다.

그의 가까운 친척 가운데 문인이 한 명 있기는 했다. 문학평론가였던 리디야 풀랴크는 그의 이모였다. 『바덴바덴에서의 여름』을 읽은 독자들은 이 책의 첫 페이지에서 그녀에 대한 언급이 나오는 것을 금방 알아볼 수 있을 것이다.

레닌그라드로의 기차 여행. 화자인 치프킨은 한 권의 소중한 책을 편다. 새로 한 제본과 장식적인 서표까지 그 책의 모습은 애정 어린 표현으로 묘사된다. 그리고 우리는 이 책이 도스토예프스키의 두 번째 아내였던 안나 그리고리예브나 도스토예프스카야의 『회상록(Reminiscences)』이라는 것을 알게 된다. 치프킨의 손에 들어왔을 때부터 얇고 너덜너덜했던 이 사본은 익명으로 나오는 이모의 책으로 묘사되는데, 바로 이 이모가 리디야 풀랴크이다. 그래서 치프킨은 "이 책은 상당한 장서가인 내 이모에게서 얻은 것인데, 나는 마음 속으로 이 책을 돌려주지 않을 작정을 하고 있었다."라고 적는다. 그리고 그는 새로 제본까지 한다.

미하일 치프킨에 따르면, 그의 아버지는 몇 편의 소설에서 풀랴크에 대해 짜증스러운 언급을 하기도 했다. 그녀는 오십여 년 동안 모스크바 지식인 사회의 일원이었다. 1930년까지는 고리키세계문학연구소의 연구직에 몸담았으며, 1950년대 초 유대인 숙청 기간에 모스크바 대학의 교수직을 박탈당했지만, 고리키세계문학연구소의 연구직은 유지할 수 있었다. 시냐프스키는 이 학교에서 만난 동료였다.

비록 무산되기는 했지만, 치프킨과 시냐프스키의 만남을 주선한 사람도 그녀였다. 플랴크는 자기 조카의 글에 비판적이었고 그를 폄하하기까지 했기 때문에, 치프킨은 그녀를 용서하지 않았다.

1977년, 치프킨의 아들 내외는 이민 비자를 신청하기로 결정한다. 그들이 비자를 신청하기 전에, 치프킨의 아내인 나탈리야 미치니코바는 물자 및 기술 공급 국가위원회(GOSSNAB)의 일자리를 포기한다. 이 위원회는 군대를 포함한 소비에트 경제의 모든 부문에 도로 및 건축용 중장비를 할당하고 있었는데, 그녀는 신분이 확실해야 하는 이 직무 때문에 아들 내외의 계획이 방해받지 않기를 희망했던 것이다.

비자가 발급되었고, 미하일과 엘레나 치프킨은 미국으로 떠난다. KGB는 곧 이 정보를 척추 질환 연구소 소장인 세르게이 드로즈도프에게 통지한다. 처벌이 불가피했다. 치프킨은 하급 연구직으로 강등되는데, 이 연구직은 학위가 없는 사람이 맡는 자리였다. (그는 두 개의 학위가 있었다.) 그는 20여 년 전에 맡았던 하급직으로 떨어진 것이다. 그들 부부의 유일한 수입인 그의 임금은 75퍼센트나 삭감된다. 그는 여전히 매일 연구소로 출근했지만, 팀별로 행해지는 연구 업무에서는 배제된다. 그의 동료들 중 누구도 '유해 분자'와 접촉하고 싶어 하지 않았으며, 당연히 치프킨과 함께 일하려고 하지 않았다. 다른 곳에서도 연구직을 찾을 수 없었다. 모든 취업 신청서에 그의 아들이 이민 간 사실을 밝혀야 했기 때문이다.

1979년 6월에 치프킨과 그의 아내와 어머니 역시 이민 비자를 신청한다. 그들은 이 년여를 기다린다. 1981년 4월 그들은 모스크바 비자 사무국의 호출을 받는데, 그들의 요구가 '부적절'하여 비자 발급이 기각되었다는 판정을 듣게 된다. (소련에서 이민은 사실상 1980년에 중단된다. 소련의 아프가니스탄 침공으로 미국과의 관계가 악화되었기 때문이다. 당분간은 워싱턴에서도 소비에트 유대인의 이민을 위한 노력을 기대하기 어려웠다.) 이 시기에 치프킨은 『바덴바덴에서의 여름』의 대부분을 쓰게 된다.

그는 1977년에 이 소설을 쓰기 시작하여 1980년에 완성한다. 글쓰기에 앞서 그는 참고 자료를 찾고 관련 사진을 찍기 위해 몇 해를 보낸다. 소설의 배경이 되는 시기에 도스토예프스키가 겪었던 삶과 그의 주인공들이 자주 다니던 곳 등이 대상이었다. (상당한 수준의 아마추어 사진가였던 치프킨은 1950년대 초 이후부터 자기 카메라로 직접 사진을 찍으러 다녔다.) 『바덴바덴에서의 여름』을 마친 후, 그는 자신이 찍은 사진이 담긴 앨범을 레닌그라드의 도스토예프스키 박물관에 기증한다.

그러나 『바덴바덴에서의 여름』을 러시아에서 출판한다는 것은 상상할 수 없었다. 뛰어난 작가들이 그랬듯이, 해외에서 출판하는 방법만이 남아 있었다. 치프킨은 결국 이를 시도해 보기로 하고, 친구이자 기자인 아자리 메세레르에게 문의한다. 1981년 초에 출국을 허가받은 메세레르는 원고의 사본 한 부와 사진 몇 장을 소련 밖으로 반출시킨다. 이 과정에서 그는 친구이자 UPI의 모스크바 주재 특파원이었던 미국인 부부의 도움을 받는다.

1981년 9월 말에 치프킨과 그의 아내와 어머니는 다시 이민 비자를 신청한다. 10월 15일, 어머니 베라 풀랴크가 86세를 일기로 사망한다. 일주일 후 세 사람의 비자는 모두 기각된다. 이 결정은 한 달도 걸리지 않았다.

1982년 3월 초, 치프킨은 모스크바 비자 사무국의 국장을 찾아가지만, 국장은 그에게 이렇게 말한다. "박사, 당신의 이민은 결코 허가받을 수 없을 거요." 3월 15일 월요일, 연구소 소장 세르게이 드로즈도프는 치프킨에게 해임을 통보한다. 같은 날, 하버드 대학원에 다니고 있던 치프킨의 아들이 모스크바로 전화를 걸어 지난 토요일에 치프킨의 소설이 잡지에 게재되었음을 알린다. 아자리 메세레르가, 뉴욕에서 발행되는 러시아 이민자들의 주간지인 《노바야 가제타》에 『바덴바덴에서의 여름』을 연재하도록 한 것이다. 첫 회분은 3월 13일에 치프킨이 찍은 사진 몇 장과 함께 실렸다.

3월 20일 금요일은 치프킨의 쉰여섯 번째 생일이었다. 나탈리야 미치니코바는 미국에 있는 아들에게 전화를 걸기도 했다. 그날 아침 모스크바에서, 레오니드 치프킨은 책상에 앉아 영문 의학 서적을 러시아어로 번역하고 있었다. 번역은 '거부된 사람들'(대개 유대계 소련 사람들로 출국 비자 발급이 거부되고 직장에서도 해임된 사람들)이 생계를 꾸리기 위해 택할 수 있는 몇 안 되는 방법 중 하나였다. 번역을 하던 중 그는 갑자기 심장에 이상을 느끼고, 아내를 부르며 쓰러진 후 사망하고 만다. 그의 소설이 세상에 나온 지 꼭 칠 일째 되는 날이었다.

치프킨에게는, 『바덴바덴에서의 여름』이 갖고 있는 모든 사실적 특성이 소설과 그것이 환기하는 실제 삶의 정황들에 부합하도록 하는 것은 중요한 명예의 문제였다. 이 작품은 존 쿠체의 뛰어난 소설 『페테르부르크의 대가』와 같은 도스토예프스키 판타지가 아니다.

비록 치프킨이 모든 것을 '정확'하게 기록하려는 강박이 있었던 것 같긴 하지만, (그의 아들에 따르면 그는 매사에 대단히 체계적인 사람이었다.) 이것은 다큐 소설이 아니다. 만일 『바덴바덴에서의 여름』을 출판한다면, 치프킨은 자기가 찍은 사진들을 함께 실어야 한다고 생각했을 수도 있다. 그렇게 된다면 그의 소설은 W. G. 제발트의 작품이 보여 주는 특유의 효과를 앞선 것이 된다. 제발트는 사진을 책에 함께 실음으로써, 핍진성(逼眞性)이라는 단순한 요소가 수수께끼 및 파토스와 공존할 수 있도록 했다.

『바덴바덴에서의 여름』은 어떤 종류의 책인가? 시작부터 이 책은 이중적인 서사를 보여준다. 하나는 12월 말의 겨울로, 날짜는 명기되어 있지 않지만 '현재'의 시간이다. 화자는 레닌그라드(한때의 그리고 미래의 페테르부르크)로 가는 기차 안에 앉아 있다. 그리고 다른 하나는 1867년 4월 중순을 배경으로 한다. 신혼의 도스토예프스키 부부, 즉 표도르("페쟈")와 그의 젊은 아내 안나 그리고리예브나는 페테르부르크를 떠나 드레스덴으로 향한다. 도스토예프스키 부부의 여행—소설 속에서는 대부분 바덴바덴을 포함한 해외가 배경이다.—에 대한 서술은 아주 세심한 조사를 거친 것이다. 치프킨 자신이 화자로 나와 자신의 궤적을 묘사하는 부분들은 자전적이다. 상상과 사실은 쉽게 대비되기 때문에, 장르 관습에 따라서 독자는 창작된 이야기(픽션)와 화자의 실제 삶(시간의 흐름에 충실한 자전적 요소)을 나누어 보려는 경향이 있다. 이것은 하나의 관습이며, 그것도 서구 문학의 관습이다. 가령 일본 문학의 지배적 장르인 이른바 사소설(私小說)의 경우에는, 이야기가 실제의 자전적 요소를 띠고 있으면서 동시에 허구의 요소를 담고 있다.

『바덴바덴에서의 여름』에서 여러 갈래의 '실제' 세계들은, 다양한 느낌의 환각을 통해 제시되고 묘사되며 재창조된다. 치프킨의 소설이 지닌 독창성은 바로 그 세계가 '움직이는' 방식에 있다. 화자의 이름은 한번도 언급되지 않지만, 그의 여로는 황량한 현대 소비에트의 풍경을 통과함과 동시에 끊임없이 자리를 바꾸어 도스토예프스키 부부의 여정과 고난 속으로 들어간다. '현재'라는 시간의 문화적 황폐함 속에서 저 뜨거운 과거는 내내 빛을 발한다. 레닌그라드로 가는 치프킨의 여정은 곧 페쟈와 안나의 영혼과 육체 '안으로의' 여로이기도 하다. 여기에는 놀랍고 기이한 감정 이입의 장면들이 있다.

치프킨은 며칠간 레닌그라드에 머문다. 도스토예프스키를 찾아가는 성지 순례(분명 처음이 아니었을 것이다.), 그 고독한 성지 순례(의심의 여지없이 늘 그랬을 것이다.)는 도스토예프스키 박물관에서 끝난다. 반면에 도스토예프스키 부부는 그 가난한 여행을 시작한 후 사 년 동안이나 서유럽에 머문다. (우리는 『바덴바덴에서의 여름』의 저자가 해외

출국을 한번도 허락받지 못했다는 사실을 떠올릴 필요가 있다.) 드레스덴, 바덴바덴, 바젤, 프랑크푸르트, 파리 등 그들이 머무는 곳은 끊임없이 바뀐다. 그것은 그들을 압박했던 재정적 궁핍으로 오만한 외국인들(짐꾼, 마부, 집주인, 웨이터, 상점 점원, 전당포 업자, 카지노 딜러 등)과 협상을 벌이는 동안 낭패와 치욕을 당했기 때문이다. 또 한편으로 이 잦은 이동은 예측할 수 없는 변덕과 이런저런 감정의 변화 때문이기도 하다. 그들의 여로에는 도박과 윤리와 질병과 감정과 질투와 참회, 그리고 두려움…… 등등의 열병이 늘붙고 있다.

치프킨이 재창조한 도스토예프스키의 삶에서 가장 강렬한 것은 도박도 글쓰기도 신앙도 아니다. 그것은 저 뜨겁고도 너그러운(그렇다고 만족이라고 할 수는 없는) 부부애의 절대성이었다. 바다를 헤엄치는 것에 비유된 이 부부의 잠자리를 누가 잊을 수 있겠는가? 도스토예프스키에 대한 안나의 저 한없이 관대하면서도 위엄 있는 사랑은, 문학적 후예로서 치프킨이 도스토예프스키에게 바치는 사랑과 겹쳐진다.

창작된 것은 아무것도 없지만, 한편으로는 또 모든 것이 창작된 것이다. 이 짧은 소설의 뼈대를 이루는 행위는, 화자가 도스토예프스키의 삶과 소설이 이루어진 장소를 찾아가면서, 바로 우리가 읽고 있는 이 소설을 쓰기 위해 준비하는 과정이다. 우리는 이를 천천히 실감하게 된다. 『바덴바덴에서의 여름』은 다른 시대를 살았던 뛰어난 실존 인물의 생애를 복원함으로써, 희귀하고 뛰어난, 그리고 야심적인 소설 하위 장르의 작품들 가운데 하나가 된다. 이 실존 인물의 삶은, 현재라는 시간을 살아가는, 숙고하는 소설가의 이야기와 씨줄 날줄로 엮인다. 그는 역사적이면서 기념비적인 존재가 된 그 인물의 운명과 내면적 삶으로 좀 더 깊이 들어가고자 한다. (우리는 이와 유사한 또 다른 사례로, 20세기 이탈리아 문학에서 빛나는 성취를 이룬 안나 반티의 『아르테미시아』를 들 수 있다.)

치프킨은 이 책의 첫 페이지에서 모스크바를 떠난 후, 책의 삼분의 이쯤을 지나 레닌그라드에 있는 모스크바 역에 도착한다. 그는 도스토예프스키가 생애의 말년을 보낸 '평범하게 생긴 회색의 페테르부르크 주택'이 역 근처에 있다는 것을 알고 있다. 그는 가방을 든 채 얼어붙은 밤의 어둠을 걸어간다. 네프스키 거리를 가로질러서, 도스토예프스키가 말년에 걸었던 거리를 지나, 그가 레닌그라드에 오면 언제나 유숙하던 집으로 향한다. 그곳은 어머니의 아주 친한 친구이며, 화자와도 친한 아주머니가 살고 있는 낡은 공동 아파트이다. 그녀는 그를 환대하고, 식사를 내오고, 그를 위해 낡은 소파에 잠자리를 봐준다. 그리고 언제나 그렇듯이 이렇게 질문한다. "너 아직도 도스토예프스키한테 빠져 있는 거니?" 그녀가 잠자리에 든 후에, 치프킨은 그녀의 책꽂이에서 아무 책이나 한 권 꺼내 든다. 그것은 혁명 이전에 출판된 도스토예프스키 선집 중 한 권인 『작가의 일기』였다. 그는 도스토예프스키 반유대주의라는 미스터리를 생각하면서 잠이 든다.

그는 아침에 깨어, 오랜 친구이기도 한 그 아주머니와 담소를 나눈다. 그녀는 또 레닌그라드 봉쇄 시절의 공포와 고난의 이야기를 들려준다. 짧은 겨울의 낮이 지나고, 치프킨은 "라스콜리니코프의 집이라든가 전당포 노파의 집이라든가 소냐의 집이라든가 작가가 살았던 집을 사진으로 찍기 위해" 도시를 배회하기 시작한다. 그 시절에 "그는 유형에서 돌아온 후 인생의 가장 어둡고 음산한 시기를" 이곳에서 보냈던 것이다. 길을 걷다가, "일종의 본능에 이끌려", 치프킨은 "정확하게 원하는 곳"에 닿는다. "가슴은 기쁨과 불안이 뒤섞여" 두근거린다. 맞은편에 있는 저 4층짜리 건물이 바로 도스토예프스키가 죽은 곳으로, 지금은 도스토예프스키 박물관으로 쓰이고 있다. 박물관 방문에 대한 묘사("거의 교회와 같은 적막이" 감돌고 있는 박물관)는 톨스토이만큼 뛰어난 죽음의 서사로 이어진다. 그래서 이 책은 사랑에 대한 책, 부부애와 문학적 열정에 대한 책이 되는 것이지만, 서로 연결되지 않고 비교되지 않는 이 두 사랑은, 각각의 몫을 잃지 않으면서도 작품에 불꽃을 스며들게 한 것이다.

도스토예프스키가 유대인을 증오했다는 사실 앞에서, 도스토예프스키를 사랑하는 그가, 유대인인 그가 대체 무엇을 할 수 있는가. "소설 속에서는 인간의 고통에 대해 그토록 예민한 사람, 학대받고 고통받는 사람들을 열정적으로 옹호하던 사람"의 저 악의적인 반유대주의를 어떻게 설명할 것인가. "도스토예프스키에 대한 유대인들의 저 특이한 매혹"은 또 어떻게 이해할 것인가.

이전의 유대인 도스토예프스키 애호가들 가운데 가장 지적으로 탁월했던 사람은 레오니드 그로스만(Leonid Grossman, 1888~1965)이었다. 그는 치프킨이 인용한 유대인 도스토예프스키 연구자들의 긴 목록에서 그 첫머리에 나온다. 그로스만은 치프킨이 도스토예프스키의 삶을 재창조하는 데 가장 중요한 원천을 제공한 사람이다. 『바덴바덴에서의 여름』에서 화자가 언급하는 책 중 하나인 안나의 『회상록』 역시 그로스만의 학문적 작업의 결과이다. 안나의 『회상록』을 처음 편집한 사람이 바로 그로스만이었던 것이다. 그는 이 책을 그녀가 죽은 지 칠 년이 지난 1925년에 발간했다. 치프킨은, '혐오스러운 조그만 유대인'이나 그와 같은 표현이 안나의 회상록에 나오지 않는 것은, 혁명 전에 그녀가 유대인 그로스만을 알게 되었기 때문이라고 추정한다.

치프킨은 도스토예프스키에 대한 그로스만의 풍부하고 영향력 있는 에세이를 읽었던 것 같다. 가령 「발자크와 도스토예프스키」(1914)라든가 「도스토예프스키 도서관」(1919) 같은 글 말이다. 그는 그로스만의 소설 『룰레텐부르크』(1932)도 읽었을 텐데, 이 책은 도박벽을 다루고 있는 도스토예프스키의 소설 『도박꾼』에 대한 주석이라고 할 만하다. (『룰레텐부르크』는 도스토예프스키의 소설 『도박꾼』의 원래 제목이기도 했다.) 그러나 그는 그로스만의 「한 유대인의 고백」(1924) 같은 글은 시중에서 구할 수 없기 때문에 읽지 못했을 것이다. 「한 유대인의 고백」은 유대인 도스토예프스키 연구자들 가운데 가장 매혹적이면서도 애처로운 삶을 살았던 아르카지 코프너(1842~1909)에 대한 기록이다. 그는 무모한 독학 연구자로 빌나의 게토에서 성장했으며, 도스토예프스키와 서신을 교환한 적이 있다. 코프너는 도스토예프스키에게 매료되고 『죄와 벌』에 자극을 받은 나머지, 당시 그가 사랑하던 젊은 여자를 가난과 질병에서 구하기 위해 도둑질을 실행에 옮기기까지 했다. 1875년, 사 년간의 시베리아 중노동 형을 받고 이송되기 전에, 코프너는 모스크바 교도소의 독방에서 도스토예프스키에게 유대인 혐오증을 비판하는 편지들을 쓰게 된다. (그것이 첫 번째 편지의 주제였고, 두 번째는 영혼의 불멸에 대한 것이었다.)

결국 도스토예프스키 반유대주의라는 고통스러운 주제의 해법은 없다. 이 주제는 『바덴바덴에서의 여름』에서 치프킨이 레닌그라드에 도착하는 장면에 나온다. 그는 이렇게 적는다.

> 내게 믿을 수 없을 만큼 이상하게 느껴진 것은, (…) 바로 그런 사람이, 수천 년간 쫓기고 있는 사람들에 대해서는 단 한 마디의 옹호도 변호도 하지 않았다는 것이다. (…) 그는 유대인들을 하나의 민족이라고 부르지 않고 '종족'이라고 명명했다. (…) 나를 비롯하여 내가 아는 수많은 사람들과 친구들이, 이 '종족'이라는 것에 속한 채로, 러시아 문학의 저 섬세한 문제들을 토론했다.

그러나 이것이 도스토예프스키에 대한 유대인들의 사랑을 막았던 것은 아니다. 치프킨은 러시아 문학의 위대함에 대한 유대인들의 열광적인 애정 외에 더 나은 설명은 찾을 수 없었다. 이것은 괴테와 실러에 대한 독일의 찬양이 많은 부분 유대인들의 작업에 빚지고 있는 것을 연상시킨다. 그 작업들은 독일이 유대인들에 대한 학살을 시작하기 직전까지 이루어졌다. 즉 도스토예프스키를 사랑한다는 것은 곧 문학을 사랑한다는 것에 다름 아닌 것이다.

『바덴바덴에서의 여름』은 러시아 문학의 저 위대한 주제들에 대한 집중 강좌와 같다. 그것은 독창적이면서도 속도감 있는 언어에 의해 통합되어 있다. 그것은 1인칭과 3인칭 사이를, 화자 '나'의 행동, 기억, 회상들과 도스토예프스키가 나오는 '그' '그들' '그녀'의 장면 사이를, 그리고 과거와 현재 사이를, 대담하면서도 매혹적으로 이동한다. 이것은 도스토예프스키를 순례하는 화자 치프킨의 단일한 현재로 환원되는 것도 아니고, 1867년에서 1881년의 죽음에 이르는 도스토예프스키의 과거로 통합되는 것도 아니다. 저 과거의 도스토예프스키는 끊임없이 밀려드는 더 오랜 과거의 기억과 열정에 시달린다. 현재의 화자는 바로 이 기억과 열정을 호출하는 것이다.

각 단락들은 기나긴 문장으로 시작하고, "그리고"(많이 쓰인다)와 "그러나"(여러 번 나온다)와 "비록"과 "등등"과 "반면에"와 "처럼"과 "왜냐하면"과 "마치" 등의 접속사들이 이어진다. 느낌들은 강물처럼 하나로 모이고 도스토예프스키의 삶과 치프킨의 삶이라는 두 편의 서사는 겹쳐진다. 드레스덴에서의 페쟈와 안나로 시작하는 문장은 플래시백을 통해 도스토예프스키의 유형 시절로 돌아가고, 또 도박벽의 발작이라든가 폴리나 수슬로바와의 로맨스로 이어진다. 그리고 이 기억은 화자의 의대생 시절이나 푸슈킨의 시구 같은 것과 씨줄 날줄로 엮인다.

치프킨의 문장들은 주제 사라마구의 질주하는 문체를 떠올리게 한다. 대화가 묘사로, 묘사가 대화로 연결되고, 동사들은 과거 시제나 현재 시제 중 어느 한 가지에 고착되기를 거부한다. 이 비종결성 속에서, 치프킨의 문장들은 토마스 베른하르트를 연상시키는 힘과 격렬한 권위를 지니게 된다. 치프킨은 사라마구도 베른하르트도 몰랐을 테지만 말이다. 20세기 문학에서 그가 몰두했던 모델은 다른 데 있다. 그것은 파스테르나크의 작품이었는데, 그는 『닥터 지바고』 같은 후기 산문이 아니라 초기 산문인 『안전통행증』 같은 작품을 선호했다. 또 그는 츠베타예바를 좋아했는데, 부분적으로는 츠베타예바와 파스테르나크 때문에 릴케를 좋아하기도 했다. 그가 읽은 외국 문학은 매우 적은 양이었으며, 그것도 겨우 번역을 통해서였다. 그중 그가 가장 열광했던 작가는 카프카였는데, 카프카를 발견한 것도 1960년대 초 소련에서 발간된 한 권의 책을 통해서였다. 치프킨의 뛰어난 문장은 전적으로 그 자신의 창조물인 셈이다.

치프킨의 아들은 치프킨이 강박적일 만큼 섬세하고 깔끔한 사람이었다고 회고한다. 그의 며느리에 따르면, 치프킨이 병리학을 전공으로 택한 것은 결코 임상의가 되기 위한 것이 아니었다고 한다. 그녀는 "그는 죽음에 매우 흥미를 느끼고 있었다."라고 회상했다. 아마도 치프킨에게는 강박적으로 죽음을 떠올리는 우울증이 있었을 것이며, 바로 이것이 이 책의 독창적인 문장을 이루었을 것이다. 그의 문

체는 감정을 집약적으로 드러내고 풍부한 주제를 서술하는 데 적절한 수단이 되었다.

위대한 작가 도스토예프스키에 대한 기록과 함께, 우리가 치프킨의 소설이라는 이 뛰어난 정신적 모험담에서 발견해야 할 것들은 많다. 1934년부터 1937년까지의 대숙청 시기를 지나 화자가 여행하는 현재에 이르기까지 소비에트 시대의 고통이 개입하는 것은 전혀 이상하게 느껴지지 않는다. 이 책은 그 고통과 함께 고동친다. 『바덴바덴에서의 여름』은 또한 러시아 문학에 대한 뜨겁고 애수 어린 기록으로서 러시아 문학 전체를 아우른다. 푸슈킨과 투르게네프(도스토예프스키와 투르게네프가 격렬하게 대립하는 장면이 나온다.)와 20세기 러시아 문학의 뛰어난 인물들, 또 다양한 윤리적 논쟁들——츠베타예바, 솔제니친, 사하로프와 그의 부인 보너 등——이 이 서사의 이곳저곳에 등장한다.

만일 당신이 러시아 문학의 깊이와 매혹을 경험하기 위해 한 권의 책을 택하려 한다면, 바로 이 책을 읽기를 권한다. 만일 당신이 영혼을 단련하고 당신의 감각과 호흡에 더 넓은 관념의 지평을 제공할 소설을 원한다면, 바로 이 책을 읽어야 한다.

2001년 7월

수전 손택

차례

바덴바덴에서의 여름

나는 한낮의 기차를 타고 있었다. 하지만 겨울이었고, 그 겨울의 절정인 12월 말이었으며, 게다가 기차는 북방의 레닌그라드를 향해 달리고 있었다. 그러므로 창밖은 빠르게 어두워져 갔다. 모스크바 근교 역사들의 환한 불빛은 마치 보이지 않는 손이 던진 것처럼 다만 뒤로 흘러가고, 눈 덮인 교외의 플랫폼에는 깜빡이는 가로등들이 타오르는 띠 하나로 이어지며 사라지고 있었다. 역 하나를 지날 때마다 귀를 멍하게 하는 굉음이 기차가 다리를 지나갈 때처럼 울렸다. 그 소리는 객실을 거의 밀폐하고 있는 겹창문 때문에 약해졌는데, 창문들은 반쯤 얼어붙은 탁한 유리로 되어 있긴 하지만, 불빛은 환한 선을 그으며 유리창 안으로 스며들었다. 그 불빛들 너머로는 눈의 풍경이 한량없이 펼쳐져 있을 것이었다. 객실은 뱃머리가 흔들리듯 심하게 이리저리 흔들렸는데, 승강구에 가까운 자리일수록 흔들림은 더 심했다. 창밖은 완전히 어두워져서 다만 눈의 흰 빛만 흐릿하게 남아 있었다. 모스크바 근교의 별장들은 이미 보이지 않고, 유리창에는 객실 안의 풍경들, 그러니까 천장에 매달린 램프, 앉아 있는 승객들, 그리고 내 모습이 반사되고 있을 뿐이었다. 나는 선반에 올려두었던 가방에서 책을 꺼내 들었다. 이 책을 읽기 시작한 것은 모스크바에서부터지만, 레닌그라드로 가는 길에 손에 든 데는 이유가 있었다. 나는 중국 문자에다 화려한 동양화 같은 것이 그려진 서표를 끼워둔 곳을 펼쳤다. 이 책은 상당한 장서가인 내 이모[1]에게서 얻은 것으로, 마음속으로는 이 책을 돌려주지 않을 작정이었다. 책이 너무 낡고 거의 해어져 있어서 제본을 맡겼더니, 제본소에서는 모든 면들이 똑같도록 책을 자르고 단단한 표지로 묶은 후, 제목이 있는 첫 페이지를 표지에 붙여주었다. 이 책은 안나 그리고리예브나 도스토예프스카야의 일기이다. 이 책은 '이정표'나 '새로운 삶' 같은 종류의, 당시에 가능했던 자유주의적 출판사에서 간행된 것이다. 날짜 표기는 신력과 구력을 함께 쓰고, 번역 없이 독일어나 프랑스어를 그대로 쓴 어휘와 문장들도 있으며, 또 학생처럼 성실하게 '무슨무슨 부인'이라는 호칭을 붙여 쓰기도 했다. 이것은 그녀가 결혼을 하고 외국 여행을 한 후의 첫 여름에 속기해 놓은 것을 다시 풀어쓴 것이다.

---

1) 리디야 폴랴크. 러시아 문학 연구가. 작가 치프킨의 실제 이모.

도스토예프스키 부부가 페테르부르크를 떠난 것은 1867년 4월 중순의 어느 날이었다. 다음 날 아침 그들은 빌나에 도착했다. 호텔 계단에서부터 그들은 무슨 서비스가 필요하지 않느냐며 끈질기게 따라붙는 유대인 소년들에게 시달렸다. 그들은 호박(琥珀)으로 만든 담배 파이프를 팔기 위해 안나 그리고리예브나와 표도르 미하일로비치[2]가 타고 가는 2인승 마차를 뒤따라오면서 쫓아낼 때까지 추근댔다. 그리고 저녁이 되면, 자르지 않은 머리칼을 늘어뜨린 그들이 유대인 여자 애들을 데리고 돌아다니는 모습을 오래된 그 좁은 거리에서 다시 볼 수 있었다.

하루나 이틀이 더 지난 후, 베를린을 거쳐 드레스덴에 도착한 도스토예프스키 부부는 집을 빌리러 다니기 시작했다. 왜냐하면 하숙을 치거나 그냥 가구 딸린 방을 빌려주는 독일인들, 특히 독일 여자들과 아가씨들은, 막 도착한 러시아인들에게 가차 없이 바가지를 씌우기 일쑤인 데다 형편없는 음식을 제공하기 때문이었다. 또 급사들은 잔돈을 등쳐먹는데, 이런 짓은 급사들만 하는 것이 아니었다. 독일인들이란 대개 둔한 사람들이어서, 그들은 페쟈에게 이리로 가라거나 저리로 가라고 길을 제대로 설명해 주지도 못하면서, 결국은 꼭 엉뚱한 길을 가르쳐주는 것이었다. 그건 마치 일부러 그러는 거라고 생각될 정도였다. 하여간 안나 그리고리예브나는 유대계에 대해서라면 꽤 잘

2) 표도르 미하일로비치는 도스토예프스키의 이름과 부칭(父稱)이며, 페쟈는 표도르의 애칭.

알고 있는 셈이었다. 페쟈가 『죄와 벌』을 쓰고 있던 올론킨 가의 집을 처음 찾아가던 그 시절부터 말이다. 그녀가 나중에 말한 바에 의하면, 도스토예프스키의 집은 라스콜리니코프가 살던 집을 연상시켰는데, 바쁘게 왕래하는 주민들 중에는 계단에서 마주치던 '혐오스러운 유대인'들도 있었다고 한다. (하지만 정확하게 말하자면, 혁명이 일어나기 얼마 전에, 아마도 유대인인 레오니드 그로스만[3]을 알게 된 후에 썼을 『회상록』에는 계단에서 마주치던 유대인 이야기는 나오지 않는다.) 『일기』에 붙어 있는 사진을 보면, 그 시절의 안나 그리고리예브나는 상당히 젊긴 했지만, 광신자나 열성 신도처럼 찌푸린 시선으로 눈을 치뜨고 있다. 페쟈는 이미 나이가 많은 데다 키도 작고 다리도 짧아서, 앉아 있던 의자에서 일어나도 그저 약간 키가 커진 것처럼 보일 뿐이었다. 얼굴은 러시아의 평범한 서민처럼 생겼는데, 어느 모로 보나 사진 찍히는 걸 좋아하고 기도하는 데는 무엇보다 열심일 것이 확실해 보였다.

그런데 무엇 때문에 나는 그토록 전율하면서—나는 주저 없이 '전율'이라는 단어를 쓴다.— 이 책을 들고 제본소를 찾기 위해 온 모스크바를 뛰어다녔던 것일까. 나는 어째서 차를 타면 낡아빠진 책장을 열정적으로 넘기면서 이미 본 곳을 또 훑어 읽었던 것일까. 나는 왜 제본소에서 무거워진 책을 받아 든 후에도, 내 서재의 탁자 위에 놓아

3) 레오니드 페트로비치 그로스만(1888~1911). 러시아의 유대계 작가이자 문학 연구가. 도스토예프스키 전기의 저자.

두고 낮이나 밤이나 성경처럼 간직했던 것일까. 무엇 때문에 나는 지금 페테르부르크, 그렇지, 레닌그라드가 아니라 그 '페테르부르크'[4]로 가고 있는 것일까. 거리마다 짧은 다리에 키가 작고,(19세기에 살던 사람들의 대다수가 그랬을 테지만) 성당에 있는 것처럼 엄숙한 표정에 퇴역 군인 같은 얼굴을 한 사람들이 있는 그 도시로 말이다. 무엇 때문에 나는 바로 지금 이 책을, 기차 안에서, 기차의 속도와 디젤 기관의 운동 때문에 현실감 없이 꺼졌다 켜졌다를 반복하는 전등불 아래서 읽고 있는 것일까. 덜컹거리는 승강구의 문으로는 남배를 피우는 사람들, 아이들이 마실 물이나 과일 씻을 물을 가지러 컵을 들고 가는 사람들, 아니면 그저 승강구 문 뒤에 붙어 있는 화장실에 가는 사람들이 수시로 들락거리고 있다. 문 여닫는 소리, 덜컹거리는 소리가 끊이지 않는다. 그런 소음 속에서, 책을 한쪽으로 쏠리게 하는 이 끊임없는 흔들림 안에서, 이제는 냄새 따위는 나지 않아야 하는데도 여전히 남아 있는 석탄과 증기 기관의 냄새를 맡으면서, 왜 나는 지금 이 책을 읽고 있는 것일까.

도스토예프스키 부부는 키가 크고 깡마른 스위스 여자인 치머만 부인네 방을 빌렸다. 하지만 도착 첫날이었으므로 그들은 중앙 광장의 한 호텔에 여장을 풀고는 곧바로 화랑

---

4) 페테르부르크는 1914년 페트로그라드로 개칭되었다가, 1924년 레닌 사후 레닌그라드로 이름이 바뀜. 1991년 다시 페테르부르크로 개명.

으로 향했다.

모스크바에 있는 푸슈킨 박물관 앞에는 사람들이 기나긴 줄을 이루고 서 있었지만, 한 번에 여남은 명씩만 순서대로 입장하고 있었다. 그곳 어딘가 층과 층 사이의 작은 공간에는 「시스틴의 마돈나」[5)]가 걸려 있고, 그 아래에는 경찰관이 서 있었다. 이 박물관은 몇 년 후 레오나르도 다빈치의 「모나리자」가 이중 방탄유리에 특별 조명을 받으며 전시되는 바로 그 박물관이다. '불순한' 사람들의 줄이 휘어져서 그림 쪽으로, 아니 그보다는 방탄유리 쪽으로 다가갔는데, 그 유리 뒤에는 마돈나가, 마치 향유를 바른 관 속의 시체처럼, 배경의 풍경과 함께 그려져 있었다. 흔히들 하는 얘기에 영향을 받아서인지, 마돈나의 미소는 정말 수수께끼처럼 보였다. 그림 옆에는 역시 경찰관이 서서 줄을 밀어내고 있었다. 그는 "떨어져 주시기 바랍니다, 자기 줄로 돌아가세요."라고 아주 정중하게 말했는데, 그도 그럴 것이 그 줄에 서 있는 이들은 전문가나 특별히 초청된 사람들일지도 모르기 때문이었다. 사람들은 가능한 한 그림 옆에 더 머물러보려고 애썼지만, 곧 그림을 지나쳐 앞으로 움직여 간 줄에 끼어들었다. 그러면서도 목을 꺾어 거의 180도로 고개를 돌린 채 그림을 돌아보면서 줄을 따라갔다. 「시스틴의 마돈나」는 창문과 창문 사이의 벽에 걸려 있기 때문에 빛이 옆에서 흘러들었고, 그래서 흐린 날

5) 라파엘로의 16세기 작품. 드레스덴으로 옮겨진 후 「드레스덴의 마돈나」라고도 불림.

이면 연기에 엷게 덮여 있는 듯이 보였다. 마돈나는 구름 속을 헤엄치고 있었다. 구름은 그녀의 하늘거리는 옷자락처럼 보이기도 했고, 다만 옷자락과 겹쳐 있는 것처럼 보이기도 했다. 왼쪽 아래로는 손가락이 여섯 개인 사도가 순종하는 눈빛으로 마돈나를 바라보며 서 있었다. 정말 여섯 개인지 확인해 보기 위해 나는 직접 그 손가락을 세어 본 적도 있었다. 도스토예프스키는 드레스덴을 여행하고 난 몇 년 후, 이미 죽음이 얼마 남지 않은 생일날, 이 그림의 사본(寫本)을 선물로 받게 된다. 그가 가장 좋아하는 그림이라고 생각한 누군가가 선물한 것이니. 아마도 그가 더 좋아한 그림은 한스 홀바인 2세[6]의 「그리스도의 시신」이었겠지만, 레닌그라드의 도스토예프스키 박물관에는 라파엘로의 마돈나 그림이 걸려 있다. 그가 누워 죽음을 맞았던 바로 그 가죽 소파 위에, 그 그림이 나무 액자에 끼워져 전시되어 있었다. 허공에 떠 있는 마돈나는, 역시 허공에 반쯤 앉은 자세로 포대기에 싸인 아이를 비스듬히 안고 있다. 그것은 마치 집시 여자가 사람들이 있는 데서도 아이에게 젖을 물리고 있는 자세와 비슷하다. 그녀의 얼굴 표정은 모나리자의 표정처럼 형언하기 어렵다. 바로 이것과 똑같은 그림이, 요즘에 인쇄한 것보다는 약간 작고 질이 좀 떨어지는 것이긴 하지만, 마치 일부러 방치되어 있는 것처럼, 내 이모의 서가 유리 안에도 걸려 있다.

6) 한스 홀바인 2세(1497~1543). 독일 르네상스를 대표하는 화가. 대표작으로 「그리스도의 시신」, 「죽음의 무도」 등이 있음.

도스토예프스키 부부는 매일 화랑에 다녔는데, 그건 마치 독일 휴양지 키슬로보트스크에서 사람들이 탄산수를 마시러 가건, 사람을 만나러 가건, 아니면 그냥 서서 오가는 사람들 구경이나 하러 가건, 늘 휴게실에 들락거리는 것과 비슷했다. 그리고 그들은 식사를 하러 갔다. 더 싸고 더 맛 좋고 웨이터들이 덜 등쳐먹는 식당을 찾아야 했다. 웨이터들은 도스토예프스키 같은 사람들을 한 푼이건 두 푼이건 계속 등쳐먹는데, 독일인들은 확실히 전부 사기꾼이라고 그는 생각했다. 한번은 언제나처럼 화랑을 관람한 후에, 엘베 강변의 그림 같은 산책로인 '브뤼울 테라스'로 점심을 먹으러 갔다. 그곳의 식당에는 차림새가 어딘지 비슷해서 '외교관'이라고 불리는 웨이터가 있었다. 지난번에 왔을 때 그들 부부는 그가 커피 한 잔 값으로 2그로센을 받아야 하는데 5그로센을 챙겨서 두 배나 더 받아먹는다는 것을 눈치 챘다. 하지만 이번에는 그들이 그를 속여 넘겼다. 안나 그리고리예브나는 팁 5그로센 대신, 잔돈으로 받은 2그로센을 그의 주머니에 찔러 넣어주었다. 이번에 그들, 특히 페쟈는 매우 배가 고팠지만, '외교관'은 그들의 테이블을 무시하고는 나중에 온 색슨계 장교에게만 열중하고 있었다. 그 장교는 코가 불긋하고 누런 눈빛을 하고 있어서 술을 좋아하는 사람이라는 것을 한눈에 알 수 있는 얼굴을 하고 있었다. 페쟈가 웨이터를 불렀지만 그는 아주 태연한 자세로, 제복의 단단한 칼라 뒤로 풀 먹인 냅킨을 매고 있는 그 장교의 시중만 들고 있었다. 그러니까 '외교관'은 지난번에 대한 복수를 하고 있는 셈이었다. 페쟈가 나이프로 탁자를 두드리자, '외교관'은 그제야 그들에게 다가와 태연히 곁을 지나가면서, 잘 들리니 두드릴 필요는 없다고 무안을 주었다. 페쟈는 닭고기와 송아지 고기 커틀릿을 이 인분씩 주문했지만 얼마 후 '외교관'은 닭고기 일 인분만을 가져왔다.

"이건 뭘 하자는 거지?"

페쟈가 물었다. 그는 또박또박 지나치게 정중한 어조로, 그들이 일 인분밖에 주문하지 않았다고 대답했다. 송아지 고기 커틀릿이 나올 때도 이와 똑같은 일이 반복되었다. 옆 홀에서는 웨이터 네 명이 카드놀이를 하고 있었고, 페쟈와 안나가 식사를 하고 있는 홀에는 손님이 몇 없었으므로 웨이터가 고의로 '실수'한 것은 뻔한 일이었다. 페쟈의 얼굴에 붉은 반점이 나타나기 시작했다. 그는 아내를 향해, 만일 그가 여기 혼자 있었다면 이것들에게 본때를 보여주었을 것이라고 소리치기 시작했다. 그는 마치 둘이 함께 이곳에 온 것이 그녀의 잘못이라는 듯이 소리를 질러댔다. 나이프와 포크를 일부러 던져서 쨍그랑 소리가 나도록 바닥에 떨어뜨렸고, 접시는 거의 깨뜨릴 뻔했다. 사람들이 쳐다보자, 그들에게는 눈길도 주지 않고 자리에서 일어났다. 식당을 나오면서 페쟈는 탁자 위에 음식 값 23그로셴 대신 1탈러[7]짜리를 던져놓고는, 유리창이 흔들릴 만큼 쾅 소리가 나도록 문을 닫았다.

---

7) '그로셴'과 '탈러'는 19세기 중반까지 독일에서 사용된 화폐 단위. '탈러'는 달러의 옛 이름. 1탈러는 100그로셴.

그들은 밤나무 가로수 길을 걸었다. 그는 단호한 걸음으로 앞장서 갔고, 그녀는 간신히 그를 따라잡으면서 걸었다. 만일 그녀가 아니었더라면 그는 제 고집을 꺾지 않고 끝장을 봤을 테지만, 지금은 파렴치한 하인 놈에게 모욕을 당하고도 그냥 떠나는 것이다. 하인 놈들이란 모두 파렴치한인 데다, 가장 저급한 인간성의 화신이라 할 수 있는데, 사실은 우리 모두의 내면에도 이 저주받을 노예 근성의 흔적이 남아 있는지도 모른다. 사실은 그 자신도, 붉은 코에 누런 빛깔의 살쾡이 눈빛을 가진 파렴치한 주정뱅이 간수 장교를 아첨하는 눈빛으로 바라보았던 적이 있지 않았는가. 그렇다. 그는 지금도 색슨계 장교라고 하면 바로 그를 떠올리는 것이었다. 그 시절,[8] 그 장교는 얼근히 취한 채 위병 한 명을 대동하고는 막사 문을 걷어차고 들어왔다. 그는 그날따라 몸이 아파 작업에 나가지 못한 죄수를 발견한다. 죄수는 등에 노란 다이아몬드 표식이 박힌 거뭇한 회색 수인복을 입고 판자 침상에 누워 있었다. 그는 온 목청을 다해서 고함을 질렀다.

"기립! 이리 와!"

이 시베리아의 죄수가, 바로 지금, 엘베 강변 위에 그림처럼 솟아 있는 레스토랑을 나와서 밤나무 길을 걷고 있는 이 사람인 것이다. 그는 그때 수용소에서, 마치 꿈속에서 일어나는 일인 것처럼, 혹은 그가 아니라 다른 사람에게

---

8) 사회주의 단체에 참여했다는 죄목으로 도스토예프스키가 시베리아에서 4년간 유형 생활을 하던 시절.

일어나는 일인 것처럼, 사태를 전혀 실감하지 못하고 있었다. 언젠가 그는 초소에서 태형을 받는 사람을 본 적이 있었다. 그때 벌 받던 그 사람은 미동도 않고 누워 매를 맞고는, 등과 엉덩이에 생긴 핏자국을 내버려둔 채, 말없이 일어서서 꼼꼼히 죄수복을 챙겨 입더니, 그 옆에 서 있는 간수 장교 크리브초프와는 눈도 마주치지 않고 초소를 떠났다. 그 사람처럼 그도, 그렇게 침묵하며, 품위를 지키며 초소를 떠날 수 있을까. 그는 판자 침상에서 벌떡 일어나, 격렬하게 손을 떨며 거뭇한 회색 죄수복을 걸쳐 입었다. 그는 막사 문 곁에 서 있는 크리브초프를 향해 고개를 떨군 채 걸어갔다. 아니, 그것은 걷는다기보다는 거의 달린다고 해야 할 정도여서, 이미 스스로를 비하하고 있는 것이나 다름없었다. 간수 장교에게 다가가면서 그를 쳐다보긴 했지만, 그 시선에는 확고하고 강인한 것이 아니라 애원이 깃들어 있었다. 그는 크리브초프의 눈동자가 야만적으로 넓어지는 것을 느꼈다. 그 눈동자는 누런 살쾡이의 눈 같았는데, 그것도 그냥 살쾡이가 아니라 다음 먹잇감을 찾아 뛰어다니는 살쾡이의 눈빛이었다. 그는 그때 간수 앞에 선 채로 그렇게 살쾡이를 떠올렸는데, 그 순간에도 이상하게 여겨졌던 것은, 그런 무서운 순간에 이런 생각을 하는 것이 어떻게 가능한가 하는 것이었다. 하지만 대체 그 따위 생각이란 또 얼마나 비굴한 노예 근성인가. 그것은 두려움, 그러니까 저 흔해 빠진 두려움 때문은 아닌가. 또 그 두려움이란 것은 정말 저 노예 근성의 산물이 아닌가.

안나 그리고리예브나는 그를 겨우 따라잡았다. 그녀는

낡은 장갑을 낀 손으로 그의 팔짱을 끼고는, 뭔가 잘못한 것처럼 그의 눈을 바라보았다. 만일 그녀가 아니었더라면 그는 웨이터에게 본때를 보여주었을 것이고, 그들 모두에게 마땅히 해야 할 도리를 가르쳐주었을 것이다. 그는 천천히 시선을 돌려서 그녀의 얼굴과 그의 어깨를 감싸고 있는 그녀의 손을 바라보았다.

"이런 장갑을 끼고 다니는 건, 정숙한 여자한테는 어울리지 않는 것 같군."

그는 또박또박 천천히 말하고 나서 다시 시선을 돌려 그녀의 얼굴을 바라보았다. 그녀의 입술은 가볍게 떨리고 눈꺼풀은 어쩐지 묘하게 부풀어 올랐다. 그녀는 여전히 그의 곁을 걷고 있었지만, 그저 관성으로 걷고 있을 뿐이었다. 그가 한 말이 설마 그녀에게 한 것이라고는 믿을 수 없었기 때문이었다. 대체 어떻게 이 남자가 그녀에게 그런 말을 할 수 있는가. 그녀는 그를 내버려두고 빠른 걸음으로 거의 뛰다시피 걸어서, 역시 밤나무 가로수들이 늘어서 있는 옆길로 꺾어 들어갔다. 잠깐 주위를 둘러본 후, 그녀는 나뭇잎과 제 눈물 사이로 그의 뒷모습을 바라보았다. 베를린에서 구입한 짙은 쥐색 양복을 입은 그는 여전히 단호한 걸음으로 길을 내려가고 있었다. 장갑은 오래전부터 실밥이 풀려 있었다. 여행 중 그가 있는 데서 두 번이나 장갑을 꿰맸는데도, 그는 그녀에게 새 장갑을 사라는 말을 할 생각조차 하지 않았다. 그런데 지금 그가 장갑 때문에 그녀를 비난하고 있는 것이다. 그들의 여행비가 사실은 그녀 어머니의 물건들을 저당 잡혀 마련한 것인데도 말이다. 그녀는 눈물 때문에 퉁퉁 부은 얼굴이 보이지 않도록 모자의 베일을 내리고, 담 쪽에 가까이 붙어 뛰다시피 거리를 걸었다. 맞은편에는 중절모를 쓴 독일인 신사가 아내와 함께 걸어오고 있었다. 그는 홍조를 띤 채 만족스러운 표정으로 아이들의 손을 잡고 있었다. 옷은 깨끗하고 정갈했다. 그라면 오늘 점심이나 저녁은 무슨 돈으로 마련해야 하는지 따위의 생각은 할 필요가 없을 것이며, 서로 언성을 높이거나 하지도 않을 것 같았다. 하지만 페쟈는 레스토랑에서 그녀에게 소리를 지르지 않았던가. 그녀는 눈에 띄지 않도록 조심스럽게 문을 열고 들어가서 우선 식당으로 쓰는 큰 방으로 갔다. 그 방에는 벽마다, 아마도 라인 강인 듯한 강변 풍경을 그린 유화가 여기저기 걸려 있었다. 나무 그림자가 어려 있는 강도 있고, 부자연스러울 만큼 푸른 하늘을 배경으로 산꼭대기에 서 있는 성곽도 있었다. 그녀는 두 개의 육중한 침대가 놓여 있는, 침실로 쓰고 있는 두 번째 방으로 들어갔다. 다음으로는 페쟈가 쓰는 자그마한 세 번째 방으로 가보았다. 빽빽하게 모아 묶은 흰 종이들과 풀어놓은 담뱃재와 파피루스 궐련 통이 놓여 있는 책상이 있었다. 그녀는 불현듯, 그가 그녀를 앞질러 와서 벌써 집에서 기다리고 있을지도 모른다는 은근한 희망을 가지고 자신이 집으로 돌아왔다는 것을 깨달았다. 그녀는 페쟈가 자주 들르는 우체국으로 갔다. 페쟈도 없었고 새로 온 편지도 없었으므로, 다시 집으로 돌아왔다. 지금쯤이면 그가 벌써 돌아와 있어야 할 시간이었다. 하지만 계단에서 만난 치머만 부인은, 페쟈가 집에 왔다가 곧 어디론가 나갔다고 말해 주었다. 거리로 뛰쳐나가자마자 그녀는 맞은편에서 다가오고 있는 그와 마주쳤다. 창백한 데다 죄지은 표정을 한 그는 심지어는 아첨이라도 하려는 듯 미소를 짓고 있었다. 알고 보니, 그는 그녀가 자존심이 상해 식당으로 돌아갔을 거라고 생각하고 그리로 다시 가보았던 것이며, 그러고는 도서관까지 가서 그녀를 찾았다는 것이다. 비가 내릴 듯했기 때문에 그들은 옷을 갈아입으러 잠시 집에 들렀다. 다시 밖으로 나왔을 때는 비가 들이붓듯 쏟아지기 시작했지만, 여하튼 식사는 해야 했다. 그들은 빅토리아 호텔에 들러서 모두 2탈러 10그로셴이나 하는 요리 세 접시를 주문했다. 커틀릿 한 조각에 12그로셴이나 할 만큼 끔찍하게 비쌌는데, 이건 듣도 보도 못한 가격이었다. 그날은 확실히 불운한 날이라고 할 수밖에 없었다. 그들이 레스토랑을 떠났을 때는 이미 저녁 여덟 시였고, 어두웠으며 비가 내리고 있었다. 그녀는 우산을 폈는데, 사려 깊은 독일인처럼 조심스럽게 편 게 아니어서 곁을 지나가던 어떤 독일인을 건드렸다. 페쟈는 그녀에게, 그렇게 부주의하면 독일인들한테 오해받을 거라며 또 소리를 지르기 시작했다. 그녀는 눈물 때문에 다시 눈이 부었지만 다행히 이런 어둠 속에서는 누구도 눈치 채지 못할 것이다. 그들은 서로 말 한마디 나누지 않은 채 모르는 사람들처럼 나란히 걸어서 집으로 돌아왔다. 집에서 차를 마시면서 또 진전도 없는 다툼을 벌인 후, 그녀는 바트홈부르크로 떠날 계획 같은 것에 대해 뭔가 생각해 놓은 게 있는지 물었다. 하지만 이 때문에 그가 또 그녀에게 소리를 질러댔으므로, 그녀도 맞대거리를 하고는 침실로 돌아가 버렸다. 그는 서재에 틀어박혀 있었지만 밤이 되자 그녀에게 가 '밤 인사'를 했다. 그는 매일 밤 그녀에게 다가와서 밤 인사를 하곤 했다. 특히 싸우거나 작은 언쟁이 있는 날 밤이면, 이 '밤 인사'라는 것은 완전히 다른 의미를 가진다. 그는 그녀를 부드럽게 깨워서 쓰다듬고 입을 맞춘다. 그녀는 그의 것이며, 그녀의 불행이나 행복은 그에게 달려 있다. 그와 함께라면 그의 뜻을 따라 모든 것을 해낼 이 젊고 미숙한 여자에 대한 완전한 권력을, 그는 스스로 의식하고 있었다. 이 의식은 아마도 작고 부드러운 강아지를 다루는 느낌과 비슷할 것이다. 이 강아지는 그저 쓰다듬으려고 뻗은 손 하나만으로도 겁을 먹거나 아양을 떨면서 꼬리를 흔들고 땅에 찰싹 붙어 몸을 떨기 시작하는 것이다. 그는 그녀를 껴안고 가슴에 키스를 하고는 이제 '항해'를 시작한다. 그들은 물에서 동시에 손을 쭉 내어 뻗고, 또 동시에 숨을 폐에 모으면서 헤엄을 치기 시작했다. 해변으로부터 점점 멀어져 저 푸른 바다를 향해 나아가지만, 거의 매번 그는 자신을 옆으로 밀어내거나 심지어 뒤로 가게 만드는 맞파도에 부딪혔다. 그는 그녀를 따라갈 수 없었다. 그녀는 여전히 리드미컬하게 팔을 저으면서 어느 먼 곳으로 사라져가고 있었다. 그래서 그는 자신이 이미 수영을 할 수 없을 뿐만 아니라, 겨우 물속에서 발을 바닥에 대보려고 버둥거릴 수 있을 뿐이라는 것을 깨달았다. 그를 옆으로 밀어내고 그녀와 함께 헤엄칠 수 없게 만드는 이 파도는, 어느 순간 이상하게도 저 간수 장교의 누런 눈빛과 탐욕스럽게 팽창하는 동공으로 변해 버렸다. 그는 초소 한가운데 놓여 있는, 수많은 몸뚱어리가 닿아 반질반질해진 낮은 참나무 책상에 눕기 위해 죄수복의 호크를 황급히 끌렀다. 달구어진 철사로 근육과 뼈들을 조이는 듯한 채찍의 충격이 가해지자, 그는 견딜 수 없어 신음 소리를 흘렸다. 그렇게 맞은 후에는 심한 경련이 시작되었다. 간수 장교는 비웃는 것인지 동정하는 것인지 모를 표정을 하고 있었다. 채찍질이 끝나자, 그는 의사를 불러오도록 명령하고는 구두 굽을 축으로 홱 돌아서서는, 초소 밖으로 나가면서 혐오스러운 미소를 지었다. 그런데 이와 똑같은 느낌이 다른 여자들과 있을 때도 일어났다. 아냐[9]처럼, 여자들 모두는 보이지 않는 저 태형의 기억에 참관하고 있었기 때문이다. 그들은 쇠창살이 있는 초소의 창문으로 이 모습을 들여다보고 있었다. 그를 변호하기 위해 문으로 들어오려고 애쓰지만 저지당한다. 결국은 그들 모두가 이 치욕의 증인들이므로, 그는 그들을 증오하는 것이다. 그는 이 치욕 때문에 자기가 모든 감각을 온전히 느끼지 못하는 것이라고 생각했다. 게다가 오늘은 이 모든 것에 덧붙여서, 그들을 조롱하는 웨이터의 모욕적인 시선에, 간수 장교를 떠오르게 만드는 그 색슨계 장교의 얼굴까지 합세했던 것이다.

그는 이미 오래전부터 「시스틴의 마돈나」가 걸려 있는 화랑의 홀에 부드러운 등받이 의자가 있다는 것을 알고 있

---

9) 안나의 애칭.

었다. 화랑의 방문객들이 앉아서 쉬거나 그림을 감상하기도 하는 다른 의자들과는 달리, 왠지 거기에는 아무도 앉지 않았다. 아마도 그 의자는 화랑의 직원을 위한 것이거나, 어쩌면 의자 자체에 뭔가 역사적인 가치가 있는 것인지도 모른다. 처음에 그것을 해내겠다는 생각이 떠올랐을 때는, 서늘한 것이 그의 등골을 지나갔다. 이것은 뻔뻔스럽고 터무니없는 생각 같았다. 의자 곁을 지나가면서 그는 크기를 어림잡아 보고는 한번 발을 올려놓을 듯한 자세를 해보았다. 홀에는 많은 사람들이 있었고, 직원은 제복을 입은 채 지루한 표정으로 벽에 등을 기대고 있을 뿐이었다. 하지만 이 생각을 실행에 옮기는 것은 아마도 모든 사람들이 있는 데서, 특히 직원이 있는 데서 해야 좋을 것 같았다. 바로 직원이 막아섰을 때 해치워야 하는 것이다. 의자로 다가서자 그의 심장은 두근거렸다. 그는 마치 어느 쪽으로 이 의자를 비켜 가야 하는지 생각하는 듯 잠시 멈칫거리다가, 의자를 지나쳐 가서는 과장된 관심으로 마돈나를 바라보기 시작했다.

그날 밤에도 아냐는 벌써 저 먼 곳을 헤엄치고, 그는 해변 근처 어딘가에서 버둥거리면서 바닥에 발도 대지 못하고 있었다. 그날 밤, 그는 이 일을 해치우기로 확고하게 결심을 다졌다. 아침에 그들이 언제나처럼 화랑에 들어섰을 때, 그는 곧장 「시스틴의 마돈나」가 걸려 있는 홀로 들어갔다. 심장이 두근거려서 귀까지 울릴 지경이었다. 그림 앞에는 많은 사람들이 모여 있었다. 그들은 서서 보거나 좀 떨어져 앉은 채 오페라글라스를 쓰고 그림을 관람하고 있었다. 오페라글라스를 쓰고 보면 더 잘 보여서 시선을 흩뜨리지 않고 그림에 집중할 수 있었다. 처음에 그는 의자를 발견하지 못했다. 그러자 심장이 뛰고 떨리는 게 멈추었기 때문에, 그는 내심으로는 자신이 기뻐하고 있음을 깨달았다. 하지만 의자는 그저 사람들에게 가려져 있었을 뿐이고, 황금빛 단추가 달린 정복 차림의 직원 또한 홀에 있었다. 페쟈는 관람객들을 밀치듯 단호한 걸음으로 의자를 향해 다가갔다. 함께 홀에 들어온 안나 그리고리예브나는 오페라글라스를 가지고 한쪽에 비켜서서 관람하고 있었다. 그 순간 그는 마치 이 순간을 보지 않으려는 듯이 눈을 질끈 감고 의자에 한쪽 발을 올렸다. 다음으로 다른 발을 마저 올렸다. 신발이 부드러운 시트 속으로 들어가는 게 느껴졌다. 군중들의 머리 위에서 바라보니 그림은 더더욱 훌륭해 보였다. 구름 속을 헤엄치는 마돈나는 젖먹이를 품에 안고 있고, 아래에는 경건하게 그녀를 올려다보고 있는 사도가 있고, 위쪽에는 천사들이 있다. 바로 이것이 그가 의자에 올라간 이유의 전부였다. 그러니까 이제부터 그는, 그를 의자에서 끌어 내리려는 직원에게 어떤 설명을 해야 할지 생각해 내야만 했다.

"페쟈, 당신 미쳤어요?"

안나 그리고리예브나가 그의 곁에 다가와 깜짝 놀란 눈으로 위를 올려다보면서 조심스럽게 그의 소매를 잡아끌었다. 그는 지금 모든 관람객들 위에 서 있었다. 그들 모두가 난쟁이 같았고, 그에게로 달려오는 직원도 난쟁이 같아 보였다. 방금 그림이 걸려 있던 그 자리에는, 이제 황소

같은 모가지에 거대한 턱을 가진 그 간수 장교의 얼굴이 나타났다. 하지만 그는 제복 깃을 단단하게 세운 채 온순한 미소를 짓고 있는 데다, 심지어는 뭔가 아첨이라도 하는 듯한 표정을 하고 있었다. 표정만 그런 것이 아니라, 온몸 전체가 나약해 보이는 데다 뭔가 간청이라도 하는 듯했다. 방금 관람객들이 서 있던 자리, 그들의 머리가 있던 자리에는 바다가 펼쳐졌다. 그와 아내는 리드미컬하게 팔을 젓고 공기를 들이마시면서 이 바다를 헤엄쳐 푸르고 먼 곳을 향해 나아갔다. 모든 것이 해변에서 멀리멀리 사라지고, 간수 장교도 거의 완전히 사라져 다만 저 먼 곳에서 불쌍하게 일그러진 채 거지 행색으로 구걸하고 있는 모습이 희미하게 보일 뿐이었다.

"이봐요, 의자에 올라가면 안 됩니다."

이렇게 말한 사람은 화랑 직원이었다. 그는 엄한 표정으로, 멀쩡한 옷차림을 한 채 의자에 서 있는 사람을 쳐다보았다. 그리고 그의 앞으로 돌아와서는, 마치 의자 위에 서 있는 사람을 부축이라도 하려는 듯이 팔을 잡아 내렸다. 그는 직원의 손을 뿌리치고 거의 뛰다시피 내려와서, 홀의 구석에 서 있는 안나 그리고리예브나를 쳐다보았다. 어느새 그녀는 한쪽으로 떨어져서 오페라글라스로 그림을 감상하는 데 열중하는 척하고 있었다. 하지만 오페라글라스를 쥐고 있는 그녀의 손은 떨리고 있었다.

"제발, 여기서 나가요."

그녀는 다가온 그에게 흥분하여 쉰 목소리로 말했다. 관람객들은 그들을 돌아보면서 뭔가 수군거렸으며, 그녀는 그의 손을 잡고 다른 홀로 나 있는 문 쪽으로 끌고 갔다. 그는 직원이 제지하더라도 끝까지 의자 위에 서 있어야 했지만, 하여튼 그렇게 하지 못하고 내려왔다. 그래서 지금 홀의 커다란 창문으로 다시 간수 장교의 얼굴이 보이는 것이다. 그 얼굴은 거만하게 웃고 있고, 그의 두툼하고 기름진 손은 당당하게 승리를 거뒀다는 듯 콧수염을 만지작거리고 있었다. 초소의 창문으로는 사람들, 그러니까 동료 죄수들과 여자들이 들여다보고 있지만, 그들의 시선은 연민과 동정으로 가득했다. 그는 바지가 내려진 채 책상 위에 누워 있고, 초병은 그를 숙련된 솜씨로 채찍질하고 있었다. 그가 안나 그리고리예브나의 팔을 뿌리치자, 그녀는 고개를 숙인 채 단호한 걸음으로 다음 홀로 들어갔다. 의자가 빈 채로 남아 있어서는 안 된다, 그건 부자연스럽다, 도대체 빈 의자라니. 그는 빠르게 홀의 중앙으로 향했고, 벌써 그의 발은 다시 스프링의 감촉이 부드럽게 전해져 오는 쿠션 위에 올려져 있었다. 이제 그는 이 자리에서 그가 원하는 만큼 서 있을 것이다. 직원이 제지하더라도 어떤 굴욕감이든 이겨내야만 한다. 정말 그는 이 '한계'를 넘어설 수 있을 것인가? 홀의 사람들은 마치 막이 오르기 직전인 듯 조용해졌다. 이제 다시 그림이 있는 자리에 나타난 간수 장교의 얼굴은 뻔뻔스럽게 윙크를 보내고 있었다. 하지만 그가 팔을 크게 휘둘러 손바닥으로 뺨을 내리치자 어디론가 사라져버렸다. 아마도 그 얼굴은 간수 장교의 나머지 몸과 함께 바닥에 떨어져서 반질거리는 책상 곁의 마루에 쓰러져 있을 것이다. 방금까지도 벌을 받고 있던 죄수는 이제 간수 장교의 배에 발을 올리고는 승리의 자세로 서 있고, 창으로 들여다보던 관람객들은 그에게 열렬히 박수를 보냈다. 이제 여자들은, 특히 그와 친한 여자들은 그를 환희에 찬 눈빛으로 쳐다보면서 그에게 키스를 보냈다. 그는 서두르지 않고 여유 있게 의자에서 내려와 천천히 다음 홀을 향해 걸어갔다. 자리를 비웠다가 그제야 나타난 직원과 문가에서 부딪혔지만, 이 '하인'은 정중하게 그에게 길을 내주었다.

밤에, 그는 아냐에게 '밤 인사'를 하러 갔다. 그들은 다시 함께 '항해'를 시작했다. 손을 리드미컬하게 저으면서 동시에 공기를 마시려고 얼굴을 물 밖으로 내밀었지만, 이제 물살은 그를 밀어내지 않았다. 그는 그녀와 함께 먼 수평선의 말할 수 없이 푸른 곳까지 헤엄쳐 가서는, 다시 그녀에게 키스하기 시작했다. 그때, 정점(頂點)이 아래로 향해 있는 어두운 빛깔의 삼각형이 나타났다. 이 정점은 그가 가 닿을 수 있을 것 같지 않았으며, 마치 구름 속에 잠긴 아주 높은 산봉우리가 뒤집혀 있는 듯했다. 그가 오르려고 하는 그 정점은 비록 아래를 향해 있었지만 마치 화산의 분화구처럼 보였다. 그 정점, 그 닿을 수 없는 바닥에는, 그로서는 이름조차 붙일 수 없는, 심지어 그가 상상조차 할 수 없는, 무섭고도 달콤한, 그런 해답이 숨어 있을 것 같았다. 그가 그녀에게 보낸 편지들에 썼듯이 그는 일생을 다해서 저 정점, 저 분화구에 한량없이 가까이 다가가려고 했지만, 그것은 내내 닿을 수 없는 채로 남아 있었다. 그는 정말 마돈나가 걸려 있는 홀의 의자에 그가 원하는 만큼 서 있었던가? 그가 두 번째로 의자 위에 올라갔을 때는 사실 직원이 없었다. 그래서 비록 속으로는 끌려 내려갈 때까지 서 있으리라고 결심하고는 있었지만, 결국 직원의 제지에도 '불구하고' 그곳에 서 있었다고는 말할 수 없다. 만일 아냐를 비롯한 모든 사람들이 보는 앞에서, 직원이 경찰까지 데려와 그를 끌어내고 홀을 가로질러 끌고 갔더라면 어땠을까. 아마도 모든 것은 산 아래로 곤두박질치듯, 점점 더 빠르게 무너져 내렸을 것이다. 그러면 아마도 그는, 매질을 당하던 저 반질거리는 책상 위에 더 이상 당당히 올라서 있지는 못할 것이다. 또 간수 장교의 얼굴은 그의 머리 위에, 마치 피를 빨아먹은 모기의 배인 듯 울긋불긋하고 둥근 공처럼 걸려 있을 것이다. 그리고 평생토록 여전히 저 생생한 고문 속에 있게 되었을 것이다. 그런 치욕이란 말 그대로 숨이 막힐 듯한 것이다. 하지만 아무 일도 일어나지 않았다. 비록 자기 의지로 그런 것이기는 했지만, 그는 직원이 와서 제지할 때까지 기다리지 않고 내려왔으며, 그래서 스캔들까지 일으키지는 않았다. 금지된 저 삼각형의 정점은 구름 속에 감추어진 채로 남아 있었다. 아마도 지구의 가장 깊은 중심, 용암이 한량없이 끓고 있는 그곳을 향한 채, 삼각형의 정점은 아직 처녀지로 남아 있을 것이다.

아냐는 부드럽게 그의 얼굴을 쓰다듬었지만, 그는 평소처럼 "잘 자."라는 인사도 하지 않은 채 자기 방으로 돌아갔다. 삼십 분 후, 그녀는 목이 끓는 것도 아니고 쉰 것도 아닌 이상한 소리에 놀라 잠이 깼다. 떨리는 손으로 촛불을 밝히고 남편의 침대로 달려갔더니, 그는 침대 끝에 누운 채 온몸을 구부리고 있었다. 그것은 마치, 일어나 앉고 싶지만 그를 침대에 결박하고 있는 보이지 않는 밧줄에 의해 방해받고 있는 듯한 모습이었다. 얼굴은 새파랗고, 입에서는 거품이 끓고 있었다. 그녀는 그가 떨어지지 않도록 온 힘을 다해서 그를 침대 가운데로 옮겼다. 무릎을 꿇고 앉아 입술의 거품과 이마에 맺힌 땀을 수건으로 닦기 시작했다. 이제 그는 죽은 사람처럼 창백한 얼굴로 조용히 누워 있었다. 결국 보이지 않는 밧줄이 이긴 셈이어서, 그는 일어나 앉지 못한 것이다. 이 사람이, 정말이지, 그녀의 남편이란 말인가. 새파래진 얼굴을 한 채 뭔가 보이지 않는 방해를 이기고 침대에 앉으려고 애쓰는 이 사람이, 입에는 거품을 물고 젖은 턱수염은 한쪽으로 쏠려 흐트러져 있는 이 사람이, 정말이지 이 사람이 바로 그이란 말인가. 반년도 더 전에, 설렘에 두근거리는 가슴으로 망토를 매만지며 만났던 그이란 말인가. 그때 그녀는 발소리를 죽여가며, 흥분해서 자꾸 끊어지는 호흡으로, 좁고 어둡고 가파른 계단을 올라갔다. 그녀는 고스치느이 드보르 백화점에서 막 사 온 새 연필과 종이 묶음을 잃어버린 건 아닌지 제 가방을 수십 번씩 쳐다보았다. 그녀는 자신만큼이나 속기가 뛰어난 동료 친구보다 한 시간이나 일찍 도착했는데, 왜냐하면, *그에게* 속기사가 필요하다는 것을 알게 된 그때부터, 그녀 주위의 모든 것은 태풍을 만난 배처럼 흔들렸기 때문이었다. 거대한 파도는 모든 뱃기구들과 난간까지 휩쓸어갈 기세였다. 결국 배에는 돛대 하나만 남았고, 갑판에 있던 모든 사람들은 바다로 쓸려가지 않기 위해 이 돛대로 몰려들어 서로 움켜잡으려고 버둥거렸다. 하지만 이 돛대는 단 한 사람밖에 잡을 수 없었으며, 그 한 사람이 바로 그녀여야 했다. 그는 마치 처음 보는 벌레를 살펴보듯이 머리를 한쪽으로 약간 기울인 자세를 하고 그녀를 현관으로 맞아들였다. 다른 문에서는 어쩐지 단정치 못해 보이는 젊은 사내가 불만스러운 표정으로 내다보고 있었다. 알고 보니 이 사내는 그의 의붓아들이었다. 젊은 사내는 거만하고 불손한 미소를 짓고 있었는데, 그녀가 들어가자 예의 그 불쾌한 미소를 지으며 그녀를 향해 고개를 까딱했을 뿐이다. 그는 그녀를 그리 크지 않은 방으로 안내했다. 방에는 책상과 둥근 탁자, 그리고 빛바랜 무늬가 새겨져 있는 의자 몇 개가 놓여 있었다. 그녀는 둥근 탁자에 앉아서, 그가 불러주는 대로 속기를 하기 시작했다. 그는 그녀를 더 이상 쳐다보지 않은 채, 이리저리 방을 서성이면서 둔탁하고 유쾌하지 않은 목소리로 구술하는 데 열중했다. 그녀는 그에게 감히 다시 말해 달라고 청할 수도 없었는데, 그러면 그가 즉각 돌아가라고 할 것 같았기 때문이다. 여하튼 이 시험을 견뎌내서 다른 사람들보다 먼저 돛대를 잡아야만 했으므로, 그녀는 균형을 잃고 떨어지다가도 간신히 돛대를 향해 다시 나아갔다.

일을 시작한 후 셋째인가 넷째 날이 되자, 그녀는 그의 생생하고 주의 깊은 시선이 자신을 향하고 있음을 느낄 수 있었다. 그는 그녀에게 다가와 얘기를 나누고 무엇이든 물어보고 싶어 하는 것 같았다. 하지만 그녀는 엄격하게 눈을 아래로 내리깔고는, 주의력을 과장되게 드러내면서, 금방 적은 속기록을 바라볼 뿐이었다. 그녀는 돛대를 거의 잡았지만, 마지막 순간에 균형을 잃지 않으려면 침착해야 했다. 그는 점차 그녀를 향해 가까이 다가오고 있었다. 이제는 처음처럼 방을 끝에서 끝으로 왔다 갔다 하지 않고, 그녀 주위를 돌아서 걷기 시작했다. 파리에게 다가가는 거미처럼, 그 원은 점점 더 좁아져 갔다. 어쩔 수 없이 좁아지고 있는 이 원에는, 그에게나 그녀에게나 뭔가 달콤하면서도 금지된 것이 있는 듯했다. 그녀는 숨이 멎을 듯했지만 여전히 엄격한 표정을 짓고 있었니. 심지어는 그의 시선을 피하기 위해 금욕적인 자세로 눈을 감기도 했다. 이 거미줄을 짠 사람은 바로 그녀였지만, 이제는 그들 둘이 함께 엮어가는 것은 아닌가? 어떤 때는 거미줄의 실이 휘어져서 곧 끊어져 버릴 것처럼 보이기도 했다. 이 어떤 때라는 것은 의붓아들의 머리가 서재 문을 열고 튀어나와 그 불손하고 거만하며 염탐하는 듯한 웃음을 지을 때였다. 그러면 구술하던 그는 원 바깥으로 나와 대각선으로 모양을 바꾸어 방 한쪽에서 다른 한쪽으로 걸어 다니기 시작했다. 그리고 속기하는 여자를 쳐다보지 않기 위해 안간힘을 다해 노력했다. 의붓아들이 나타나면 그녀는 찌푸린 채 치켜뜬 눈으로 맞이하곤 했다. 아마도 그녀가 처음으로 지어 보였을 이 표정은, 그녀의 『일기』 첫 페이지에 나오는 그 사진 속의 표정과 비슷할 것이다. 결국 이 모든 거미줄 소동은 순리대로 끝났다. 즉 그는 달콤한 먹잇감을 물었으며, 그녀는 돛대를 잡고는 떨어지지 않도록 온몸을 밀착하여 다른 누구도 그것을 넘볼 수 없도록 만들었다. 그는 자신의 모든 것, 그러니까 징역과 간질과 가난—이건 그녀도 이미 눈치 채고 있는 바였다.—같은 것을 다 얘기해 주었다. 적어도 그 달 30일 이전에는 새 장편 소설을 넘겨주기로 한 스텔로프스키와의 계약에 대해서도 말해 주었다. 이를 이행하지 않으면 그의 모든 작품의 저작권이 스텔로프스키에게 넘어가기로 되어 있었다. 그는 둥근 탁자에 그녀와 마주 앉아서, 그가 직접 보즈네센스키 대로의 과자점에서 고른 흰 빵과 차를 그녀에게 권했다.

그는 이곳 드레스덴에서도 우체국이나 화랑에 다녀오면서 직접 단것을 즐겨 사 오곤 했다. 그는 그녀가 좋아하는 주전부리들과 딸기 같은 과일을 사 들고 돌아왔다. 집으로 오는 그를 창문으로 바라볼 때면, 그는 으레 두 손 잔뜩 꾸러미들을 들고 있었다. 그러면 그녀는 문 곁에서 그를 기다렸는데, 그는 그녀가 마중 나와 그의 손에서 물건을 받아 드는 걸 좋아했고, 조금이라도 늦게 나오면 화를 내기도 했다.

페테르부르크의 방에서, 그는 둥근 탁자에 마주 앉아 직접 그녀에게 차를 따라주고, 갈라진 목소리로 자신에 대해 얘기해 주었다. 그녀는 이제 눈을 아래로 깔지 않고 그를 똑바로 쳐다보았다. 그 찌푸린 듯한 시선조차 그에게는 맑고 부드럽게 느껴졌다. 때때로 그는 자기 수염을 매만지기도 했으며, 차를 더 가져오기 위해서 부엌으로 가려고 일어날 때면 그의 다리가 마치 아직 쇠사슬에 묶여 있는 듯, 무릎이 잘 굽혀지지 않고 어딘지 이상하게 움직이기도 했다.

얼마 후, 페스키 거리에 있는 그녀의 집에 찾아오기 시작한 그 때문에, 그녀의 어머니는 상을 차리느라 분주해졌다. 한번은 그녀를 어디론가 데려가느라 그들이 함께 마차를 타고 간 적이 있었다. 어떤 십자로에서 마부가 고삐를 급히 당기자, 그녀는 관성에 따라 앞으로 기울어졌다. 넘어지지 않을 게 뻔했는데도, 그는 그녀의 허리를 잡고는 잠시 껴안기까지 했다. 그녀의 얼굴은 발그레해졌다.

결혼식을 올린 후에 그들은 모스크바로 여행을 떠나 듀소 호텔에 머물렀다. 3층의 크지 않은 방에서는 눈 덮인 종루와 모스크바 교회의 둥근 지붕이 보이고, 그 아래로는 마차 바퀴 자국이 나 있는 눈 쌓인 거리가 보였다. 호텔에서 그들은 거의 매일, 따뜻한 모피 덮개가 달린 썰매를 타고 스타라야 바스만나야 거리에 살고 있는 그의 누이를 찾아갔다. 가는 길에 멘슈코프 탑이라든가, 포크로프카 거리의 '성모승천 교회' 같은 곳에 들른 그들은 마차에서 내려 얼마간 교회 주위를 돌아보기도 했다. 그녀는 모스크바가 처음이었기 때문에, 그는 마치 집주인이 자기 세간들을 자랑삼아 보여주듯이 구경시켜 주었다. 썰매에서 내려 교회로 향할 때면 그는 잠시 멈추어 서서 모자를 벗고 고개를 숙여 성호를 그었다. 그러면 그녀가 그 동작을 따라 했다. 그의 누이네 집에서, 그녀는 식구들의 적의 어린 시선을 받았다. 페쟈를 자기네 친척 누군가와 결혼시키려는 생각이었는데 그녀 때문에 불발로 끝난 탓이었다. 그녀는 그 찌푸린 듯한 시선으로 답해 주었다. 페쟈가 옆방으로 가거나 젊은 여자들과 이야기하는 데 빠져 있을 때면, 그녀는 지금 굳게 잡고 있는 이 돛대가, 그녀가 그걸 잡고 있다는 것조차 잊을 정도로 견고하게 느껴지던 그것이, 갑자기 손에서 미끄러져 나가는 느낌이었다. 그녀는 시선을 아래로 하고 옷의 주름을 펴는 체하기 시작했지만, 의지와는 달리 그녀의 손가락들은 옷감을 구겨놓기만 했다. 그러면 의자에서 몸을 약간 일으켜 다시 치마를 펴야 했다.

호텔 객실의 복도가 모두 조용해지는 시간이면, 이곳 드레스덴에서처럼 그는 그녀에게 '밤 인사'를 하러 오곤 했다. 그러면 그들은 손으로 물을 헤쳐가면서 '항해'를 하기 시작하고, 해안의 풍경이 사라져가도록 그렇게 멀리 헤엄쳐 가곤 했다. 하지만 페테르부르크에서는, 의붓아들과 에밀리야 표도로브나의 불쾌한 시선을 느끼는 일이 다시 시작되었다. 에밀리야 표도로브나는 죽은 형의 아내로 빼빼 마른 몸에 석탄처럼 까맣고 찌르는 듯한 눈을 가진 여자였다. 그들은 안나에게서 그를 떼어놓고 싶어 했다. 그리고 집에는 시도 때도 없이 뚱뚱하고 젠체하는 채권자들이 들락거렸다. 대개 살집이 좋은 이 장사꾼들은 짧은 손가락에 두꺼운 금반지를 낀 채, 외투 주머니에는 무거운 금줄이 매달려 있는 장식을 늘어뜨리고 다녔다. 그들은 모두 빚을 갚으라고 아우성이었는데, 빚은 그의 형이 운영하던 파산한 담배 공장과, 형제가 함께 운영하던 출판사 때문에 진 것이었다. 그는 그들과 끝없이 협상을 해야 했다. 하지만 얼마 후에는, 푸른 띠가 달린 모자를 쓴 지역 경찰 국장이 구두 뒷굽을 딱딱거리며 찾아와서는, 다음 날 그들의 재산이 압류될 것이라고 선언해 버렸다. 그녀는 어머니를 찾아갔다. 어머니는 그녀에게 성호를 그어주고 두 볼에 키스하면서, 자기 집 안의 가구들을 저당 잡혀서 빚을 갚으라고 말했다. 그들은 일단 채무를 변제하고 가압류를 풀고는, 페테르부르크의 이 모든 악몽과 적의 어린 시선과 의붓아들과 채권자들을 떠나 해외로 나갔다. 그들이 기차에 몸을 실었을 때, 그녀는 이제야 그들에게 새로운 삶이 시작되는 것이라고 생각할 수 있었다.

그는 여전히 누워 있었다. 이제는 비록 앉기를 포기했지만, 그의 숨은 아직 불안정하고 단속적이었다. 공기는 그의 악다문 이 사이로 새어 나왔으며, 입술에는 거품이 물려 있었다. 그의 목 안쪽에서는 마치 양치질할 때 목에 물을 모아 씻듯이 가르릉거리며 끓는 소리가 나고 있었다. 그녀는 여전히 그의 곁에 무릎을 꿇고 이마까지 번진 거품과 땀을 수건으로 닦아주었다. 그의 이마는 이제 얼굴의 다른 부위들처럼 창백해졌다. 그녀는 그의 눈을 들여다보았다. 눈은 열려 있었고, 시선은 그녀를 향하고 있었지만 제대로 알아보지는 못했다. 흔들리는 촛불 빛이 벽에 어리면서 그의 헝클어진 턱수염이 그림자를 드리웠다. 그의 모습이 마치 난발의 괴물처럼 보였으므로, 그녀는 갑자기 무서워져서 치머만 부인이나 의사나 아니면 하인이라도 부르기 위해 문으로 달려갔다. 하지만 그 순간, 그가 조용하고 명료한 목소리로 그녀를 불렀다. 그녀는 다시 그의 곁에 무릎을 꿇고 앉아서 그의 눈을 쳐다보고 이마를 쓰다듬었다. 그는 그녀의 다른 손을 끌어 와 입술에 댔다.

그로부터 십삼 년 반이 지난 후에, 그는 정확하게 똑같은 자세로 그녀의 손에 입을 맞추게 된다. 복음서의 구절을 청해서 들은 후에, 그는 그녀의 손을 자기 입술로 끌어왔다. 그리고 작별을 위해 아이들을 데려오라고 청했다. 그는 페테르부르크의 자기 집 가죽 소파에 등을 대고 누워 있었으며, 그의 머리 위에는 생일날 선물로 받은 「시스틴의 마돈나」가 걸려 있었다. 이것은 크람스코이[10]의 그림에서 묘사된 풍경이다. 그의 머리는 부푼 베개 속에 조금쯤은 잠긴 듯해서, 베개에 그려진 주름들이 그의 머리에서 퍼져나가는 후광처럼 보인다. 눈은 감고 있으며, 대개 죽은 이들이 그러하듯 얼굴 표정은 엄격하면서도 온화하다. 길고 어두운 빛깔의 턱수염은 고리를 이룬 듯 엉켜 있다.

나는 요즘도 트롤리 버스에서 거의 매일 아침 그런 턱수염을 본다. 그것은 어떤 노인의 턱수염인데, 그는 깨끗한 이층집 옆의 정류장에 멈춘 트롤리 버스에 활기차게 올라선다. 그 집의 창문은 항상 커튼이 쳐져 있으며, 집 벽에는 '소비에트 연방 공화국 자문위 종교분과 위원회'라고 쓰인 팻말이 걸려 있다. 노인은 똑바로 선 채 굵고 옹이가 많은 지팡이를 들고 있고, 오래전에 구멍가게 주인이나 상인들이 썼을 법한 그런 구식 챙 모자를 쓰고 있다. 아마도 그는 오래전 그 시절부터 내내 그 모자를 쓰고 다녔을 것이다. 그가 입고 있는 옷 역시 낡은 것으로, 전통적인 러

10) 이반 크람스코이(1837~1887). '이동전시협회'에 참여했던 사실주의 화풍의 화가. 대표작으로 「황야의 그리스도」 등이 있음.

시아 셔츠 비슷한 것 위에 외투를 두르고 있다. 모든 것이 약간씩 헐어 있긴 했지만 깨끗하고 단정해 보인다. 자리에 앉은 후에 그는 두 손을 포개 자기 지팡이 위쪽 끝에 얹는다. 그의 손 역시 손질이 잘 되어 있고 상당히 크다. 그의 표정은 근엄하고 점잖으며, 턱수염은 약간 앞으로 나와 있다. 나는 어쩐지 그와 눈이 마주치지 않도록 노력하면서 몰래 그를 바라보곤 한다. 그는 나와 같은 정류장에 내리지만, 지하철 역으로 가지 않고 빠른 걸음으로 나를 지나쳐 가서는, 골목을 돌아서, 몇 분 후면 아침 예배가 시작될 교회를 향해 걸어가는 것이다.

기차는 다리를 지나가면서 경적을 울렸다. 나는 책에서 눈을 떼 얼굴을 창에 가까이 붙이고는, 환한 불빛을 가리기 위해 말의 눈가리개처럼 손바닥을 얼굴에 갖다 댔다. 아직 저녁 무렵, 그것도 이른 저녁 무렵이었다. 겨울밤의 어슴푸레한 흰빛 사이로 멀리서 반짝이는 불빛들이 촘촘히 보였다. 승강구의 문들이 덜컹거리고, 내리려는 승객들은 손에 가방을 들고 출구로 나가기 시작했다. 그들은 승강구를 통해 들어오는 아이들이나 소녀들과 부딪히곤 했다. 아이들은 젖은 손에 들고 있는 컵과 보온병을 말리려고 허공에 흔들어대고 있었다. 아마 화장실에 수건이 없었거나, 수건이 있어도 손을 닦을 수 없을 만큼 젖었거나 더러웠기 때문일 것이다. 기차는 칼리닌으로 진입하고 있었다. 창밖으로는 역사 부속 건물들의 불빛이 반짝였으며, 그 너머로는 늘어선 가로등의 선들이 먼 곳으로 사라지고, 또 불 밝힌 초소와 내려진 차단기, 차단기 앞에서 기다리는 흐릿한 자동차 헤드라이트들이 보였다. 더 선명한 불빛들은 창문 바로 아래의 플랫폼으로 천천히 흘러가는 중이었다. 불을 환하게 밝힌 플랫폼에는 눈이 쌓여 있었고, 겨울 외투와 털가죽 반외투를 입은 채 손에 가방을 들고 있는 사람들의 그림자가 보였다. 역사 건물의 창문은 불이 환하게 밝혀져 있었으며, 창문 안으로는 식당과 대합실, 그리고 신문 판매대 근처 매표소에도 사람들의 모습이 어른거리고 있었다. 역사 건물을 지나치자마자 기차가 멈췄다. 다시 문이 덜컹거렸고, 차가운 증기가 승강구 쪽에서 몰려들었다. 플랫폼에서는 사람들이 바삐 뛰어다니고 있었다. 자기가 탈 객차를 찾거나, 맥주나 만두나 신문 같은 것을 구하려고 외투도 없이 뛰어내리는 사람들도 있었다. 반대편에는 똑같이 붉은 객차들을 매달고 있는 기차가 반대 방향, 그러니까 레닌그라드에서 모스크바로 가기 위해 서 있었다. 칼리닌은 두 기차가 만나는 곳이어서, 급하게 만두나 신문을 산 사람들이 반대 방향으로 가는 기차를 잘못 타는 경우도 흔히 있었다. 반대 방향을 향해 나란히 서 있는 두 기차는 눈안개 속에 드문드문 이어지며 어둠 속으로 사라져가는 가로등 불빛을 받고 있었다. 저편 어딘가에는 낯선 이 도시의 건물들이 펼쳐져 있을 터였다. 이 도시는 바로 도스토예프스키가 유형지였던 세미팔라친스크에서 막 도착했던 곳이다. 폐결핵을 앓고 있는 데다 히스테릭한 첫 아내 마리야 드미트리예브나와 함께였다. 그는 우선 여관에 여장을 푼 후, 며칠 후에는 우체국 근처에 가구가 딸린 방 세

개짜리 집을 얻었다. 아직 초가을이긴 했지만, 일찍 밤이 닥치고 해는 늦게 뜨는 데다 비까지 자주 내리는 진짜 가을이 곧 다가올 것이었기 때문이다. 그는 내내 이 관청에서 저 관청으로 진흙투성이의 도시를 뛰어다녔다. 우체국에 가서는 페테르부르크에서 거주할 수 있는 허가증을 발급받기 위해 청원서와 탄원서에 신체검사 소견서를 첨부해 보냈다. 저녁에는 페테르부르크에서 모스크바로 가는 형을 만나러 역으로 달려갔다가, 또 모스크바에서 돌아오는 형을 보러 나가기도 했다. 누군가 트베리[11]를 지나가는 사람이 있으면, 밤중에 우체국에서 3베르스타[12]나 떨어진 역으로 또 달려가곤 했다. 그는 이미 젊지 않은 나이에다, 바람에 깃이 날리는 낡은 외투를 입고, 마치 염색한 것처럼 부자연스러운 짧은 수염을 하고 있었다. 겸손한 태도를 인정받아 승진한 하사관 시절 이후로, 그는 면도를 해본 적이 없었다. 그런 그가 이리저리 좌충우돌하면서, 모스크바나 페테르부르크로 가다가 트베리에 잠시 들른 사람들을 힘겹게 찾아낸다. 그는 인사를 하고, 큰 소리로 말하면서 부탁을 하고, 고관의 프록코트나 제복의 소맷자락을 붙잡은 채 자기 말을 들어줄 것을 청하고 설득했던 것이다. 그때마다 그는 헐값에 자신을 팔지 않기 위해 이리저리 머리를 굴렸다. 그것은 빌나에서 그와 안나 그리고리예브나를 쫓아와 서비스를 해주겠다고 추근대던 유대인들의 모습과

11) 칼리닌의 혁명 이전 이름.
12) 1베르스타는 약 1,067킬로미터.

그리 다르지 않았다. 그는 형에게 보낸 편지에서, 마리야 드미트리예브나에게 줄 모자를 꼭 바이올렛 색으로 사다 달라고 눈물로 청하기도 했다. 맨머리로 다닐 수도 없는 노릇이고, 칼리닌에서는 살 만한 것도 없다고 그는 적었다.

그 후 십일 년이 지나서, 그는 안나 그리고리예브나와 함께 두 번째로 드레스덴을 방문하게 된다. 그들은 건물의 구석진 모퉁이에 위치한, 가구 딸린 평범한 집에 머물렀다. 그는 대개 모퉁이 집을 얻었는데, 그건 그가 항상 닿으려고 노력했던 삼각형의 정점을 연상시켰기 때문이다. 이 집에는 전통 문양이 새겨진 촛대와 진한 차가 담긴 잔을 놓을 수 있는 책상이 있었다. 이제 어느 날 밤, 이 책상 위에서 달필이라고 할 수 있는 작은 글씨체로 글쓰기가 시작될 것이다. 그러면 안개 속에서 '공작'[13]의 모습이 나타날 것이다. 이 인물은 그와 정반대 유형의 주인공으로, 실현불가능한 꿈의 구현이자 악마의 얼굴을 한 초인의 현신이다. 그는 확고한 악마적인 걸음걸이로 흔들리는 다리를 건너간다. 이 다리는 밤안개에 잠겨 있는 소도시의 질척한 거리들 중 한 곳에 놓여 있다. 이 도시는 도스토예프스키가 유형 후에 정착했던 도시이기도 하다. 스타브로긴이라는 이름의 이 사내 옆에는, 아니 옆이 아니라 뒤에는, 표트르 스테파노비치 베르호벤스키[14]가 작고 잰 걸음으로 따라 걷고 있었다. 그는 감히 '공작'과 같은 다리를 나란히

---

13) [원주] 소설 『악령』의 초기 판본에서 주인공 스타브로긴은 '공작'이라는 명칭으로 나온다. 또한 다리를 저는 그의 아내 역시 스타브로긴을 '공작'이라고 부른다.

걸을 수 없었기 때문에 진창길을 택해 걷는 것이었다. 빠르고 유창하게 지껄이면서 입을 재게 놀려 아부를 하는 그는, 만일 필요하다면 살인이라도 할 것 같은 회색빛 얼굴에, 기계로 깎은 듯한 짧은 머리를 하고 있었다.

이 모습은 이상하게도 내가 아는 어떤 사람을 떠올리게 만든다. 나와 그는 같은 반에서 공부했으며, 집안끼리도 친교를 맺고 있었다. 그 동급생의 아버지는 비슷한 연배인 우리 할아버지를 찾아 종종 우리 집에 놀러 오곤 했다. 그런데 그의 아버지는 여자를 탐하는 데가 있어서 아내를 여러 번 바꾸었는데, 이 아내들은 모두 러시아 사람이었고, 당연하게도 그 자신은 예의 그 유대인이었다. 나중에 알게 된 바에 의하면, 그는 삼류 피아니스트로 음악 전문학교나 음악 학원에 나가는 평범한 강사였다. 그때 나는 작곡을 해보려고 애를 쓰고 있었기 때문에, 그를 뭔가 신비스럽고 범접할 수 없는 존재로 거의 신처럼 숭배하듯 바라보고 있었다. 언젠가 한번은, 그 한번 때문에, 그가 정말 나에게 신이 돼버린 적도 있었다. 그날 그는 우리 집에 와서는 피아노 앞에 앉아서, 내가 쓰던 피아노의 덮개를 열고, 내가 연습곡을 치곤 하던 건반에 몸을 숙였다. 그는 우리 집 식당에 서 있던 그 평범하고 약간 음이 안 맞는 피아노에 앉아 쇼팽의 왈츠 7번을 연주하기 시작했다. 그 곡은 내가 익혀보려고 노력하던 곡이었다. 푸른 혈관—나중에야 그

---

14) 『악령』에 나오는 속류 사회주의자. 적그리스도 유형의 주인공 스타브로긴을 추종함.

게 정맥이라는 걸 알았지만—이 돋아 있던 그의 손은, 날랜 제비처럼 건반 위를 달리고 날아올랐다. 달콤한 무엇인가가 내 목젖까지 차올랐으며, 아마도 내 눈에는 눈물까지 고였던 것 같다. 그는 작은 키에 마른 체구였고 활동적이었지만, 전쟁 전에 심장 발작을 일으켜 길거리에 쓰러져 즉사했다. 우리 할아버지보다 어린 나이에 객사했던 것 같은데, 아마도 과도한 방탕 때문이 아닌가 생각한다. 그의 아들인 나의 동급생은 그가 마지막 아내에게서 얻은 아이였다. 그 마지막 아내는 평범하고 퉁퉁하며 얼굴이 둥글어서, 우리 집에서는 그녀가 요리사나 하녀 같다고들 쑥덕거리면서 심지어는 집에 들이지도 않았던 듯하다. 아니면 아마도 그 스스로 자기 아내를 데리고 다니지 않은 것인지도 모른다. 하여간 그네들의 아들인 내 동급생은, 그의 아버지처럼 활동적이고 장난기가 심했으며 유전적으로 좋은 귀를 갖고 있었지만, 음악을 경멸했고 공부도 하지 않았다. 그러다가 7학년인가 8학년 때 항공 학교에 입학하기 위해 떠나 버렸다. 전쟁 후에 나는 몇 번인가 그를 만난 적이 있었다. 그는 자기 아버지처럼 크지 않은 키에, 머리카락이 빠지는 걸 감추려고 머리를 짧게 쳤으며, 많은 말을 빠르고 매우 유창하게 지껄였다. 그는 이미 이혼을 한 적이 있고 재혼을 했으며, 두 번째 결혼에서 아이들을 낳았다고 했다. 또 그는 심장이 좋지 않은 것을 한탄했는데, 그 때문에 조종사 일을 그만두고, 그때 우리가 살던 도시의 공항에서 관제사인지 항법사인지로 일하고 있었다. 내가 그곳에서 비행기를 타려고 하는 것을 알고 그가 공항 대합실까지 나와서 나를 맞이해 준 적도 있었다. 그가 비행기까지 바래다주었기 때문에 나는 순서를 기다리지 않고 비행기를 탈 수 있었다. 승강장에서 기다리던 사람들은 우리가 비행장 쪽으로 난 철제 입구로 들어설 때 정중히 우리에게 길을 내주었다. 작은 키의 그는, 나로서는 알 수 없는 금장 표식이 달린 민간 항공사 직원 복장을 하고, 황금빛 표장이 있는 푸른색 모자를 손에 든 채 내 옆에서 함께 걸었다. 얼굴은 회색이었고, 머리카락이 군데군데 빠진 그는 뭔가를 내게 빠르게 말했다. 지금 기억으로는, 그가 얼마나 이 일에 질리고 지쳤는지 그리고 얼마나 이 보는 일을 다 때려치우고 싶은지에 대해서 말했던 것 같다. 그는 상소리를 섞어 말했는데, 자기 말의 아주 필수적인 요소이기라도 한 듯 알아챌 수도 없이 특이하게 욕설을 사용하고 있었다. 하긴 저 어린 시절, 우리 가족들이 이웃한 별장에서 여름을 보내던 그 시절에 그가 담장을 기어 들어와 퍼부어댄 말은 이런 것이었다.

"할렐루야, 하느님 따위는 엿이나 먹어라!"

이것은 내 어머니가 그 후 몇 년이 지나서 해주었던 이야기다. 나의 옛 동급생에 대한 이야기가 나올 때마다 그녀는 아직도 먼저 이 말을 떠올렸다.

표트르 베르호벤스키는 스타브로긴을 따라 종종걸음으로 걷다가, 그의 소매를 잡으려고 했다. 스타브로긴에게 뭔가 할 말이 있었기 때문이지만, 공작은 어둠 속에서 그 악마적인 눈빛을 빛내면서 그를 한쪽으로 밀어냈다. 바람이 심하게 부는 저 어두운 밤의 다리에서 자기를 기다리던 죄수 페지카[15]도 그는 한쪽으로 밀어버렸다. 그 순간 페지카의 눈과 그가 손에 들고 있는 칼이 악마처럼 번쩍였다. 그는 공작을 찌르려고 했으나 공작은 슬쩍 몸을 틀어 페지카의 손에서 칼을 빼앗고는, 자비롭게도 페지카에게 돌려주었다. 공작은 자레치예의 레뱌트킨네 집에서 다리를 저는 여자[16]를 만나고 돌아오는 길이었다. 그로부터 며칠 후, 어쩌면 바로 다음 날이었는지도 모르지만, 한밤중에 현지사가 개최한 추악한 무도회가 벌어지고 있을 때, 이 자레치예에서 화재가 일어나게 된다. 내가 차창 밖으로 바라보고 있는, 불꽃들이 반짝이며 펼쳐져 있는 이곳이 바로 자레치예다. 무도회에 있던 사람들을 비롯해서 도시 여기저기서 사람들이 화재 현장으로 모여들었다. 화재가 일어날 때면 언제나 그랬던 것처럼, 그들은 잔뜩 무리를 지어 뛰어다니고 있었다. 그때 스타브로긴 역시 리자[17]와 함께 화재 현장에 도착한다. 리자는 그의 냉정하고 이성적인 욕망의 다음 희생자였다. 레뱌트킨의 집은 불꽃에 휩싸였고, 이웃한 집들 역시 붉게 탄 통나무들이 부서져 불타고 있었으며, 푸른 불꽃들이 메말라 갈라지는 소리와 함께 튀어 올랐다. 스타

---

15) 표도르 표도로비치의 애칭. 『악령』에서 레뱌드키나를 살해한 인물.

16) 마리야 치모페예브나 레뱌드키나. 『악령』에 나오는 인물로 레뱌드킨의 여동생. 절름발이에 정신박약인 여자로 스타브로긴과 결혼. 페지카에 의해 살해당함.

17) 리자베타 니콜라예브나의 애칭. 『악령』의 인물로 스타브로긴에게 애증의 감정을 지닌 여자.

브로긴은 리자의 손을 잡고 있었고, 리자는 창백해진 채 붉은 불꽃과 화염에서 나온 열기에도 불구하고 몸을 덜덜 떨었다. 방금, 삼십 분 전까지만 해도 그녀는 공작에게 몸을 허락하고는, 대개 정숙한 처녀들이 그렇듯 몸을 떨면서 창백한 얼굴을 하고 있었다. 『지하 생활자의 수기』를 쓴 저자와 그 주인공, 『상처받은 사람들』의 화자와 『백야』의 주인공, 그리고 물론 마카르 제부슈킨[18]에 이르기까지, 그들은 얼마나 이를 갈면서 이런 '정복'을 열망했을 것인가. 화재는, 이 괴롭고도 달콤한 몽환극은 이 소설의 절정을 이루고 있다. 그런데 이 대위법적인 절정에 접근해 가기 전에, 사보르느이 광장에 위치한 성당 이야기가 나온다. 유대인 랴신[19]은 이곳 '카잔 성모 성당'에 가서, 먼저 정문 옆벽의 유리를 깬 후, 유리 뒤에 안치되어 있는 성상 뒤로 쥐를 넣어두었다. 그러니 다음 날 이 지방 도시의 건전한 시민들은 누구 할 것 없이 성당에 모여들 수밖에 없었다. 그들은 오랫동안 말없이 서서는 비난하듯 고개를 흔들다가, 흩어질 때도 역시 말없이 흩어졌다. 중요한 것은 바로 이것이다. 아마도 이 침묵 속에, 정교회의 그 위대한 인내와 메시아니즘적인 운명론이 표현되어 있는 것이리라. 유대인 랴신은 이런 사람들이 모였을 때 자기 손님들을 즐겁게 하는 방법을 잘 알고 있었다. 그는 피아노를 능숙하게 연주했고, 거위와 돼지뿐만 아니라 현지사를 포함한 여러

---

18) 마카르 제부슈킨은 『가난한 사람들』의 주인공. 『지하 생활자의 수기』, 『상처받은 사람들』, 『백야』는 도스토예프스키의 소설 제목들.
19) 『악령』에 나오는 유대인 자유주의자.

유명 인사들을 흉내 냈으며, 얼굴을 일그러뜨려 웃음을 자아내게 할 줄도 알았다. 하지만 이 화재 이후 가장 중요한 대위법을 이루는 순간이 또 있다. 날씨가 궂은 가을 저녁, 연못 가의 동굴 근처, 스타브로긴 영지의 외지고 어두운 곳에서 샤토프가 살해당한다.[20] 그 이후에, 랍신은 발작을 일으켜 거칠고 히스테릭하게 몸을 비틀었으며, 다음 날에는 온종일 공포에 떨면서 이불에서 나오려 하지 않고, 마치 뭔가 속여 넘기려는 것처럼 환자 흉내를 낸다. 그것은 마치, 바로 어제 세미팔라친스크에서 돌아온 유형자 도스토예프스키 같은 모습이다. 그는 염색한 수염과 여기저기 구겨진 프록코트를 흔들어대면서 이리저리 뛰어다녔다. 별 장식이 달린 제복과 연미복을 입은 사람들의 소매와 금 장식을 붙잡고는, 설득하고 저주하고 애원하고 이런저런 술수를 써보는 것이었다. 그는 페테르부르크의 거주권을 받아 작가 일을 계속할 수 있도록 허가를 얻어내려고 노력했다.

나도, 트베리가 아니라 모스크바에 있는 것이긴 하지만, 그런 동굴 근처에 가본 적이 있다. 그곳은 예전에 페트로프스코-라주모프스코예의 영지였지만, 지금은 티미랴제프 전 연방 농업학교가 서 있는 곳이다. 이 학교는 연못 근처에 있는데, 그곳은 연못이라기보다는 호수에 가깝고 어쩌면 인공 저수지라고 부르는 편이 나을 듯하다. 지금 그곳

20) 이반 파블로비치 샤토프 살해 사건. 샤토프는 『악령』의 인물로 종교적 신념을 기초로 사회주의 단체를 비판하는 인물. 유물론자인 표트르 스테파노비치 베르호벤스키에 의해 살해당함. 샤토프 살해 사건은 『악령』의 주요 모티프.

에는 여러 개의 호수들에 다이빙을 위한 망루와 보트장 같은 시설까지 갖추어놓았기 때문이다. 호수 여기저기로 향하는 보트들에서는 짐짓 즐겁고 째지는 비명 소리가 흘러나온다. 모스크바 티미랴제프스키 구(區)의 젊은이들이 놀며 즐기거나 단지 선탠을 하기 위해 그 보트를 타고 있는 것이다. 그 여름날 낮에, 갑자기 어두운 보랏빛의 먹구름이 몰려오고 바람이 불었다. 보트들은 곧 부두에 배를 대기 시작했으며, 햇볕을 쪼이던 사람들은 옷을 입고 서둘러 집으로 돌아갔다. 소년들이 시끄럽게 공을 차고 있던 동굴 위쪽의 공터도 텅 비어버렸다. 동굴은 기둥과 쇠 울타리로 둘러쳐져 있었다. 이것은 안으로 들어오는 것을 막기 위한 것이지만 그리 도움이 안 되었던 모양으로, 동굴 깊은 곳 어둠 속에서 사람들이 머물렀던 흔적을 뚜렷이 볼 수 있었다. 동굴 양편의 경사면 아래에는 커다란 자갈들이 흩어져 있었는데, 이것은 동굴의 장식을 위한 것이었다. 저녁인 듯 날이 어두워졌다. 나는 마치 샤토프가 살해되던 바로 그 가을밤에 나무들이 내던 소리를 듣고 있는 듯한 착각에 빠졌다. 그날 럄신은 공포에 사로잡힌 채, 시체를 둘러싸고 있는 사람들의 옷깃을 붙잡고는 발작을 일으키면서 무서운 소리를 질러댔다. 사람들은 그를 묶고 입에 재갈까지 물렸다.

빗방울이 떨어지기 시작했고, 검은 먹구름에서 번개가 치고, 먼 데서 천둥이 울렸다. 나 역시 공원 길을 뛰어 내려갔는데, 몰려오는 뇌우를 피하기 위해 우선 출구 쪽으로 달려갔다. 기둥이 있는 이 건물들은, 뒤쪽으로는 공원에 면해 있고 앞쪽은 거리로 향해 있었다. 이 건물들 중 한 곳에 안나 그리고리예브나의 남동생이 살았을 것이다. 그는 페트로프스코-라주모프스코예 학교의 학생이었기 때문이다. 안나는 이곳의 동생 집에서 자주 머물곤 했는데, 그 시절은 그녀가 갓 결혼한 후 남편과 함께 모스크바의 듀소 호텔에서 머물고 있던 때였다. 그들은 저녁마다 함께 스타라야 바스만나야 거리에 살고 있던 남편의 누이에게 들르곤 했다. 안나 그리고리예브나가 눈을 내리깔고 의자에 앉아서 자못 두려운 듯이 제 치마를 부드럽게 쓰다듬어 펴던 시절, 그녀가 잡으려고 하던 돛대가 그녀의 손에서 빠져나가는 것처럼 느껴지던 그 시절 말이다. 그녀의 묘사에 따르면, 그녀의 동생은 훤하고 매력적인 용모를 가졌다. 젊고 발그레한 뺨과 멋진 머릿결에 명랑한 성격을 가진, 한마디로 건강한 러시아 청년의 전형이었다. 그녀는 동생의 집에서 예정했던 시간을 넘긴 채 앉아 있곤 했다. 그녀의 말에 따르면, 그건 『죄와 벌』을 쓴 작가의 아내에 대한 호기심 때문에 대학생들이 끊임없이 동생의 방으로 몰려들었기 때문이다. 그녀가 찻주전자를 계속 나르던 그 시간에, 페쟈는 듀소 호텔 근처의 네거리에 서 있었다. 그녀가 동생네 집에 앉아 있는 동안 문득 다가온 겨울 저녁의 어둠 속에 서서, 그는 2인승 마차를 타고 지나가는 여자들의 용모와 얼굴을 주의 깊게 바라보고 있었다. 그러므로 그가 정말로 모스크바의 이 동굴을 가보았는지는 아무도 확실하게 말할 수 없다.

기차는 오래전에 출발했다. 눈 내리는 어둠 속에서 빛나는 칼리닌의 불빛들을 뒤쪽에 남겨놓은 채, 기차는 이리저리 옆으로 흔들리면서 속도를 높였다. 나는 책이 미끄러져 떨어지지 않도록 꼭 잡고 있었다. 책 안에서도, 도스토예프스키 부부가 탄 기차는 내가 한번도 보지 못한 객차들을 뒤에 매달고 막 출발하고 있다. 높이가 낮은 그 객차들에는 이탈리아어로 '침대차(Vagon letti)'라고 적혀 있으며, 부다페스트나 벨그라드까지 다니는 외국 차량과 비슷한 모양을 하고 있다. 차체가 모두 금속으로 만들어진 것은 아니어서 문은 대개 나무로 되어 있고, 또 모든 문은 독립된 객실로 통하게 되어 있다. 객실에는 부드러운 벨벳이 깔린 침상 두 개가 서로 마주 놓여 있다. 우편 마차처럼 빠르게 달리는 차량의 피스톤 운동에 맞추어 부드럽게 흔들리는 침상에는 신사 숙녀들이 세 명씩 앉게 되어 있다. 그들은 판지로 된 동그란 상자를 무릎 위에 올려놓고 있으며, 선반에는 여행용 손가방을 올려놓았다. 남자들은 실크해트를 쓴 채 지팡이를 쥐고 있고, 여자들은 넓은 챙에 깃털이 달려 있고 얼굴을 가릴 수 있도록 베일이 드리워진 모자를 쓰고 여행용 망토를 두르고 있다. 페쟈가 잠깐 자리를 비운 사이에, 안나의 맞은편 그의 자리에 독일 녀석 하나가 앉았다. 그는 나이 든 자기 누이와 동행이었는데 제 누이를 살갑게 대하는 것 같았다. 하지만 그는 자리가 차 있다는 표시로 페쟈가 자신의 물건을 자기 자리에 놓아두어야 하는데 그러지 않고 위쪽의 선반에 놓았다는 이유로 페쟈에게 자리를 양보하지 않았다. 페쟈가 돌아와서 자기 자리라고 말했지만 통하지 않았다. 그래서 페쟈는, 잠시 객실

바깥으로 나갔는지 비어 있는 그 나이 든 누이의 창문가 자리에 앉아버렸다. 차장이 불려 왔으며, 젊은 독일인은 독일 사람들이 흥분하거나 화가 날 때면 대개 그렇듯 얼굴이 붉어진 채로 항의했다. 그는 빈자리에 앉는 것은 일종의 '권리'이기 때문에 자신은 자리를 양보하지 않을 거라고 말했다. 그러나 좀 시간이 지난 후에 그는 어쩐 일인지 안나 그리고리예브나의 옆자리로 옮겨 앉았다. 하지만 역시 자리가 비좁았기 때문에, 그들 모두가 다시 자리를 바꾸어 앉아서 결국 모두가 만족하게 되었다.

도스토예프스키 부부는 드레스덴에서 바덴바덴으로 가는 중이었다. 그곳에서 페쟈는 룰렛 게임으로 큰돈을 벌어서 빚을 갚을 작정을 하고 있었다. 그는 이미 예전에, 안나 그리고리예브나를 치머만 부인에게 맡겨두고 혼자 드레스덴에서 바트홈부르크로 갔던 적도 있다. 안나 그리고리예브나는 치머만 부인과 함께 엘베 강에서 기선을 타고 놀기도 했지만, 대부분의 시간은 혼자 돌아다녔다. 오래된 성곽들의 폐허를 구경하기도 하고 하루에도 몇 번씩 우체국에 가거나 역에서 기차를 기다리곤 했다. 하지만 페쟈는 돌아오지 않고, 꼭 하루만 더 있다가 돌아갈 테니 돈을 보내달라는 편지만 보내왔다. 그녀는 여전히 혼자 돌아다녔지만, 이제는 속이 자주 울렁거렸다. 그가 떠나기 전 함께 그 '항해'를 하면서, 그들은 앞으로 태어날 미샤와 소냐에 대해서, 미리 이름까지 지어둔 그 아이들에 대해서 얘기했던 것이다. 그가 바트홈부르크에서 돌아오기 전날 밤, 그녀는 우연히—어쩌면 우연이 아니었을지도 모르지만—

어떤 여자가 그에게 보낸 편지를 열어보게 되었다. 그는 이 여자와 동행하여 몇 년 전에 이 장소에 머문 적이 있으며, 다음에는 이탈리아와 파리까지 가서 룰렛 게임을 하기도 했다. 그녀의 이름은 『도박꾼』에 나오는 여주인공의 이름과 똑같았다.[21] 그 소설은 그가 안나를 알게 된 그 첫 달에 구술했던 작품이다. 그때 그녀는 가능한 한 빨리 받아쓰려고 노력했으며, 저녁때 집에 돌아가서는 늦은 밤까지 앉아서 그가 다음 날 읽을 수 있도록 속기한 것을 옮겨 적었다. 스텔로프스키와의 계약을 이행하기 위해서는 그 소설을 그달 말까지는 완성해야만 했다. 그녀의 도움 덕분에 모든 것을 기한 내에 해낼 수 있었으므로, 결국 그는 스텔로프스키에게서 해방될 수 있었다.

폴리나 부인은 물론 만만한 여자가 아니었다. 특히 그 귀족적 풍모와, 매사에 무관심할 수 있는 능력, 그리고 어딘지 상처받기 쉬워 보이는 병적인 자존심과 강한 개성으로 단연 눈에 띄는 여자였다. 반면에 안나 그리고리예브나는 자주 연필을 부러뜨리고, 그의 시선을 느끼면 얼굴이 붉어지며, 거의 여학교 교복 같은 치마의 주름을 매만지는 서툰 자세에다, 뭔가를 질문할 때마다 목소리가 작아지는 여자였다. 이런 장면이 벌어질 때마다 방에서는 그의 의붓아들이 지저분한 셔츠 사이로 맨가슴이 드러나 보이는 무례한 옷차림으로 뭔가 역겹고 건방진 웃음을 지으면서 꼬

21) 폴리나 프로코피예브나 수슬로바(1840~1918). 안나를 만나기 전 도스토예프스키의 연인. 『도박꾼』의 여주인공 폴리나 알렉산드로브나의 실제 모델.

나보고 있었다. 하지만 폴리나 부인은 어딘지 무섭고 알 수 없는 저 높은 곳을 둥둥 떠다니는 존재였다. 그는 그녀 앞에 무릎을 꿇고 그녀의 발바닥에 키스라도 할 준비가 되어 있었다. 그런 그녀가 지금 다시 나타났고, 소설 속에서가 아니라 실제로, 살아서, 안나 그리고리예브나로서는 처음 보는 글씨체와 함께 나타난 것이다. 그녀는 다시 돛대가 그녀의 손에서 빠져나가고 있는 것을 느꼈다. 그녀는 편두통이 있거나 급히 해결해야 할 일이 있다는 듯이 손을 관자놀이에 댄 채 방을 왔다 갔다 하기 시작했다. 편지에서 그녀는 안나 그리고리예브나를 실제 성(姓)인 '스니트키나'가 아니라 '브릴키나'라고 잘못 부르고 있었는데, 이 혼동에는 뭔가 특별하게 모욕적이거나 경멸적인 것이 있었다. 마치 폴리나 그녀 혼자만이 세상에 존재하고 있으며, 그녀 혼자만이 주인공이고, 안나 그리고리예브나는 그녀가 가는 길의 더러운 웅덩이나 조그만 진창일 뿐이어서, 진지하게 고려해 볼 필요도 없이 그냥 돌아가면 되는 그저 그런 방해물에 불과하다는 듯한 자세였다. 그녀는 편지를 그의 책상 위에 있는 다른 편지들 사이에 별로 중요하지 않은 것처럼 놓아두었다. 그녀가 그를 마중 나가 함께 집으로 돌아올 때, 그는 조심스럽게 그녀의 손을 잡았다. 마치 그가 없을 때 그녀에게 일어났을 수도 있는 변화라도 찾아내려는 것처럼, 나란히 발을 맞추어 걸어가면서 주의 깊은 시선으로 그녀를 바라보았다. 그는 여행용 가방을 들고 있었다. 얼굴은 여행 중의 석탄 먼지로 덮여 있었고, 옷깃이나 가슴 부분도 마찬가지여서, 그녀는 집에 돌아가서 그의 속옷을 세탁하고 다림질할 생각을 하고 있었다. 그렇게 걸어가고 있는 동안에는 어쩐지 그 편지에 대해서 생각하고 싶지 않았다. 하지만 그가 자기 책상에 앉아 편지를 정리하기 시작했을 때, 그녀는 문에 등을 기대고 서서 손을 뒤로 돌린 채, 넘어지지 않으려는 듯 문틀을 잡고 서 있었다. 그녀는 그가 이 편지에 대해 어떤 반응을 보일 것인지 자기 눈으로 확인해야 했다. 그는 편지를 개봉하자마자 곧 몸을 앞으로 기울이고는 읽어가기 시작했다.

그는 파리에 도착하자마자 그 여자가 묵고 있는 호텔을 찾아갔다. 그녀는 긴 드레스를 입고 짙은 갈색의 긴 머리칼을 땋은 채 그를 만나러 나왔다. 그녀의 눈빛을 보자마자 이미 무언가가 일어났음을 직감한 그는 그녀의 발밑에 엎드렸다. 그녀는 마치 소설에나 나올 법한 자세로, 자신이 다른 사람을 사랑하게 되었다고 선언했다. 그 남자는 스페인 사람으로 패션 잡지의 표지에 나올 만한 미남이라고 했다. 푸르스름한 검은빛의 머릿결을 어깨에 늘어뜨리고, 푸른 눈에 눈부실 만큼 흰 이를 가진 그 남자는 유복한 귀족이지만, 솔직히 말해서 전형적인 플레이보이였기 때문에 이미 그녀는 버림받았다고 했다. 그러나 페쟈는 모든 것을 받아들일 준비가 되어 있으니까 함께 떠나자고 그녀를 설득하기 시작했다. 그래서 그들은 이웃한 호텔 방에 묵게 되었고, 함께 기차를 탔으며, 기선에서는 한 선실을 쓰게 되었다. 하지만 그들은 오직 '친구 사이'로 지내기로 맹세한 관계였다. 사실을 말하자면, 친구 운운은 그 자신이 제안한 것이었다. 그런 제안이라도 하지 않으면 그녀가 그와 함께 다니지 않을 것이었기 때문이다. 물론 그는 이런 제안이 말도 안 된다는 것을 알고 있었지만, 마음 깊은 곳에서는 흐릿하게 뭔가 다른 희망을 품고 있었다. 이 '다른 희망'이란 현실로 일어나지 않을지도 모르지만, 꿈에서는 자주 보이곤 했던 풍경이었다. 그들이 저 멀리 푸른 수평선을 향해 헤엄치면서, 규칙적이고 율동적으로 손을 뻗고, 함께 숨을 내쉬고, 그의 숨이 곧 그녀의 숨이 되는, 그런 것 말이다. 하지만 깨어나면서 그는 해변에 불편한 자세로 앉아 있는 자신을 보았다. 이제 그녀는 아예 보이지 않았다. 그녀는 수평선 너머 어디엔가 숨어 있는지도 모르고, 아니면 아예 물에 들어오지 않은 것인지도 모른다. 그는 어떤 희망에 사로잡혀서, 그녀의 호텔 방에 노크도 없이 달려 들어가곤 했다. 하지만 그녀는 이미 아침 옷으로 갈아입은 채, 여왕처럼 자애롭게 그에게 손을 내밀었다. 그녀의 침대가 아직 정리되지 않았기 때문에 그는 잠시 눈을 감고 다시 그녀와 함께 헤엄치고 있는 자신을 떠올렸지만, 이미 가차 없는 이탈리아의 태양은 느슨하게 내려져 있는 커튼 사이로 흘러 들어오고 있었다. 거리에서는 상인들의 활기찬 목소리와 마차 소리가 들려왔으며, 아침은 그렇게 허망하게 끝나곤 했다. 뜨거운 태양으로 가득한 한낮이 앞에 놓여 있었다.

한 선실을 빌려 여행하는 것은 더 괴로운 일이었다. 밤에 꿈을 꾸다 깨어나면, 새벽의 아스라한 어둠 속에서, 가볍고 부드러운 담요 위로 도드라진 그녀의 몸 윤곽이 희미하게 보였다. 한번은 실내복만 걸친 채 그녀의 침대에 다가앉은 적도 있었다. 그녀는 머릿결에 파묻힌 고개를 들어 그를 밀어냈다. 하지만 그는 그녀의 무릎을 덮고 있는 담요에 달려들어 이불 위에 키스하기 시작했다. 그녀가 하인을 부르겠다고 소리치자, 그제야, 그는 미끄러져 내려와 그녀의 침상 곁에 깔려 있는 양탄자에 주저앉았다. 기선은 약간 흔들렸고, 배의 창문 너머로는 갈매기들이 끼룩거리는 소리가 들려왔다. 갑판과 레스토랑에서 사람들은 그들을 여행 중인 연인처럼 대했었다. 그는 침대에서 흘러내려와 있는 시트 끝에 키스했다.

"당신 미쳤군요!"

그녀는 그렇게 소리쳤다. 머리가 흩뜨려진 채 침상 머리에 등을 기대고 앉은 그녀는, 그림 속의 타라카노바 공주[22] 처럼, 마치 지금 선실에 물이 넘쳐 들어오기라도 하는 듯이 놀란 눈을 크게 뜨고 있었다. 그녀의 눈에 공포가 서려 있음을 느낀 그는 바닥에 엎드려 양탄자에 키스했다. 모든 것이 무너지는 느낌이었으며, 이 무너짐을 멈추는 것은 이제 불가능했으므로, 그는 숨조차 쉴 수 없었다. 그는 그녀에게 자기를 밟고 지나가라고 요구했다. 추락할 때는, 정말이지 끝까지 추락해야 한다. 그는 옆에서 보듯 자신을 바라보고 있었다. 이미 늙어버린 사내 하나가 한밤중에 선실 바닥에 실내복 차림으로 엎드려서는, 끓는 거품을 입에

---

22) 콘스탄틴 플라비츠키의 1864년 작품 이름. 1777년 대홍수 기간 중에 페테르부르크 페트로폴 요새의 독방에서 죽어간 타라카노바 공후비의 모습을 그림.

물고 있는 것이다. 그렇게 거품을 물 정도였다면, 그는 잠시라도 의식을 잃었어야 하지 않을까?

그녀가 쓴 글을 읽어가는 동안, 편지를 쥐고 있는 그의 손이 조금 떨리는 듯했다. 안나 그리고리예브나는 뒤로 잡고 있는 손잡이를 아프도록 꼭 쥐고 있었다. 방이 흔들리는 듯했고, 지금이라도 금방 쓰러질 듯한 느낌이 들었다.

기차는 둥근 언덕들 사이로 변덕스럽게 휘어 있는 좁은 궤도를 달렸다. 언덕은 어두운 녹색의 숲으로 덮여 있었다. 이곳에는 중부 독일, 가령 슈바르츠발트나 튜링거발트 같은 산악 지방의 너비와 고도에 적합한 너도밤나무나 느릅나무 등등의 나무들이 자라고 있었다. 기차는 작은 객차들을 매달고 장난감 기적을 울리는 작은 모형처럼 보였다. 붉은 바퀴살에 긴 연통을 달고 있는 이 장난감 기차는, 오늘날에는 증기 기관의 역사를 기념하는 특별 시리즈 우표에서나 볼 수 있을 것 같다. 장난감 같은 철길을 달리는 이 기차의 어느 이등 객실에, 이미 늙어버린 그 사내가 타고 있었다. 이마가 좀 벗겨진 데다 회갈색의 턱수염을 가진 그 사내는 어두운 빛깔의 베를린 산 양복을 입고, 평범한 러시아인의 얼굴을 하고 있었다. 그 곁에는 젊은 여자가 앉았는데, 어딘지 학생 같은 차림을 하고 있었다. 시선은 무겁게 찌푸린 표정이고, 모자를 쓴 채 여행용 숄을 두르고, 무릎에 작은 손가방을 얹어두고 있었다. 때때로 그녀는 남편의 어깨에 머리를 기댄 채 깜빡깜빡 졸기도 했는데, 그럴 때면 사내는 곁눈질로 그녀의 얼굴을 바라보았다. 그 시선은 어쩐지 무언가 의심스럽다는 듯, 마치 무언가를 읽어내려는 듯 주의 깊다.

얼마 전에 나는 한 인기 있는 화가의 전시회에서 그를 본 적이 있다. 그는 어떤 그림의 왼쪽 위 구석진 곳에 그려져 있었다. 이 그림[23] 앞에는 유난히 많은 관람객들이 서 있어서 그림의 아랫부분이 내 위치에서는 안 보였기 때문에, 나는 앞으로 밀고 들어가서야 풍문으로만 듣던 그 그림을 볼 수 있었다. 그 그림에는 세 마리의 비대한 분홍빛 돼지가 그려져 있었다. 마치 우수 양돈장을 홍보하기 위해 만들어진 플래카드에 그려진 것처럼 현란한 색채다. 그 돼지들 옆의 조금 위쪽에는, 머리가 없는 피투성이 시체가 놓여 있다. 또 그 위에는 기다란 탁자가 그려져 있는데, 이 탁자는 그림 중간쯤에 있어서 앞으로 밀고 가지 않고 좀 떨어진 자리에서도 볼 수 있었다. 방금 연회가 끝난 듯한 그 탁자에는 짙고 붉은 액체로 가득 찬 큰 컵이 놓여 있는데, 그것은 아마도 피가 틀림없었다. 도스토예프스키에게 더 가까운 곳, 화면 상단의 왼쪽 공간으로 시선을 돌리면, 여기에는 공장 특별 작업반 노동자과 원시적인 농부를 이상하게 섞어놓은 모습을 하고 있는 검은 머리의 남자가 그려져 있다. 그리고 그의 앞에는 상의도 걸치지 않은 채 맨발에 청바지만 입은 젊은이 하나가 무릎을 꿇고 있다. 그는 '선진 노동자'도 무지렁이 농부도 아닌 묘한 표정을 하고 있다. 그림의 오른쪽 상단에는 성자들에게서나

---

23) 일리야 글라주노프의 1977년 작품 「돌아온 탕아」.

볼 수 있는, 분명히 후광처럼 보이는 반원 안에 러시아의 유명 인사들이 빽빽이 모여 있다. 가발을 쓴 로모노소프[24]와 표트르 1세[25], 살티코프 시체드린[26], 레프 톨스토이[27] 등이 보이고, 그들 가운데에 『악령』의 저자가 그려져 있는 것이다. 이 사람들은 모두 어딘지 육탈한 듯했고, 마치 교과서에서 갓 튀어나온 듯 창백한 얼굴을 하고 있었다. 그림의 제목은 「돌아온 탕아」였다. 그림 옆에는 작은 표지판이 걸려 있었다. 거기에는 화가가 자기 작품에서 표현하고 싶은 것을 설명해 둔 해설이 오독을 피하기 위해 대문자로 씌어 있었다. 벽의 절반을 차지하고 있는 이 그림을 관람객들이 둘러싸고 있어서, 이 그림은 마치 「그리스도의 현현」[28] 같은 벽화로 보일 정도였다. 관람객들 뒤로는 몇몇 사람들이 시시한 놀이라도 하는 듯 지루한 표정으로 모여 있었고, 그들 중의 한 명은 심지어 취해 있는 듯했는데, 툭 튀어나와 있는 그의 호주머니에는 반 리터짜리 보드카가 숨겨져 있었을 것이다. 그는 다른 사람들과 떠들어대고, 손을 흔들고, 손가락으로 그림들을 찔러보기도 했다. 나는, 작업

---

24) 미하일 바실리예비치 로모노소프(1711~1765). 러시아의 시인이자 과학자.

25) 표트르 1세(1672~1725). 러시아 로마노프 왕조의 4대 황제로 페테르부르크를 건설하는 등 근대화를 추진함.

26) 살티코프 시체드린(1826~1889). 러시아의 작가. 대표작으로는 『골로블료프 가의 사람들』 등이 있음.

27) 레프 니콜라예비치 톨스토이(1828~1910). 러시아의 작가. 대표작으로는 『전쟁과 평화』 등이 있음.

28) 러시아의 화가인 알렉산드르 이바노프의 유화. 1837~1857년 작품.

복을 입은 채 무릎을 꿇고 있는 그림 속 인물의 뒤꿈치를 바라보았다. 나는 렘브란트의 그림에서 그림 한가운데에 커다랗게 도드라져 보이던, 아버지 앞에 무릎을 꿇고 있는 돌아온 탕아의 뒤꿈치를 떠올렸다.

장난감 기차는 증기 기관의 긴 연통이 뿜어낸 연기에 휘감긴 채, 슈바르츠발트와 튜링거발트 사이의 구불구불한 길을 달리고 있다. 마치 걸리버가 소인국 릴리푸트에서 그랬던 것처럼, 우리는 객실과 승객들을 포함해서 이 기차 전체를 손안에 잡을 수 있을 듯하니. 이 작은 사람들을 탁자 위에 풀어놓고 촛불을 끄듯 가볍게 입김을 불어대면서 장난을 칠 수도 있을 것 같다. 그들은 이 때 아닌 태풍에, 마치 막대기나 성냥개비 같은 것으로 개미굴을 찌르자 우왕좌왕하는 개미들처럼 허우적거릴 것이다.

안나 그리고리예브나는 잠에서 깨어나 창밖을 바라보았다. 어두운 녹색의 식물군이 언덕과 산을 덮었고, 언덕과 산의 정상이나 돌출부들은 암벽의 빛깔과 한낮의 빛을 따라서 희고 붉은빛이나 장밋빛으로 수놓여 있었다. 요철 모양의 성채를 지닌 옛 기사의 성들은 그녀가 호텔에 걸려 있는 그림에서 보았던 바로 그런 모습이었다. 산의 경사면을 덮고 있는 어두운 숲에서는 지금이라도 옛날이야기에 등장하는 난쟁이들이 피리를 불며 나와 이 언덕에서 저 언덕으로 돌아다닐 것 같았다. 그들은 높은 음과 낮은 음이 당김음으로 울려 퍼지는 삼박자 '트롤 지방의 요들'을 마치 메아리라도 되는 듯 조를 바꾸고 후렴을 붙여서 부를 것이다. 언덕 아래로는 평화로운 독일의 강이 흘렀고, 강변에는 소와 양 떼가 방목되어 있었다. 그 너머 펼쳐진 도시에서 붉은 벽돌로 된 뾰족한 집들과 고딕풍의 탑들이 보였다. 거리에는 사람들이 여유 있게 산책하고, 벽돌이 깔린 길에서는 무거운 장화 끈이 부딪히는 소리가 울리고 있을 것이다. 안나 그리고리예브나와 페쟈는 여러 번 기차를 갈아탔는데, 그중 몇 번은 낮이었고 몇 번은 밤이었다. 페쟈는 심하게 구토를 느낀 안나 그리고리예브나를 여성용 객실로 데려다 준 적도 있는데, 한번은 정말 토한 적도 있었다. 그들은 라이프치히, 바르스부르크, 프랑크푸르트를 거쳐갔다. 프랑크푸르트에서는 역에서 아주 가까운 어떤 호텔에 들러 송아지 고기 커틀릿과 수프를 주문해 식사를 한 뒤 도시를 구경하러 다니고 랑게 거리를 산책하기도 했다. 이 거리에는 흰 꽃들이 피어 있는 커다란 가로수들이 늘어서 있었다. 한 독일인이 그들에게 그 흰 꽃이 바로 아카시아라고 설명해 주었는데, 안나 그리고리예브나는 처음 본 그 꽃을 매우 마음에 들어 했다. 그리고 네프스키 거리처럼 많은 가게들이 늘어서 있는 커다란 거리로 나가서, 게르첸[29]이 발행하는 신문 《종(鍾)》을 54크로이체나 하는 비싼 값을 주고 샀다. 페쟈는 넥타이를 샀는데, 처음에 그는 작은 동그라미들이 그려진 장밋빛을 골랐지만, 생각을 바꿔서 3플로린 15크로이체짜리 점무늬 푸른 넥타이를 선택했다. 그

29) 알렉산드르 이바노비치 게르첸(1812~1870). 러시아의 사상가이자 작가. 대표작으로는 『누구의 죄인가』 등이 있으며, 신문 《종》의 발행인.

가게에는 안나 그리고리예브나에게 어울리는 스카프는 없었다. 대개 너무 좁거나 넓거나 그렇지 않으면 질이 좋지 않은 것들뿐이었다. 결국 그들은 다른 가게에까지 가서 꽤 괜찮은 모자를 구했는데, 페쟈가 안나 그리고리예브나에게 새 모자가 필요하다고 누누히 얘기했기 때문이다.

그들은 길고 뜨거운 거리로 나갔다. 거리는 이 시간이면 대개 텅 비어 있게 마련이며, 거의 모든 창문들은 덧문으로 닫혀 있었다. 도시는 마치 죽은 듯이 느껴졌다. 옆길로 들어서자, 안나 그리고리예브나의 집 응접실에 걸려 있는 그림 속의 풍경과 놀랄 만큼 비슷한 풍경이 나타났다. 실제의 마인 강이었다. 그들은 네프스키 거리와 비슷한 그 큰 거리로 돌아가서 어떤 가게에 들어갔다. 그 가게에서 안나 그리고리예브나는 2플로린 12크로이체를 주고 라일락 빛깔의 스카프를 샀다. 라일락 빛깔의 벨벳이 달린 밀짚모자도 만지작거렸는데, 그 모자는 꽤 예뻐서 전에 그녀가 처음 이 거리의 이 가게를 지나갈 때 눈여겨보아 두었던 것이다. 그때마다 그가 어디론가 바삐 가고 있었기 때문에, 그녀는 페쟈에게 가게에 들르자고 말할 엄두도 내지 못했었다. 모자는 20플로린이었는데, 드레스덴에서와 비교하면 끔찍한 가격이었다. 가격이 그랬는데도, 페쟈는 프랑스인 여점원에게 모자를 살 테니 보여달라고 정중한 태도로 인사를 하며 말했다. 그건 가게에 들어갈 때부터 점원이 그들을 야만인에 교양 없는 사람들로 대한다고 생각했기 때문이었다. 점원은 지극히 불손한 태도로, 자기들은 확실히 야만인이 아니라는 듯, 엉터리 러시아어로 '좋-아-요'

를 몇 번씩이나 연발했다. 이건 결국 페쟈의 화를 돋우어 신경질적인 반응을 불러냈다. 결국 그들은 모자를 사지 않고 가게를 나와서 다시 거리를 걸었다. 꽃 가게에 들러서 오랫동안 장미를 골랐는데, 그건 그들 둘 다 어쩐지 기분이 좋지 않았기 때문이다. 그들은 장미 두 송이를 18크로이체씩이나 주고 샀으며, 그 다음에는 버찌를 파운드 당 6크로이체씩이나 주고 샀다.

백 년이 조금 더 지난 후, 뒷주머니에 권총을 소지한 여덟 명의 사복 호송원들과 함께 이 도시의 공항에 도착한 사람이 있다.[30] 그는 아에로플로트 항공의 비행기를 타고 왔는데, 비행기는 두 시간이나 늦게 도착했다. 그것은 레포르토프스카야 형무소 관리실과, 고위 관료가 있는 루뱐카의 건물, 공항, 그리고 독일 본의 외교부장 사이에 이루어진 전화 통화가 지체된 탓이었다. 이 도시의 공항에 비행기를 타고 온 그 사람은, 중키에 뱌트스카 산 외투를 입고 수염을 기르고 있었다. 수염 때문에 그는 더 늙어 보였다. 이마에는 두 줄의 우울한 주름이 세로로 그어져 있고, 머리칼은 숱이 많고 결이 좋았으며, 손에는 가죽으로 된 귀마개 모자를 쥐고 있었다. 그는 마치 국가원수나 되는 듯 경호를 받으며 트랩을 내려갔다. 아래에는 사진 기자,

30) 알렉산드르 솔제니친(1918~). 서구로 추방되었던 러시아의 작가. 1970년 노벨상 수상. 1974년에 소비에트에서 영구 추방되어 독일 프랑크푸르트암마인에 도착. 독일, 스위스를 전전하다가 1976년 미국 버몬트 주에 정착. 1994년 소비에트 몰락 후 귀향.

방송 기자, 영화 촬영 기사, 그리고 기타 통신원들이 정중하게 반원을 이루어 모여 있었다. 이미 카메라들이 웅웅거리고 플래시가 터지고 있었지만, 그가 아래로 내려와 아스팔트에 서자 군중들 모두가 한꺼번에 그의 주위를 틈 없이 에워쌌다. 카메라 플래시들이 더 격렬하게 터졌다. 뒷줄에서 있던 사람들은 손을 위로 뻗어 사진을 찍고 촬영을 해야 했다. 경호원들은 비행기로 돌아갔다. 밝은 회색빛 외투로 정장을 한 사람이 군중들을 어렵게 뚫고, 막 도착한 손님을 맞으러 왔다. 그는 유명한 독일 작가였다. 그들 둘은 이제 독일 작가의 길고 검은 리무진을 타고 마인 강변의 도시로 향해 있는 너른 고속도로를 달렸다. 이 강변은 백여 년 전인 1867년 4월 중순에 페테르부르크에서 온 러시아 작가가 아내와 함께 거닐었던 바로 그곳이다.

며칠 후, 해외로 영구 추방되어 이방인으로 일생을 보내야 하는 이 귀빈을 따라, 그보다 훨씬 젊은 그의 아내와 두 아이가 비행기 편으로 보내진다.[31] 독일 작가의 빌라에서 혼자 첫 밤을 보내면서 이 러시아인 손님은 몸에 밴 습관에 따라 아내를 안기 위해 손을 뻗었다. 하지만 그의 곁에 누워 있는 것은 아내가 아니라 기묘한 허공이었다. 아내는 먼 곳 어딘가에 있을 것이었다. 그는 사람들이 아내의 팔을 꺾고, 그녀의 임무를 수행하도록 강요하는 꿈을

---

31) 솔제니친의 두 번째 아내 나탈리야 스베틀로바와 아이들. 나탈리야는 반체제 성향의 여성으로, 당시 소비에트 당국은 솔제니친과 그녀의 결합을 막기 위해 다양한 회유책을 동원했던 것으로 알려져 있음. 솔제니친 추방 후 나탈리야와 아이들도 이어서 추방됨.

꾸었다. 그러나 그녀는 다른, 더 무서운 선택을 할 준비를 하고 있었다. 그녀가 다른 사내에게 가버릴지도 모른다는 이 생각 때문에, 그의 심장은 고동치기 시작했다. 뜨거워진 얼굴을 식히기 위해 돌아누우면서 그는 괴롭게 베개를 쥐어뜯었다. 그는 다시 꿈속으로 빠져 들었다. 마취 상태인 듯 가위눌린 꿈속으로, 아내의 두 손이 그의 목을 감으려는 듯 스며들었다. 치렁치렁한 머릿결과 함께 고개를 젖히고 긴 속눈썹이 있는 눈을 가늘게 뜬 채 그를 바라보는 그 웃음이, 꿈에 보였다. 몇 년 전에 그는 바로 그런 자세로 수용소의 판자 침상에서 잠들어 있었다. 그때 그는 다른 여자의 얼굴을 꿈속으로 그리고 있었다. 드디어 그 여자와의 면회가 허용되었고 그는 그녀와 함께 초소 안에 앉았다.[32] 옆에는 감시병이 빈둥거리며 왔다 갔다 하고 있었다. 그는 그녀의 두 손을 잡았다. 수많은 진짜 꿈들을 꾸어왔기 때문에, 이 믿을 수 없는 일이 그에게는 꿈처럼 느껴졌다. 그가 수용소에 있던 몇 년 동안을, 그녀는 분주하게 법원 등지를 찾아다니고 면담을 위해 긴 줄을 서면서 보냈다. 하지만 그가 돌아왔을 때, 그에게 그녀는 꿈속에서 보았던 바로 그 여자, 예전 그 유일한 면회 때 보았던 그 여자와는 다르게 보였다. 그녀의 눈가에는 잔주름들이 생겼으며, 흰머리가 늘어 있었다. 그녀에게 키스하면서도, 그는 눈을 감은 채로도 그녀의 주름살들과 흰머리를 보는 듯했다. 이제 거리에서 그의 시선은 자기도 모르게 젊은

32) 솔제니친이 수감 생활을 할 때의 첫 아내 레셰토프스카야.

여자들에게 머물렀으며, 그의 의지와는 무관하게, 긴 시선으로 그네들의 뒤를 좇았다. 그들 중 몇몇은 걸음을 느리게 만들 정도여서 그는 다시 돌아보아야만 했다. 게다가 아내는 이제 그가 다른 방식으로 살아가야 한다고 생각하고 있지 않은가. 바로 이럴 때에, 가늘게 뜬 달콤한 눈매와 어깨까지 드리운 짙은 머릿결의 그 여자가 나타났던 것이다. 그녀의 모든 것은 어쩐지 대단히 가볍고 무게가 없는 듯 느껴졌으며, 바로 이 느낌은 그의 몸에 온전히 전달되었다. 이미 영원히 잃어버린 것 같았던 그 가벼움으로, 그는 전차나 버스의 발판에 가볍게 뛰어오를 수 있었다. 일을 하면서도 그는 이 가벼움을 느끼고 있었는데, 정확하고 화사한 말들이 스스로 그에게 다가오는 것 같았다.

흰머리와 함께 나이가 들어버린 여자는 병원에 입원하게 되었다. 의사들은 당혹스러운 듯 기침을 하고 시선을 다른 데로 돌리면서, 단지 나이 때문에 안 좋은 것이며 일시적인 증상일 뿐이라고 말했다. 그녀는 병원의 긴 복도를 이 끝에서 저 끝까지, 목재 격자가 있는 이쪽 창문에서 저쪽 창문까지, 다른 환자들처럼 가운을 입은 채 빠른 걸음으로 왕복했다. 그녀에게는 모든 사람들이 다 알고 있고, 다 보고 있으며, 왜 그녀가 이런 곳에 와 있는지를 뻔히 알고 있는 듯 여겨졌다. 그는 여전히 연설하고, 호소하고, 폭로하고, 글로 입으로 설득하는 일을 계속하고 있었다. 그의 폭로와 설득은 더욱 격렬해졌으며 더욱 비타협적이 되었다. 희생자라는 것은 결국 무엇으로든 보상을 받아야 하는 법인 데다, 그의 경우는 제 희생을 대가로 얻은 내적 자유를 끝까지 누려야만 했기 때문이다. 마치 그렇게 열렬히 폭로하고 설득해야만 제 아픔을 억누를 수 있는 듯했다. 설교하고 폭로하면서, 그는 자주, 아내와 함께 마인 강변을 산책했던 러시아의 작가를 인용했다. 그 19세기 러시아 작가의 생각은 이런 것이었다, 라고. 어떤 행복도, 설령 그것이 전 인류적 행복이라 하더라도, 타자들의 고통을 딛고 이루어져서는 안 된다, 그것이 한 사람의 생에 불과하다 하더라도, 그것이 겨우 단 한 사람의 망가진 생이라 하더라도. 특히 아이들의 고통 위에서는. 그 아이들은 보즈네센스키 다리나 고로호바야 거리 근처 어딘가에 서서 축축한 페테르부르크의 안개 때문에 떨리는 손을 내밀고 있을 것이다. 특히 헐벗고 매 맞고 능욕당한 소녀들이, 마치 에스컬레이터라도 탄 것처럼, 어둠 어딘가에서 서서히 떠오르고 있을 것이다. 극장 조명이 한순간 그들을 비추면 그들은 더 학대받고, 그래서 더 당당한 그런 새로운 모습으로 바뀌어 다시 어둠 속에 잠길 것이다. 태연해하든 초조해하든, 그것은 자기 자신을 능욕에 던질 준비가 되어 있는 자의 모습이다. 이것은 넬리[33]의 모습이다. 그녀는 이 소설의 화자[34]의 도움으로, 그녀를 어떤 호색한에게 팔아넘기려는 파렴치한 여주인에게서 벗어나, 이제 화자와 한집에서, 유혹이 느껴질 만큼 가까이에서 살게 된다. 그리고 이것은 고아 네토치카[35]의 모습이다. 그녀는 처음에는 제

33) 도스토예프스키의 소설 『상처받은 사람들』에 나오는 열네 살 소녀.
34) 도스토예프스키의 소설 『상처받은 사람들』의 화자 이반 페트로비치(애칭은 바냐). 작가 도스토예프스키가 투영된 인물.

계부를, 그리고 다음으로는 카챠[36]를 병적으로 사랑했는데, 그녀가 카챠와 함께 침대에 누워 뒹굴 때 우리는 카챠의 자리에 카챠가 아닌 이를 상상해 보기도 하는 것이다. 이 소녀들은 또 「여름의 인상에 대한 겨울의 기록」에서, 저 런던의 안개(이번에는 페테르부르크의 안개가 아니다.) 속에서 나타난 소녀들이다. 그녀들은 그저 붙잡아 보기 위해 통행인들에게 더러운 손을 뻗곤 하는 것이다. 페테르부르크의 더러운 거리에는 또 마트료샤[37]가 있다. 그녀는 스타브로긴에게 강간당한 후 목을 맸다. 그리고 프랑크푸르트 암마인의 상섬 중 한 곳의 어떤 사진 속에서, 그녀는 스타브로긴의 눈앞에 다시 떠올랐던 것이다. 이 곳은 얼마 전 도스토예프스키 부부가 돌아다니던 곳이다. 소녀는 또 무덤 속에도 있다. 이 소녀는 스비드리가일로프[38]가 자살하기 전날 밤 호텔에서 보았던 소녀다. 이 소녀 역시 능욕당했는데, 그것이 정말 스비드리가일로프가 저지른 짓이었는지는 알 수 없다. 그는 반쯤은 스타브로긴과 비슷했으며, 또 반쯤은 그를 창조해 낸 작가가 제 안에 있는 정반대의 자아로 그려낸 인물이었다. 소녀는 자살했다. 이 모든 미성년 소녀들은, 더러운 거리의 탕녀들은, 머리가 모자란 리

35) 도스토예프스키의 소설 『네토치카 네즈바노바』의 주인공.

36) 도스토예프스키의 소설 『네토치카 네즈바노바』의 인물. 네토치카와 동년배로 그녀와 애증 관계에 있음.

37) 도스토예프스키의 소설 『악령』에 나오는 인물.

38) 도스토예프스키의 소설 『죄와 벌』에 나오는 인물. 호색한으로 소녀를 강간하여 죽음에 이르게 했다는 소문이 있으며, 그 자신도 권총 자살함. 자살 전날의 환상 속에서 소녀의 이미지를 떠올림.

자베타 스메르쟈시차야[39]에까지 이르고 있다. 희생자가 저항 불능일수록 얻는 쾌락은 강해지는 법이기 때문에 그녀를 겁탈하는 짓은 아마 특별히 달콤했을 것이다. 이런 것은 사악한 짓을 더욱 자극적으로 만든다. 이 모든 미성년의 소녀들은, 이 '요정'들은 나보코프[40]의 『롤리타』에서 더 노골적으로 묘사된다. 그녀들이 작가의 내면적 지하에서 이 세상으로 나온 이유는, 작가가 그 두렵고 내밀한 어둠에서 벗어나 제 양심을 자유롭게 만들기 위함이 아닌가? 그렇기 때문에, 제 안의 다른 느낌들이 다 억눌릴 만큼, 그 폭로의 열정이 강한 것은 아닌가?

기차 밖으로는 아직 흩어지지 않은 아침 안개 너머로 바덴바덴 부근의 풍경이 보였다. 안나 그리고리예브나는 남편의 어깨에 머리를 기댄 채 졸고 있었다. 그는 눈을 옆으로 돌려 뭔가 의심스럽다는 표정으로 조심스럽게 그녀의 얼굴을 바라보았다. 이 여자는 그를 정말 사랑하고 있는 것일까? 자기 집에서 처음 만났을 때 이 아가씨는 마치 김나지움 학생처럼 보였다. 청순하고 맑은 얼굴의 여자는 바쁘게 오느라 뺨에 홍조까지 띠고 있었다. 그런 그녀가, 한

---

39) 도스토예프스키의 소설 『카라마조프 가의 형제들』에 나오는 정신박약 인물. 표도르 카라마조프에게 겁탈당해 아들 스메르쟈코프를 낳고 사망.

40) 블라지미르 나보코프(1899~1977). 러시아 태생으로 1917년 이후에 미국으로 망명한 소설가. 대표작으로 중년 남자와 어린 소녀의 애정 행각을 그린 『롤리타』가 있음.

집에서 영원히 함께 살 그의 아내가 된다는 사실이 그는 믿기지 않았다. 항상, 언제든지, 그녀에게 다가가서 그녀의 머리가 말려 올라간 그곳, 목덜미에 키스할 권리가 그에게 주어진다는 것이, 그로서는 믿기지 않았다. 하지만 왠지 처음부터 그녀가 그의 아내가 될 수도 있으리라는 생각이 들었다. 그러니까 그녀가 서재의 둥근 탁자에 앉아서 예의 바른 자세로 머리를 깊이 숙인 채, 그가 탁한 목소리로 구술하는 것을 속기체로 적어가던 그 첫날부터, 그런 생각이 머릿속에서 맴돌았던 것이다. 그녀가 이미 그에 대해 모종의 '권력'을 획득했다는 사실을 알아채지 못하도록, 그는 그 첫날 일부러 날카롭고 건조하게 그녀를 대했다. 하지만 그녀에게 구술하면서 그의 머릿속에 떠오르던 영상은, 거의 다 탄 촛불의 흔들리는 불빛 속에서, 그녀 앞에 무릎을 꿇고 그 발에 입을 맞추는 풍경이었다. 그녀는 어디로도 떠나려 하지 않고 그의 아내가 된다. 그는 이제 불을 끄고 무섭고도 달콤한 '항해'를 시작하는 것이다. 그의 목에서는 자꾸 쉰 목소리가 났다. 그는 자기 앞에 있는 이 어리디어린 여학생을 보지 않기 위해 눈을 감고는, 상상이 더 진행되는 걸 막기 위해, 여학생이란 신학생과 마찬가지라는 생각을 하려고 의식적으로 노력했다. 그녀가 정말로 그를 사랑했을까? 때로 그는 그녀가 사랑을 위장하고 있다고 생각하곤 했다. 혹시 그의 명성이 그녀를 유혹한 것은 아닐까? 그가 드레스덴의 사격장에서 목표물을 겨냥하고 있을 때, 그녀는 옆에 서서 슬쩍 미소 짓고 있었다. 그녀는 그가 명중시키지 못할 것이라고 생각하고는

"못 맞출걸요."라고 말하기까지 했다. 그의 앞에는 어떤 독일인이 사격을 하고 있었으며, 그 독일인은 플로어 위로 튀어나와 있는 강철로 된 터키인 표적을 계속 명중시키고 있었다. 그녀는 경탄과 함께 이 독일인이 총 쏘는 것을 바라보았고, 그 독일인 또한 그녀에게 의미심장한 시선을 던지고 있었다. 그러면서도 그녀는 남편에게 "못 맞출걸요." 라고 말했던 것이다. 하지만 그는 그녀가 보란 듯이 첫 발을 명중시켰다. 색색으로 칠한 터키식 모자를 쓴 터키인 표적이, 독일인이 맞추었을 때와 마찬가지로 플로어에 쓰러졌다가 일어섰다. 그는 의기양양하게 그녀에게 몸을 돌리고는 거의 외침이라고 할 정도로 크게 말했다.

"어때? 맞았지?"

한 발씩 목표물을 명중시킬 때마다 그는 그녀를 향해 외쳤다.

"자, 어때?"

차츰 주위 사람들이 자꾸 돌아보게 되었고, 그녀의 표정은 그가 한 발씩 명중시키고 환희에 차 외칠 때마다 조금씩 당혹스러워지다가 급기야 안쓰러울 지경이 되어갔다. 그런 그녀의 모습이 그를 더욱더 자극했고, 그래서 그는 더욱 크게 "자, 어때?" 하고 고래고래 소리를 질렀다. 어느새 사람들이 그의 주위를 둘러싸게 되었다. 그녀의 얼굴은, 그가 "어때?" 하고 의기양양하게 외치면서 그녀에게 몸을 돌릴 때마다 일그러졌다. 이마는 심지어 노랗게 변하기 시작했다. 이마의 노란빛을 보면서 그는, 그녀가 빨리 늙어서 저렇게 보기 흉하게 돼버렸으면, 그래서 저 독일인 사내 같은 작자들이 그녀를 넘보지 않았으면, 하고 열망하고 있었다. 아마도 그때가 되면 그녀는 그에 대한 '권력'을 상실할 것이다. 그녀는 어쩌면 친지에게 보낸 편지 같은 것에서 그를 비웃고 있을는지도 모른다. 아니면 그들의 '항해'에 뭔가 추악한 것이 있다고 말했을는지도 모른다. 때로 그녀는 잠들지 않은 척 위장을 하곤 했지만, 그는 그녀의 목소리로 보아 그녀가 졸고 있다는 것을 알고 있었다. 영감이 마구 떠오르는 그런 저녁 시간에, 겨우 삼십 분 정도를, 그의 곁, 그의 책상 옆에 앉아 있을 수 없다는 말인가? 그녀는 그런 저녁마다 꼭 다른 방으로 사라져버린다. 그러면 그는 그녀가 잠들어 버렸다고 확신하고는, 방에 들어가서 그녀의 어깨를 흔들어 깨운다. 그럴 때면 그녀는 눈을 감고 있었지만 잠들지는 않았다고 그에게 단언하곤 했으며, 이 명백한 거짓말은 다른 무엇보다도 그를 화나게 했다. 그녀는 그와 함께 앉아 있는 건 좋아하지 않으면서도, 치머만 부인과는 대단히 활기차게 대화했다. 이 머리가 텅 빈 수다스러운 독일 여자와 앉아서 레이스의 무늬가 어떻다는 둥 쓸데없는 얘기나 나누고 있는 것이다.

한번은 그녀가 잠들어 버렸다고 또 그가 화를 낸 후에, 그녀는 언제나처럼 졸리지 않은 척하며 그의 서재 책상 옆에 겨우 앉아 있었다. 그는 그녀를 쳐다보지 않고 있었지만, 그녀의 눈이 자꾸 감기고 그녀가 졸음과 싸우고 있다는 것을 느낄 수 있었다. 그에게 필요한 것은 이런 식의 친절은 아니었다. 창밖으로는 벽돌 바닥에 부딪는 말굽 소리와 함께 마차가 지나다녔고, 저 멀리 붉은 벽돌집의 뾰

즉한 지붕 너머에는 태양이 지고 있었다. 그의 생각은 자꾸 옆길로 새고 있었으며, 그는 이렇게 생각이 자꾸 옆길로 새는 것은 그녀가 저렇게 억지로, 의무감 때문에 곁에 앉아 있기 때문이라고 생각했다. 그는 갑자기 의자에서 벌떡 일어났다. 그녀가 일부러 자신을 화나게 하고 복수를 하기 위해 여기 함께 앉아 있는 것이라고, 그는 고래고래 소리를 지르기 시작했다. 그는 이런 비난이 말도 안 된다는 것을 스스로 깨달을수록 더욱더 격노하여 목소리를 높였다. 이런 건 사람들이 다 듣도록 해야 하며, 누구보다도 그녀하고 제일 친한 여자인 치머만 부인이 들어야 하는 것이다. 그는 발로 거칠게 의자를 밀쳐내고는 담배를 피우려고 궐련 통을 찾기 시작했지만, 손은 떨리고 있었다. 안나 그리고리예브나는 손바닥으로 얼굴을 가리고 방에서 뛰쳐나갔다. 그는 책상 위에 놓여 있는 종이나 책들을 미친 듯이 집어던지고 상자들을 헤집으면서 궐련 통을 찾기 시작했다. 책상 오른쪽 끄트머리, 손이 잘 닿는 곳에 놓아두었던 것으로 기억하는데 도대체 찾을 수가 없었다. 궐련 통이 어디 있는지 그녀는 알고 있을 거라고 생각한 그는, 궐련 통은 다만 빌미에 불과하다는 것을 알면서도 그녀를 뒤쫓아 그녀의 방으로 들어갔다. 그녀는 침대 끝에 앉아서 여전히 손으로 얼굴을 가린 채 어깨를 들먹이고 있었다. 그는 그녀 앞에 무릎을 꿇고는 힘으로 그녀의 손을 떼내었다. 그녀의 얼굴에는 눈물이 흐르고 있었다. 그는 그녀의 손과 무릎에 키스하기 시작했다. 그러자 그녀는 그의 머리를 자기 쪽으로 끌어당기면서 갑자기 웃음을 터뜨렸다. 그는 그녀의 손에 묻었던 얼굴을 들고, 아직 눈물에 젖은 채 웃고 있는 그녀의 눈을 의아한 듯 쳐다보았다. 그녀는 사실 자기가 지금도 졸고 있기 때문에 마음먹은 대로 움직여지지 않는다고 말했다. 그가 그녀에게 원했던 것이 바로 이런 솔직함인지도 몰랐다.

저녁때 언제나처럼 그는 그녀에게 '밤 인사'를 하러 갔다. 그들은 또 해변이 아예 없었던 듯 보이지 않을 만큼 먼 곳으로 헤엄쳐 갔다. 그들은 물에 잠겼다가 가볍게 물을 밀어내면서 앞으로 나아갔으며, 폐에 공기를 모으기 위해 율동적으로 호흡하면서 헤엄쳤다. 그래서 이 '항해'가 끝이 없을 것처럼 느껴질 때가 되면, 이제 물에서 나와서 헤엄을 치지 않고 갈매기처럼 날아올라 바다 위를 날아갈 것이었다. 그런데 그는 문득 그녀의 웃는 얼굴이 떠올랐다. 물론 그를 비웃고 있는 얼굴이었다. 그러자 그때부터 맞파도가 그를 한쪽으로 밀어내기 시작했다. 그녀의 얼굴 옆에 풍선처럼 둥글게 늘어진 턱을 가진 그 간수 장교의 부어오른 얼굴이 나타났다. 퉁퉁 부은 이 얼굴은 모기의 배처럼 피로 가득 차 있는 듯했다. 거만하게 이빨을 드러내며 웃는 그의 얼굴 옆으로, 또 다른 얼굴들이 나타났다. 그의 지인들과 친구들, 특히 여자들이었다. 여자들 중 한 명은 그와 함께 같은 선실을 썼던, 그가 감히 건드려보지도 못했던, 바로 그 여자였다. 또 맨 앞줄에 있는 여자는, 그가 유형당하기 이전 아직 젊었을 때, 빌리에고르스키에 있는 살롱에서 언젠가 보았던 여자였다.

그 살롱은 작가들이 모여드는 곳으로, 긴 드레스를 입은 아름다운 그녀는 접근하기조차 어려운 여자였다. 드레스의 긴 치맛자락이 소리 없이 마치 여왕을 따라가듯 그녀의 뒤를 따르고, 밝은 빛의 머리카락들로 휘감겨 있는 얼굴은 향기가 은은하여 감히 범접조차 어려운 여자였다. 그런 그녀가 손을 내밀어 그 손이 그의 손에 잠시 머물렀던 적이 있다. 그는 장갑 틈으로 언뜻 보이는 그 희디흰 손에 키스를 해야 한다는 것을 깨닫고는, 자신도 모르게 비틀거리면서 거의 넘어질 뻔했다. 아마도 그는 잠시 의식을 잃었던 것 같다. 하긴, 이런 식으로 병의 전조가 나타나는 게 처음은 아니지 않은가? 그곳에 있던 사람들 모두가 그를 비웃기 시작했으며, 심지어 누군가는 즉석에서 모욕적인 사행시를 지어 보였다. 그녀는 여전히 진지하고 주의 깊게 그를 바라보면서, 다만 그의 손에서 자기 손을 슬쩍 뺐을 뿐이다. 하지만 어느덧 그녀조차 그를 비웃기 시작하자 객실에 있던 사람들은 아예 내놓고 낄낄거리며 웃기 시작했다. 자기만족적이고 배부르고 겉만 번드르르한 이 재능 없는 속물들 앞에서, 그는 영혼이 완전히 발가벗겨지는 것을 느꼈다. 그들은 온 페테르부르크에 가벼운 농담과 재담을 섞어 그에 관한 이야기를 퍼뜨렸다. 단지 그의 생각을 떠받들고 숭배하는 자들이라고 생각했던 그들이, 이제는 그저 히히거리며 그를 비웃고 있는 것이다.

이제 그는 해안가 근처에서 버둥거리고 있었다. 아냐는 어딘가 멀리, 거의 수평선 가까이까지 헤엄쳐 가고 있고, 수평선에서는 바다의 푸른빛이 하늘의 푸른빛과 합쳐지고 있었다. 그녀를 포함해서 그들 모두가 그를 비웃고 있는 것이다. 수평선 너머 어딘가에서 헤엄치고 있는 그녀를 남겨둔 채, 그는 실내복을 벗어 던지고 다른 방으로 건너가서는, 촛불을 켠 후 자기 책상에 앉아서 손으로 머리를 감쌌다. 그렇다, 그녀는 애초부터 그의 적이었으며, 이것은 의심의 여지가 없는 것이다.

다음 날, 모닝커피가 놓인 탁자를 옮길 때 그녀의 실수로 탁자 다리가 그에게 부딪혔다. 그는 그녀가 고의로 그랬다며 화를 냈다. 그러고는 며칠 동안을 내내, 그녀가 고의로, 악의를 가지고 그를 불쾌하게 대한다고 반복해서 말하는 것이었다. 그럴 때마다 그녀의 얼굴에는 애처롭고 당황한 표정이 떠올랐다. 이제는 사격장에서처럼 감히 웃을 수도 없었기 때문에, 그녀는 얼굴을 보이지 않으려는 듯 고개를 숙였다. 그러면 그는 그녀 앞에 또 무릎을 꿇고 그녀의 발을 감싸 안고는 용서를 구했다. 그는 제발 자기를 비웃지 말라고 간청하다가, 그녀 앞에서의 이 모멸감에 또 화가 나 벌떡 일어났다. 빠른 걸음으로 방을 대각선으로 왔다 갔다 하면서, 그 와중에 거치적거리는 의자에 다리를 부딪히기도 하면서, 아무리 돈이 없어도 자기는 충분히 존경받을 가치가 있다고 소리소리 질렀다. 그녀는 여전히 머리를 숙이고는 편두통이라도 있는 듯 손으로 머리를 누르고 있었다. 당황했던 얼굴이 돌처럼 굳어버린 채 미동도 않고 서 있는 것이다.

집과 별장들이 있는 바덴바덴 외곽의 익숙한 풍경이 천천히 창 너머로 흘러가고 있었다. 그는 여전히 주의 깊고 긴장된 표정으로 그녀의 얼굴을 바라보았다. 그녀는 그의 어깨에 머리를 기댄 채 잠들어 있고, 그는 문득 그녀의 이마와 뺨에 노란빛이 나타나는 것을 발견했다. 그것은 전에 실내사격장에서 보았던 바로 그 빛깔이었다. 그녀는 조용히 규칙적으로 숨을 쉬고 있었다. 그녀에게는 잠이 더 필요할 것인데, 당연히 그 이마의 누런빛 역시 그녀의 배 속에 있는 미래의 미샤이거나 소냐일 아이 때문에 나타나는 것일 터였다. 왜 지난번에는 이것을 깨닫지 못했던 걸까? 그는 그녀의 머리를 쓰다듬었다. 잠에서 깬 그녀가 방금 깨어난 아이처럼 그를 쳐다보았다. 그는 "곧 도착할 거야."라고 말해 주었다. 그녀는 차창 밖으로 시선을 돌렸다. 녹색으로 덮인 높은 산이 있고, 그 너머에 희고 붉은 벽돌집들이 있고, 그 가운데에 고딕식의 사원 탑이 보이고, 이 모든 풍경 위로는 가벼운 구름이 흘러가는 짙푸른 하늘이 있었다. 도시의 풍경은 그녀가 상상했던 그대로였지만, 이제는 짐도 챙기고 내릴 준비를 해야 했다.

그는 사진을 찍을 때마다 취하는 자세 그대로 무릎 위에 손을 올려놓고 좌석 등받이에 등을 약간 기대어 있었다. 가까워지는 도시를 바라보고 있었다. 산의 경사를 덮고 있는 녹색의 들판 너머로 고딕식 지붕을 가진 이층집이 뚜렷이 눈에 들어왔다. 그 집의 창문들은 낮인데도 무거운 벨벳 커튼을 드리우고 있었다. 그 집의 천장 아래로는 자욱한 담배 연기 속에서, 커다란 크리스털 샹들리에의 불빛이 녹색 카펫이 깔린 홀을 비추고 있을 것이다. 홀의 구석은 담배 연기 탓에 빛이 들지 않아 어둠에 잠겨 있다. 중앙에 커다란 홀이 하나 있고 그 양옆에 좀 작은 두 개의 홀이 있는데, 각 홀마다 가운데에 녹색 보가 씌워진 탁자들이 세워져 있다. 탁자 주위에는 잠을 못 자 누런 얼굴을 한 사람들이 서 있을 것이다. 그들은 손을 탁자로 뻗고 있는데, 거기에는 황금빛 코인이 흩어져 있다. 그것들은 마치 성상(聖像)을 덮고 있는 금속 덮개처럼 붉은빛으로 반짝이면서 빛난다. 모든 촛불이 밝혀져 있고 그 불빛이 향 연기 속에 흔들리고 있는 예배 시간에 교회 한쪽에 놓여 있는 성상의 덮개처럼 말이다. 탁자의 한가운데, 황금빛 코인이 쌓여 있는 위쪽으로는 울긋불긋하게 반짝이는 원반들이 있다. 이것은 마치 교회의 제단이나 황궁의 문 같은 것이다. 이 문으로는 욕망이라고는 전혀 없는 듯한 얼굴을 가진 단 한 사람만이 드나들 수 있으며, 그 사람은 조용히 이 신성한 원반 앞에서 제의에 몰두하는 것이다. 마노(瑪瑙)처럼 검고, 루비처럼 붉으며, 잡힐 듯 잡히지 않는 이 은빛 원반은, 숫자와 숫자 사이를, 테니스 경기의 공처럼 교묘하게 운명을 결정하듯이 돌고 있다. 그때마다 탁자에 흩어져 있는 황금 코인들은 마치 누군가의 보이지 않는 손이 분류하고 정리라도 하는 듯이, 저절로 산처럼 쌓여갈 것이다. 기차에 앉아 있는 사내는 손을 무릎에 올려놓은 채 눈을 감았다. 그는 이 황금 코인 더미를 싹쓸이하지만, 그가 코인들을 그러모으기 위해 손을 뻗자마자, 누군가의 손이 뻗어오더니 코인들을 모아 가져가 버렸다. 이 손의 주인은 탁자 주위에 모여 있던 얼굴이 누런 사람들 중 한 명이다. 그리고 그는 문득, 왜 이 코인 더미를 그가 가져가 버리는

지를 깨달았다. 코인들이 삼각형 모양을 만들어 정점을 이루기 전에 그가 가져가려고 했기 때문이다. 그는 이 삼각형의 꼭짓점, 그 정점이 만들어질 때까지 기다려야 했던 것이며, 그랬다면 돈은 그의 것이었을 터였다.

기차가 속력을 늦췄을 때 그는 눈을 떴다. 창밖으로는 바덴바덴 역의 촘촘한 붉은 벽돌 건물들이 천천히 흘러가면서 멈추고 있었다. 안나 그리고리예브나는 창에 눈을 대고는 역의 건물들과 플랫폼을 서성거리는 사람들을, 마치 마중 나온 누군가가 있기라도 한 듯 바라보고 있었다. 이곳이 바로 생생히 살아 있는 진짜 바덴바덴인 것이다. 그녀는 이미 남편과 함께 바덴바덴의 중심가인 리히텐탈러 거리를 산책하고 있는 자신을 떠올리고 있었다. 이 거리는 잘 차려입고 한껏 멋을 부린 사람들이 휴가를 보내는 곳이라고들 했다. 그녀는 레이스가 달린 검은색 숄을 주름이 달린 화려한 의상으로 바꾸어 입을 것이었다. 그래야 페쟈에게 행운이 올 것이기 때문이었다.

그들은 드레스덴에서처럼 평범한 독일 여자네 집에 방을 얻었다. 그녀는 하숙을 치면서 마리라는 하녀를 두고 있었다. 이 하녀는 매우 활기 넘치고 이탈리아 여자처럼 피부가 거뭇했다. 안나 그리고리예브나가 열네 살쯤 되지 않았을까 하고 추정할 만큼 어려 보이는 것과 달리 벌써 열여덟 살이었다. 그녀는 명랑하고 잘 웃고 집 전체에 울릴 만큼 목소리가 컸다. 또 남자든 여자든 독일 사람들이라면 대개 그렇듯이 놀랍도록 둔했는데, 말을 금방 이해하지 못해 같은 말을 수십 번은 해야 했다. 그런데도 잘 이해하지 못하는 경우가 많은 데다, 점심 식사 때 스푼을 빼먹기 일쑤였다. 그들이 숙박한 집 마당에는 새벽 4시부터 망치 소리가 시작되는 대장간이 있었고, 이웃집에서 들리는 어린아이들의 울음소리는 도대체 멈추질 않았다. 바덴바덴에서의 첫날들은 내내 그렇게, 분주하게 어디론가 나서는 환한 여름날의 아침과 비슷하게 흘러갔다. 밤 동안 내린 비 때문에 풀, 아스팔트, 집, 전차 등 모든 것이 씻겨져서 갓 기름칠이라도 한 듯 발그레해지곤 하는 아침, 그래서 뭔가 예기치 않은 행운이 찾아올 듯한 예감에 서둘러 어디로든 나서면, 반드시 멋진 일이 일어나는 그런 아침 말이다.

젊은 날 대학 시절에, 우리 가족은 피란에서 돌아와 병원 건물에서 살았던 적이 있다. 우리가 돌아왔을 때 도시는 거의 파괴된 상태였고, 우리 가족에게는 겨우 아버지가 일하던 병원의 방 하나가 주어졌다. 옆방은 화장실과 욕실이었으며, 우리 방 앞의 복도는 바닥이 돌로 되어 있어서 목발 소리가 요란하게 들리곤 했다. 병원 건물은 벽이 대단히 두텁고 둥근 천장이 시커멓게 그을려 있는 낡은 건물이었다. 혁명 전에 이곳에는 유대인 빈민 구제 병원인가 양로원인가가 들어서 있었다고 했다. 우리 방 옆으로는, 2차 대전 때 부상을 입은 부상병들이 깁스를 한 그 지저분한 다리를 질질 끌고 절뚝거리고 목발을 따각대면서 화장실을 들락거리곤 했다. 아침에 내가 학교에 가려고 서둘러 병원 뜰을 지나갈 때면, 그 부상병들은 산책을 하거나 나무 탁자가 있는 벤치에 앉아 신문지로 담배를 말아서 피우거나 도미노 놀이를 하고 있었다. 나는 산 쪽으로 향해 있는 거리로 나가기 위해 서둘러 병원 문을 나섰다. 그 산에는 집이 몇 채 남아 있지 않았고, 집들 사이로 펼쳐져 있는 공터에는 풀과 엉겅퀴들이 웃자라 있었다. 물론 이곳에 서 있던 건물의 벽돌 잔해들도 더미를 이루어 쌓여 있었다. 아버지가 이 병원의 외과 과장이었기 때문에, 간호사들과 의사들도 내게 인사를 먼저 건네곤 했으며, 입구의 수위 역시 먼저 인사를 했다. 나는 거리로 나와 서둘러 길을 올라갔는데, 그곳에는 불긋하게 칠한 전차가 보통은 한 량으로, 간혹 두 량을 이어서 다니곤 했다. 전차가 다니고는 있었지만, 이곳 역시 그나마 거리라고 부르기가 민망할 정도였다. 궤도의 양쪽으로는 부서진 벽돌들이 여기저기 흩어져 있었고, 공터에는 엉겅퀴들이 제멋대로 자라고 있었다. 그 사이로 기적적으로 살아남거나 겨우 골조만 남은 집들이 있었는데, 거기에는 가벼운 바람에도 쉽게 떨어지는 헌 벽지라든가, 한 3층쯤에 있었던 듯한 튀어나온 밸브나, 타일이 깔린 네덜란드풍 난로 같은 것들이 널려 있었다. 나는 학교로 가는 전차에 뛰어올랐다. 내가 사는 병원처럼 겨우 외양을 유지하고 있는 병원들이 도시 근교에 흩어져 있었다. 독일인들은 자기들이 쓰기 위해 병원 건물만큼은 보존해 두었던 것이다. 전차의 창이 반쯤 열려 있어서 바람이 스며 들어왔다. 아마도 나만 그런 것은 아닐 텐데, 나는 앞쪽을 향하고 있는 창가석을 좋아했다. 그 자리에 앉아 전방을 바라보며 얼굴을 유리에 대거나, 가끔은 약간 몸을 일으켜 밖으로 머리를 내밀기도 했다. 그럴 때는 눈에 먼지가 들어가거나 전신주에 머리가 부딪히지 않도록 조심해야 한다. 내가 수업을 들으러 가던 의대 건물은 여전히 보이지 않았다.

의대 강의실이나 복도에는 흰 가운을 입은 남녀 대학생들이 조교수 주위로 빽빽한 원을 이루어 모여 있었다. 그들 가운데에 모자 아래로 금발을 드리운 여학생이 있었다. 그녀는 그 시절 우리 곁에 있었던 단 한 명의 여학생으로, 상상 속에서만이 아니라 현실에도 존재하고 있는 유일한 여자였다. 그 여학생의 정수리에는 가늘고 푸른 혈관이 돋아 있었고 부드럽고 여린 피부 아래로는 정맥이 드러나 보였다. 규칙적으로 수축하는 심장은 석회질 같은 더러운 것에 오염된 적이 없는 신선하고 뜨거운 피를—정말 뜨거울까?—가늘고 탄탄한 동맥으로 보내는 것이다. 그 피는 피부를 비롯한 온몸에 공급될 것이고, 그러면 그 몸은 놀랍도록 빛나는 장밋빛으로 가득해지는데, 그것은 꼭 스타킹이나 타이츠를 입어서 연출하려고 하는 빛깔, 그러니까 팽팽한 육체의 빛깔이라고 불릴 수밖에 없는 것이다. 이 '타이츠'라는 것은 확실히 유아용의 단어인데, 나는 바로 얼마 전까지만 해도 이런 것은 아이들이나 입는 것이라고 생각했었다. 내가 아는 한 여자가—그녀는 한창 뜨고 있는 작가의 아내였는데— 자기 남편의 침대에서 그걸 발견했다고 말했을 때까지만 해도 말이다. 그건 그의 부정(不貞)을 뜻하는 직접적인 증거였다. 하여튼 벽지나 램프 갓 같은 것도 그런 장밋빛일 수는 있겠지만 다만 비슷할 뿐이어서, 오로지 젊은 여자의 피부만이 이런 빛깔을 가질 수 있을 것이다. 전차를 타면, 나는 의식적으로 그 금발의 여학생 곁에 서서 그녀의 모자에서 흘러내린 머리칼이 내 뺨을 간지럽히기를 바라곤 했다. 이런 느낌은 황혼기에 접어들면 더욱 민감해진다. 찻간에 앉아 있을 때 뺨이라든가 듬성듬성 머리칼이 빠져 있는 머리 위쪽으로 폭포처럼 흘러내려온 여자의 머릿결이 느껴지는 것 말이다. 이런 접촉이 우연이면 우연일수록 우리는 더 예민하게 행복감을 느끼고, 아예 일부러 제 피부를 그 머릿결에 갖다대면서, 스스로 이 접촉이 우연이라고 믿으려고 노력한다. 가죽 재킷이나 데님 재킷을 입은 여자의 어깨를 부드럽게 감싸고 있는 이 차가운 황금빛 머릿결은, 전기처럼 짜릿한 느낌을 우리의 늙은 피부에 전달한다. 그럴수록 우리는 이 머릿결과 어쩔 수 없이 헤어져야 한다는 사실에 더 고통스러워진다. 이런 종류의 짜릿함은 문득 다가오기 때문에 더 그리운 것이어서, 아침에 집을 나오거나 어디론가 서둘러 가면서도 우리는, 뭔가 일상적이지 않은 일이 우리에게 일어나지는 않을까 하는 예감과 생각에 온전히 사로잡힌다. 그래서, 이 나이라면 혈전증 같은 것에 걸릴 수 있는데도 불구하고, 심장과 비대한 몸과 짧은 호흡이 허용하는 한, 서둘러 또 길을 나서는 것이다.

바덴바덴에 머물던 초기에 페쟈에게는 운이 좀 따랐다. 안나 그리고리예브나의 전대, 혹은 그녀가 어느 글에서 명명했듯이 그들의 '작은 돈주머니'에는 도착 무렵 80개의 동전이 들어 있었다. 하지만 며칠 후에는 완전히 가득 찼으며, 열흘째에는 180개의 동전, 즉 3,000프랑이나 담아두게 되었다. 페자는 그들이 세든 집과, 룰렛 게임이 벌어지는 카지노 '쿠어하우스'[41]를 하루에도 몇 번씩 왔다 갔다 했다. 하지만 이기고 지고를 반복하면서 점점 잃는 경우가 많아지는 것은 어쩔 수 없었다. 다른 사람의 말을 듣고 붉은 패나 검은 패, 혹은 짝수 패나 홀수 패에 걸었을 때, 또는 녹색 보가 깔린 게임 테이블 주위를 가득 메운 사람들 중 누군가에게서—이런 곳에는 여성이 드물었는데도—너무 강한 향수 냄새가 날 때, 아내와 함께 나온 폴란드 인이 앞에서 얼쩡거리는 바람에 베팅하려고 하는 붉은 패가 안 보여서 검은 패에 걸 때, 이런 때는 당연히 잃는 것이었다. 때로 그는 안나 그리고리예브나와 함께 오기도 했는데, 그녀가 방해가 돼서 졌다며 화를 내기도 했다. 같이 가자고 조를 때 거절하면 언제나 화를 냈음에도 불구하고 말이다. 그럴 때마다 그녀는, 그에게 행운을 가져다주지 못하니까 카지노에는 함께 가지 않겠다고 결심했다. 대신 그녀는 바덴바덴과 그 일대를 산책하기 시작했다. 잘 차려입은 러시아 부인들은 피해 다니기로 했지만, 여하튼 어느 날 리히텐탈러 거리에 나가보기로 했다. 그녀는 그 거리로 통해 있는 리히텐탈러 대로로 나갔다. 하지만 길을 잃고 엉뚱하게도 무슨 가톨릭 사제 수도원에 닿고 말았기 때문에, 경내로 들어가 조금 산책을 하다가 집으로 돌아와 버렸다.

한번은 먼 곳으로 산책을 나가서 2, 3베르스타쯤 걷다가

---

41) 바덴바덴의 유명한 건물로 카지노와 콘서트홀, 레스토랑 등이 설치되어 있음.

계단을 올라간 적이 있었다. 그곳에 알테스 성이 있었고 이어 노이에스 성이 나왔는데, 그중 한 곳의 입구에는 간 유리 가로등이 걸려 있었다. 안나 그리고리예브나에게는 이 모든 것이 대단히 아름답게 느껴졌지만, 이렇게 멀리까지 나온 것이 조금은 두려워졌다. 혹시 미끄러지거나 넘어져서 곧 태어날 소냐나 미샤를 잃을까 두려웠고, 또 페자가 벌써 거리의 늙은 밤나무 아래 벤치에 나와 앉아 그녀를 기다리고 있을지도 몰랐다. 그녀는 멀리서 그의 모습을 슬쩍 보기만 해도 그가 잃었는지 땄는지를 정확하게 맞힐 수 있었다. 대개 그의 검은 모자는 옆자리에 놓여 있고, 얼굴은 창백하고, 금방이라도 일어나려는 듯 손은 무릎에 올려져 있었다. 그는 길 저편 먼 곳에서 나타나는 사람들의 모습을 불안하게 응시하고 있지만, 간혹 그녀가 벤치에 거의 다 왔을 때까지도 못 알아볼 때가 있었다. 여전히 먼 곳에 시선을 둔 채 그녀를 찾는 우스운 장면을 연출하는 것이다. 그럴 때면 그는, 가끔 무릎에서 손을 떼어 정수리와 머리의 벗겨진 부분, 그것도 가장 깊이 벗겨진 이마 너머에 흐르는 땀방울을 닦기도 한다. 화가들, 특히 조각가들은 이 벗겨진 머리를 아주 면밀하게, 때로는 과장해서 묘사하곤 했다.

그는 그녀를 바라보고 있지만, 왠지 그녀라는 걸 알아채지 못하고 여전히 먼 길 끝을 바라보고 있었다. 그럴 때 그녀는 이미 그의 곁에 앉아서 거의 웃음을 참지 못할 지경이 되었다. 하지만 잘못하면 그가 비웃음으로 받아들일 수도 있기 때문에, 웃음을 겨우 참곤 했다. 벤치에 앉아

숨을 돌리고 부채질을 하려고 할 때, 그는 "다 날렸어."라고 그녀에게 말하더니 서둘러 벤치에서 일어났다.

"당신, 대체 어디 갔었어?"

그는 마치 모르는 여자를 바라보듯이 의심스러운 눈초리로 그녀를 머리끝에서 발끝까지 훑어보았다.

잠시 후 그들은 집을 향해 걷고 있었다. 길은 꼼꼼하게 포장되어 있고, 가로수들도 꼼꼼히 열을 지어 심어져 있고, 역시 꼼꼼히 지어진 독일 집들에는 한낮의 태양을 막기 위해 커튼이 내려져 있었다. 그는 손에 중절모처럼 생긴 검은 모자를 들고 약간 앞에서 걸었다. 그 모자는 바덴바덴에서 안나 그리고리예브나가 강권해서 산 것이었지만, 지금은 모자를 쓰기에는 좀 더운 날씨였다. 게다가 그 모자는 언젠가 《화보집》이라는 잡지에 실린 소위 '우호적인 카툰', 하지만 실은 희화적 캐리커처를 그려 넣는 난에 묘사된 그 모자를 연상시켰다. 그 캐리커처는 크라예프스키[42]가 운영하는 《조국잡기》에 그의 소설 「프로하르친 씨」가 발표된 직후 그려진 것이었다. 이 그림에서 그는 예의 그 모자를 손에 들고는 오른발을 뒤로 빼며 크라예프스키에게 인사를 하고 있다. 아니 모자를 쓰고 있다가 막 벗으려고 하는 모습으로도 보이는데, 그림 속에서 그 모자는 그의 머리처럼 기형적으로 컸기 때문에, 몸통과 굉장히 짧게 그려진 다리는 머리와 그 모자에 겨우 붙어 있는 것처럼 보인

42) 안드레이 알렉산드로비치 크라예프스키. 페테르부르크에서 발행되던 주간지 《조국잡기》의 편집인.

다. 이것은 의심의 여지 없이, 자신의 지적 능력과 재능을 과신하는 그를 풍자하는 그림이었다. 몇 년 후에 그가 강제 노역형을 받아 유형 갔을 때조차 그들은 이런 공격을 멈추지 않았다. 여기서 '그들'이란, 밑으로 축 처져 있어서 어쩐지 언제나 젖어 있는 것처럼 보이는 콧수염을 한 저 익살꾼 파나예프[43]와 그의 동료들이었다. 《동시대인》 지에는, 『가난한 사람들』을 인쇄할 때 책에 황금 띠를 둘러 달라고 네크라소프[44]에게 청하는 도스토예프스키의 캐리커처가 실렸다. 이 모든 것은 그를 조롱하는 것에 다름 아니었다. 이 끔찍한 희화는 파나예프 파(派)의 한 사람과 논쟁을 벌였던 사건과 관련이 있다. 이 논쟁은 그를 화가 나서 정신을 잃을 지경까지 몰고 갔으며, 분노에 휩싸인 그는 실제로 다음과 같이 적었다. 즉, 오늘날 출판되고 있는 것들과 비교할 때, 그의 작품은 금띠를 둘러서 인쇄해야만 독자들이 진정한 문학 작품과 속물적인 작품들의 차이를 이해할 수 있으며, 마찬가지로, 그렇게 해서라도 몇몇 '작가'와 '비평가'들이 이 차이를 실감할 수 있도록 해야 한다는 것이었다. 이는 특히 저 '예의 바른' 투르게네프[45]를 암시하는 말이었다. 투르게네프는 처음에 그의 생각을 들

43) 이반 이바노비치 파나예프(1812~1862). 러시아 작가. 저널리스트.

44) 니콜라이 알렉산드로비치 네크라소프(1821~1878). 러시아 리얼리즘 시인. 《동시대인》 지의 편집자.

45) 이반 세르게예비치 투르게네프(1818~1883). 러시아의 작가. 대표작으로 『아버지와 아들』, 『첫사랑』, 『루진』 등이 있음. 서구주의적 입장을 견지하였으며, 슬라브주의에 가까운 도스토예프스키와 사상적으로 대립.

고는, 그토록 독창적인 의견은 처음 본다는 듯이 유쾌한 놀라움과 순진한 경악을 표명했다. 이 진지한 동감의 표현은 도스토예프스키를 더욱더 자극했다. 그는, 조금은 순진한 이 귀족 나리를 좀 더 놀래주고, 자기 생각으로 그의 관심을 사로잡고 또 자기 자존심을 만족시키고 싶었기 때문에, 점점 더 멀리 나가서 자신의 깊은 곳을 다 까발리기 시작했다. 그는 이미 의식적으로, 투르게네프라는 이 막역하고 존경스러운 동료와 함께 어딘가 높은 곳으로 비상하고 있는 자신을 떠올리고 있었다. 젊지만 이미 유명세를 한 몸에 받고 있는 이 작가의 영예가 곧 그의 영예였으며, 신진이지만 딴에는 꽤 알려진 작가인 도스토예프스키 자신의 영예는 투르게네프에게까지 영향을 미칠 것이다. 이제 그들 둘은 서로의 영예로 서로를 비추면서 교류하고, 또 서로의 영예로운 빛에 빠져서 모든 이들 위로 비상할 것이다. 그러면 모든 이들은 그들의 특별한 우정, 이 특별하고 전례 없는 마음의 결합에 사로잡힐 것이다. 그런데, 그러다가, 투르게네프가 갑자기 그를 모함하기 시작했다. 그것은 처음에는 악의가 없는, 그저 우연히, 무심코, 심지어는 실수로 그런 것처럼 보였다. 하지만 점차 도스토예프스키는 자기가 간교하게 짜인 미로에 빠졌고, 보이지 않게 쳐진 그물에 걸려 꼼짝달싹 못하게 되었음을 명백하게 느낄 수 있었다. 자신이 이 고귀한 나리 앞의 의자에 앉혀져 옴죽거리면서, 손으로 무릎을 짚고 일어나려고 애쓰지만 몸이 말을 안 듣는, 그런 처지에 놓였다는 것을 갑자기 깨달았다. 그는 계속 앉아 있었고, 얼굴은 창백해지다 못해 홍조까지 띠고 있었다. 주위의 사람들은 모두 그와 그의 '우정'을 비웃고 있는 것이다! 그리고 그의 우상 투르게네프는 태연하게 안락의자에 등을 대고 앉아서, 차갑게 반짝이는 손잡이 안경을 눈에 대고, 잘 손질된 턱을 쓰다듬으며 다른 사람들과 함께 웃고 있는 것이다. 파나예프 파와의 논쟁에서 도스토예프스키가 한 언급은, 네크라소프뿐만 아니라 벨린스키[46]에게도 해당되는 것이었다. 작가들이 모인 야회(夜會)에서 네크라소프와 벨린스키는 한편에 마련된 카드판에 함께 앉아 카드놀이를, 그 멍청한 오락을 하고 있었다. 그들 둘은 마치 도스토예프스키가 없는 듯이 그를 무시하고 있었다. 도스토예프스키는 저녁 내내 몇 번씩이나 일부러 그들에게 다가가서는, 카드 판을 들여다보면서, 무례한 짓이라는 것을 스스로 알면서도 여러 번 기침을 해댔다. 하지만 그들은 그가 아예 없는 듯 심지어 고개도 들지 않았다.

한번은 벨린스키의 집에 손님으로 간 적도 있었다. 그는 거의 억지로 벨린스키나 네크라소프의 앞자리에 앉아보았지만, 그들은 그가 앉자마자 일어나더니 거실의 다른 쪽 끝으로 가버렸다. 거기서는 볼콘스카야 백작 부인의 최근 애인에 대한 대화가 활발히 이어지는 중이어서, 사람들이 무리 지어 서 있었다. 그는 혼자 테이블에 앉아서, 손가락

46) 비사리온 그리고리예비치 벨린스키(1811~1848). 19세기 러시아의 대표적 비평가. 서구주의자. 도스토예프스키의 첫 작품『가난한 사람들』을 인정하여 그를 등단시키지만, 사상적 차이 등으로 인해 대립하게 됨.

에서 우두둑 소리가 나고 아픔이 느껴질 때까지 두 손바닥을 무릎 사이에 끼워 누르고 있었다. 그는 생각했다. 정말이지 이자가, 늦은 밤이건 아침 일찍이건 가리지 않고 그를 찾아오던 바로 그 네크라소프란 말인가. 환한 그 백야의 거리를, 자기 아파트에서 도스토예프스키가 살던 그라프스키 거리까지 숨을 헐떡이며 달려와서는 『가난한 사람들』의 원고를 무슨 선물이라도 되는 양 등 뒤로 돌려 손에 쥐고 있었던, 바로 그 네크라소프란 말인가. 그리고 또 정말 이자가 바로 그 벨린스키란 말인가. 원고를 읽고 나서, 때 아닌 시간인데도 바로 이 집의 자기 서재로 맞아들여, 종이가 쌓여 있는 제 커다란 책상 곁에 그를 앉혔던 그 벨린스키란 말인가. 강연 조를 유지하려고 애쓰지만 잘 되지 않자 의자에서 벌떡 일어나 빠르게 방을 서성거리면서, 팔을 흔들어대며 흥분해서 말하던, 점점 환희로 변해 가는 그 모든 뜨거움과 열정을 도스토예프스키와 그의 소설에 쏟아 붓던, 바로 그 벨린스키란 말인가. 그를 만나고 한 시간이 지난 후, 그는 벨린스키의 집 근처 네프스키 거리의 폰탄카에 서 있었다. 그는 푸른 하늘과 마차를 타고 가는 사람들을 쳐다보고 있었다. 그는 그에게 일어난 모든 일들을 비현실적인 것처럼 느끼고 있었으며, 이런 것은 감히 꿈도 꾸어본 적이 없었기 때문에, 모든 것을 정말이지 꿈처럼 느끼고 있었다. 그 며칠 후 페테르부르크의 문단뿐만 아니라 일반 사람들까지도 그를 언급하기 시작했다. 벨린스키는 찬사와 함께 그를 사람들에게 소개했고 만찬 뒤에는 특별 요리까지 대접했었다. 수염을 기르고 단춧구멍에 훈장까지 매달고 있는 페테르부르크의 저명인사들이 그 희끗한 머리를 자기 앞에 경외스럽게 숙이는가 하면, 그가 엄두도 내지 못했던, 여자들의 흥미와 교태와 호의를 품은 시선이 그에게 쏟아졌다. 그가 들어가면 거실의 대화까지 조용해졌다.

그런데 이들이, 정말 그 시절의 그 벨린스키와 그 네크라소프란 말인가. 탁자에 마주 앉아서 얘기라도 나누려고 하면, 그리고 방해가 되더라도 다만 자기가 참석하고 있다는 걸 환기라도 시키려고 하면, 그들은 이토록 무관심하게 다른 자리로 가버리는 것이다. 『분신』에 대해서 조금이라도 칭찬을, 아니 칭찬이 아니라 비판이라도 듣기 위해 카드 탁자에 앉았는데, 그런데 겨우 이런 차가운 침묵이라니! 그들은 이제 거실의 반대편 자리에 앉아서, 최근 페테르부르크의 문학 살롱에서 인기인이 된 몇몇 재능 없는 작가들에게 둘러싸인 채, 볼콘스카야 백작 부인에 대한 세속적인 소문 따위를 흥미롭다는 듯 떠들고 있는 것이다. 그들, 바로 이런 자들이, 이른바 진보적 정신의 문학가라는 자들이다! 그는 카드 탁자에 그대로 앉아서, 더 낮게 몸을 기울여 그 단단한 모서리에 가슴을 누르고 있었다. 점점 숨 쉬기가 어렵게 되고, 심장이 뛰는 소리 하나하나가 제 귀에 들렸다. 이제는 객실의 중앙으로 옮겨 가 큰 원을 이루고 있는 목소리들의 활기찬 소음도 들리지 않았다. 그는 무릎 사이에 낀 손바닥을 더 심하게 눌렀다. 크리스털 샹들리에의 촛불이 환하게 타오르고 있었는데도, 야회에 참석한 모든 얼굴들이 회색으로 보였다. 그는 일어섰다. 일어서서는, 외투를 대충 걸치고 집을 뛰쳐나가 얼마 전까지만 해도 자신이 이룬 꿈을 감히 믿지 못한 채 서 있던 그 네프스키 거리로 나가려고 했다. 하지만 그 대신에 그는, 마치 보이지 않는 화학 물질에 이끌려서 바다 괴물의 아가리로 끌려가는 작은 물고기처럼, 손님들 사이를 뚫고 사람들이 모여 이루고 있는 원으로 끼어 들어갔다. 그는 벨린스키와 네크라소프의 눈을 열렬하게 바라보았다. 물론 이들은 이미 사람들의 주의를 한 몸에 받고 있었기 때문에, 그는 주의를 끌 요량으로 우선 시시한 비아냥을 시도했다. 그러고는 누군가와 논쟁을 시작했으며, 결국 혼자 흥분하고 소리를 치기 시작했다. 하지만 스스로 말도 안 되는 얘기를 하고 있다는 것을 깨닫고는 완전히 희망을 잃고, 이번에는 동감을 표시하기 시작했다. 이제는 아무도 그의 말을 들어주지 않는 지경이 되었다. 거대한 바다 괴물에게 자그마한 물고기 따위는 너무나 보잘것없고 매력이 없었다. 그들은 이 미물을 삼킬 생각조차 없이 유유히 지나가 버리는 것이다.

정오의 짧은 그림자는 구부정하게 드리워진 채, 그를 따라 포도의 보도블록을 지나가고 있었다. 태양은 거의 중천에서 빛났고, 게다가 한여름이었기 때문에 그림자는 더욱 짧았다. 이런 태양 아래서도 사람과 나무와 집들이 그림자를 드리울 수 있다는 게 놀라울 정도였다. 안나 그리고리예브나는 약간 뒤처진 채 그의 옆을 걸어갔다. 그녀의 그림자도 그의 그림자를 따라 미끄러지고 있었다. 비록 이 그림자도 그의 그림자처럼 짧고, 앞으로 태어날 미샤와 소냐가 그녀의 몸매를 바꾸었는데도, 어딘지 조금은 더 우아해 보였다. 때때로 그가 걸음을 늦추거나 그녀가 조금 빨리 걷기 시작하면, 그의 그림자와 그녀의 그림자가 교차하기도 했다. 물론 교차한다는 것은 그저 그렇게 느껴질 뿐, 아주 단순한 물리 법칙에조차 맞지 않는 것이지만 말이다.

한 번인가 두 번쯤, 그는 이곳 바덴바덴에서 투르게네프와 곤차로프[47]를 스쳐가듯 본 적이 있었다. 곤차로프 역시 파나예프 파와 친했지만, 그 시절에 그들은 잘 모르는 사이였으며, 유형에서 돌아온 후에야 인사를 나눈 정도였다. 그의 주인공 오블로모프처럼 맥없이 통통해 보이는 귀족 곤차로프가 소설 『오블로모프』로 장당 400루블을 받고 있을 때, 도스토예프스키는 그토록 가난했는데도 기껏 100루블을 받고 있었다. 곤차로프의 눈은 어딘지 삶은 생선의 눈처럼 썩은 듯했으며, 일할 필요가 없을 만큼 수입이 있었는데도 항상 공무원 냄새를 풍기고 다녔다. 그는 인색했지만, 바덴바덴의 최고급 호텔인 '유럽'에 머무는 것을 방해할 정도는 아니었던 것 같다. 투르게네프 역시 그의 소설 『연기』에 나오는 주인공 리트비노프처럼 그 호텔에 머물고 있었다. 리트비노프는 그 생기 없는 소설의 생기 없는 주인공이다. 이 소설에는, 러시아를 헐뜯으면서도 독일인이라면 저급한 소시민에게라도 그저 굽실거리는 추악한

---

47) 이반 알렉산드로비치 곤차로프(1812~1891). 러시아의 작가. 대표작으로는 『오블로모프』가 있음.

수다쟁이 포투긴[48]이 나온다. 포투긴이 리트비노프를 방문할 때 등장하는 호텔이 바로 이 최고급 호텔이다. 도스토예프스키와 안나 그리고리예브나처럼 빈한한 옷차림으로는 호텔의 로비에조차 들어갈 수 없었다. 소설 속에서, 이 호텔로 비밀리에 리트비노프를 찾아온 사람은 바로 로트미로바 부인, 즉 장군의 아내인 미녀 이리나였다. 베일을 쓴 그녀가 발소리를 죽이고 그의 방으로 들어간다. 그리고 다음에는 주인공이, 역시 호화스러운 호텔에 있는 그녀의 방으로 몰래 스며 들어간다. 계단에 양탄자가 깔려 있는 그 호텔 역시, 그와 안나 그리고리예브나로서는 출입할 수 없는 곳이다. 이 모든 것은, 러시아 같은 것은 오래전에 지옥으로 사라져버렸어도 아무도 알아채지 못할 것이라는 포투긴의 강변에 부합하는 것이었다.

그는 쿠어하우스 근처에서 처음으로 투르게네프를 보았다. 투르게네프는 어떤 부인과 가로수 길을 걷고 있었는데, 그 큰 머리를 약간 숙이고는 금줄이 달린 손잡이 안경으로 태평하게 손장난을 치면서 부인의 말을 정중하게 듣고 있었다. 마주 오던 산책자들은 걸음을 늦추면서 이 유명한 작가를 한 번이라도 더 보기 위해 시선을 돌리곤 했다. 도스토예프스키 역시, 자기도 모르게 자동적으로 걸음을 조금 늦추고는 옆으로 비키려고 했다. 하지만 이미 늦어서, 투르게네프가 그를 알아본 뒤였다. 반가우면서도 놀란 듯한 표정을 부자연스럽게 지어 보이는 것이, 그로서는

48) 바덴바덴을 배경으로 하는 투르게네프의 소설 『연기』의 주인공.

이렇게 뜻밖에 마주칠 줄은 정말 몰랐다는 듯한 품새였다. 마치 그는 이 유럽의 휴양지에서 한가하게 건들거리고 있는 멋 부린 군중들 사이에서 그를 마주칠 줄은 전혀 예상하지 못했으며, 생각지도 못했다는 듯한 태도였다. 물론 그는 도스토예프스키가 왜 이곳에 있는지를 잘 알고 있었는데, 그의 도박벽은 전혀 비밀이 아니었던 것이다. 투르게네프는 밝은 회색 정장 차림이었고 옆의 부인 역시 가볍고 비싼 옷을 입고 있었다.

"어이 친구, 여기는 어쩐 일이신가?"

그는 당당한 풍채에 어울리지 않게 톤이 높고 여성적인 목소리로 말을 건넸다. 잠시 멈춰 서서 가벼운 그의 흰 모자를 조금 들어 올리자 그 유명한 갈기 머리가 보였다. 그것은 그의 추종자들, 특히 여성들, 그중에서도 귀족 부인들이 때로 주장하듯이 지금은 점점 희끗해져 가는 듯했다.

"인사하시지요."

그는 프랑스어로 부인에게 말했다.

"이분은 에, 그러니까……."

그는 이름을 금방 기억해 내지 못하는 것처럼 약간 뜸을 들이더니 말을 이었다.

"……도스토예프스키 씨로, 예전에는 엔지니어였고 지금은 페테르부르크의 작가이시지요."

별 관심이 없다는 듯이 얇은 장갑 속에서 가느다란 손이 빠져나와 그에게 내밀어졌다. 그는 이 손을 잡으면서 뭔가 세속적인 얘기, 그러니까 날씨라든가 그런 것에 대해 얘기하려고 했지만, 뭔가 특별한 아침용 향수를 뿌린 손은 벌써 거두어지고 없었다. 투르게네프와 그의 동행은 벌써 시야에서 사라진 것이다. 하지만 도스토예프스키는 마치 『영원한 남편』의 주인공 트루소츠키처럼, 계절에 맞지 않는 검은 양복 차림으로 검은 모자를 손에 든 채 여전히 그 자리에 서 있었다. 투르게네프는 그에 대해 말할 때마다, 엔지니어라든가 적어도 예전에는 엔지니어였노라고 언급할 기회를 놓치지 않았다. 그건 투르게네프 자신이 지배하는 문단에 도스토예프스키가 발을 들여놓은 것 자체가 부자연스러운 일이며, 그가 이른바 벼락출세를 한 사람이라는 점을 강조하려는 것이었다. 유형에서 돌아온 이후에 그들은 몇 번 대면한 적이 있고, 심지어 새로 의기투합이라도 한 것처럼 자선 공연에 함께 참석한 적도 한두 번 있으며, 서신을 교환하기도 했다. 도스토예프스키는 형과 함께 운영하던 잡지 《시대》에 투르게네프를 끌어들이려고 시도한 적도 있었다. 그는 해외에 있는 투르게네프에게 편지 몇 통을 보내 자기 잡지에 실을 수 있도록 소설 「환영(幻影)」을 빨리 보내달라고 요청했었다. 하지만 그건 요청이라기보다는 간청에 가깝다 못해 거의 애걸이라고까지 할 정도였다. 그는 그 편지에서 투르게네프에게, '한번 만났으면 좋겠다, 예전의 만남으로는 미진한 것들이 있으므로 만나서 좀 더 대화를 해야 한다.'고 정중하게 적었다. 그는 이 모든 얘기를 같은 편지에서 몇 번씩이나 반복했지만, 어쩐지 다시 친구 사이라는 점을 강변하고 애걸하게 되었다. 그런데 자꾸 그렇게 된다는 것을 깨달을수록, 이상하게도 오히려 더욱더 '애걸'을 하게 되는 것이었다. 친분을 맺은 초기에 투르게네프는 왠지 그를 조심스럽게 대했다. 아마도 그를 애처로워하는 것 같았는데, 그 후에 이 조심스러움은 부자연스러운 놀라움으로 바뀌게 되었다. 흔히 이런 자세는 대화 상대방으로 하여금 완전히 자기를 드러내도록 만든다. 비록 파나예프 파와 다툴 때처럼 놓인 덫이나 올가미가 확실히 보이는 것은 아니었지만, 언제나 조심해야 했고, 넘어질 준비 정도는 해야 했다. 그는 자신이 언제든지 줄이 끊어져 아래로 떨어져 버릴 수도 있는 줄타기 곡예사 같다고 생각했다. 그가 타는 줄은 매번 언제나 별로 희망이 없었고, 때로는 두 팔을 양쪽으로 쭉 펴고서야 겨우겨우 균형을 잡을 수 있는 것이었다. 부자연스러운 흥미와 거짓된 동감으로 가득한 시선은 그를 점점 더 서두르게 만들고, 결국 줄이 끊어져 나락으로 떨어질 때까지 스텝을 밟게 하는 것이다. 그는 마치 그 가짜 웃음소리라도 들으려는 듯이, 약간의 솔직함을 나누기 위해서라면 캉캉 춤이라도 출 용의가 있다는 듯이, 심지어는 줄이 끊어져 아래로 떨어지면서 공중제비라도 돌 용의가 있는 듯이, 서두르며 스텝을 밟았다.

차갑게 반짝이는 손잡이 안경을 눈에 갖다 댄 채, 투르게네프는 맞은편의 넓은 호텔 룸에 앉아 거만한 아량으로 그를 관찰하고 있을 것이었다. 금박이 새겨진 흰 가구가 들어서 있고, 천장의 장식은 화려하며, 창문들은 거대하고, 바닥에는 진홍색의 벨벳이 깔려 있는 그 방에서 말이다. 투르게네프를 방문한 도스토예프스키는, 전날 '나리'께서 외출하셨다면서 무례하게 앞을 막아섰던 호텔 지배인을 피하는 데 성공했다. 이번에는 마치 우연히 호텔의 유리문 곁을 지나가는 것처럼 하다가, 지배인이 자리를 비운 틈을 타 재빨리 문을 통과한 것이다. 마치 누가 등에 총이라도 쏠 것처럼 뒤도 돌아보지 않은 채, 그는 양탄자가 깔린 널찍한 대리석 계단까지 거의 달리다시피 걸어갔다. 사냥개 떼에게 쫓기는 사람처럼 계단을 올라가서는, 조금 숨을 돌린 후에 다시 점잖은 자세를 갖추려고 노력하면서, 황금색 명패가 달려 있는 하얀 문이 도열해 있는 복도를 걸어갔다.

"아, 당신이군요."

투르게네프는 예의 그 고음에 여성적인 목소리로, 빈갑고 놀라움이 담긴 순진한 미소를 지으며 손님을 맞이했다. 그는 긴 실내복을 입고 있어서 키가 약간 더 커 보였고, 어둡고 짙은 색이지만 조금은 희끗한 턱수염에 그 유명한 갈기 머리를 하고 있었다. 투르게네프는 환대하는 듯한 시선으로 주의 깊게 그를 바라보고 있었는데, 그 눈빛은 초록빛이 조금 섞인 어두운 회색으로 빛났다.

"당신과 당신 소설에 대해서는 많이, 아주 많이 들었습니다, 아직 읽어볼 기회는 갖지 못했습니다만."

그는 널찍한 서재로 손님을 안내하면서 이렇게 말했다. 서재에는 책과 원고가 쌓여 있는 커다란 책상이 있었고, 넓은 소파에는 쿠션과 아무렇게나 개인 모포가 놓여 있었다.

"자, 이제 좀 자세히 봅시다."

투르게네프는 마치 자기가 그린 그림을 가늠하는 화가처럼 손님에게서 몇 걸음 떨어져서는, 금줄이 달린 손잡이 안경을 잠시 눈에 갖다 댔다.

"정말 이제는 진짜 작가처럼 보이는군요. 특히 그 셔츠 깃이 말입니다."

눈빛 깊은 곳에 감추어진 초록빛이 잠시 반짝이다가 사라지고, 그의 얼굴은 다시 즐겁게 주의를 기울이는 표정으로 돌아왔다.

"하여튼 편한 대로 좀 앉으시지요."

손님에게는 의자를 내놓고 자기는 안락의자에 다리를 꼬고 앉았는데, 터키식 실내복과 같은 무늬가 있는 좁고 긴 슬리퍼가 그의 발에 걸려 조금씩 흔들리고 있었다. 셔츠에 붙이는 앞섶의 깃은 그와 안나 그리고리예브나가 드레스덴에서 산 것이었다. 칼라의 모서리들이 살짝 둥글게 되어 있었기 때문에 뭔가 독특하게 보였고, 그래서 그들은 디자인이 제법 세련되었다고 생각했으며, 그날 저녁에는 안나 그리고리예브나가 이 셔츠 깃을 정성 들여 다림질했었다.

그는 모자를 어디다 놓아야 할지 몰라 방을 두리번거리면서 약간 불안한 듯이 의자에 앉았다. 정말 그는 이런 얘기를 들으러 온 것이란 말인가? 그가 호텔 지배인에게 모욕까지 받으면서 올라온 것이, 이렇게 애처로운 방문객으로 앉아 있기 위해서, 아니 무슨 청탁이라도 있어서 온 것 같은 사람처럼 앉아 있기 위해서였던가? 이제 예의 그 캉캉 춤이라도 시작해야 한다는 듯, 지금 절벽 끝에 서서 이제 한 발만 내딛으면 줄이 끊어지거나 나락으로 추락할지도 모른다는 듯, 그는 여전히 불안하게 주위를 둘러보고 있었다.

"방이 지저분해서 죄송합니다."

투르게네프가 그의 시선을 끌며 말했다.

"독일인들의 표현을 빌리자면, 좀 '무질서(Unordnung)' 하지요."

"그런데 제 생각에는, 당신은 오래전에 이미 독일인이 되신 것 같군요. 그러니까 당신이 미안해하실 건 없을 것 같은데요."

독설을 할 때면 언제나 그렇듯이, 도스토예프스키는 논리에 맞지 않게 지껄였다. 하지만 이런 행동은 자기 자신조차 더 화나게 할 뿐이어서, 결국 그는 마지막 발을 절벽 끝으로 내밀고야 말았다.

"그리고 당신 소설은 완전히 독일적이더군요."

이제 아래로 추락한 그는 아예 돌아올 가능성이 없었다. 얼굴을 기묘하게 찌푸린 투르게네프는 안락의자에 몸을 기댄 채 손잡이 안경을 방패처럼 눈에 갖다 댔다. 그 앞의 방문객은 그들 사이에 있는 도금된 흰색 탁자 위에 모자를 올려놓고는 칼집에서 검을 꺼내려는 펜싱 선수처럼 온몸을 앞으로 기울이고 있었다.

"당신의 말은 그냥 칭찬으로 듣기로 하지요."

투르게네프는 받아넘겼다.

"괴테나 실러의 문학 같다는 뜻으로 말입니다."

그러나 이번에도 손님은 독설을 던졌다.

"당신은 러시아를 전혀 알지도 못하고, 이해하지도 못하고 있습니다. 당신의 주인공 포투긴, 그 안쓰러운 학생처럼 말이지요."

이제는 투르게네프도 몸을 앞으로 기울인 채 말했다.

"하지만 러시아라는 것은 확실히, 고집불통의 애국심을 고취하는 데나 유용한 수단이지요."

도스토예프스키가 유형을 갔다 온 일을 암시하는 이 말은 허리 아래를 공격하는 반칙이라고 할 만했다.

"파리에 가서 망원경을 하나 사서, 그걸로 러시아를 자세히 보시지요."

얼마 전 파리 어딘가에 설치되어 있는 망원경에 대한 글을 읽은 적이 있는 도스토예프스키는 단숨에 이렇게 내뱉고 말았다. 투르게네프는 다시 안락의자에 등을 기대고는 역시 방패처럼 손잡이 안경으로 눈을 가렸다.

그들은 지금 도금된 둥근 탁자 양편에 앉아서 서로 빈정대면서 칼싸움을 하고 있는데, 도스토예프스키와 투르게네프의 이 결투는, 러시아와 서구의 관계에 대한 이념적 갈등을 뿌리로 하는 논쟁의 하나로 저 러시아 문학사에 편입되어 있다. 노동자와 농민의 권력이 등장함으로써 영원히 사라져버린 것으로 보였던 이른바 슬라브주의자들과 서구주의자들의 이 논쟁은, 백 년이 조금 더 지난 후에 새로운 에너지를 수혈받으며 다시 러시아에 나타나게 된다.

그것은 투시하는 듯 엄격한 시선과 이마에 우울한 주름이 두 줄 잡힌 사람[49]을 통해서였다. 그는 경호를 받으며 프랑크푸르트암마인에 있는 공항으로 이송되었는데, 이 도시는 도스토예프스키 부부가 바덴바덴으로 가는 길에 들러

49) 앞서 나왔던 솔제니친을 의미함. 솔제니친은 미국에 자리를 잡고 반소비에트 활동을 전개하기도 했음.

거리를 돌아보았던 곳이었다. 영원한 객(客)이 되어 해외에 도착한 이 사람은 바다 건너 북미의 한 곳에 정주(定住)한다. 북미의 자연은 다만 추상적으로만 고국의 눈과 숲을 떠올리게 만들었기 때문에 그에게 조국은 실제보다 훨씬 더 아름다운 이미지로 떠오르곤 했다. 백 년 전에 도스토예프스키가 투르게네프를 방문했던 자리에서 들고 싸우던 그 검의 손잡이를 이어달리기 바통인 듯 받아 쥔 이 사람은 이제 그것을 격렬하게 휘두르며 왼쪽 오른쪽으로 공기를 가르고 있었다. 그는 철조망이 둘러쳐져 있는 제 시골집 근처의 높은 눈 더미 위에 서 있었다. 왠지 모자도 쓰지 않은 그는 마치 묘지 위에 서 있는 듯했으며, 바람만이 그의 부드럽고 곧은 머리칼을 흩날리고 있었다. 그의 머리카락은 하얗게 세어 가늘었고, 역시 희끗한 그의 턱수염은 얼음으로 덮여 고드름을 드리우고 있었다. 하지만 그는 여전히 허공만을 가르고 있는 것처럼 보였다. 그 즈음 그의 동포들은 평화롭게 잠들어 있거나, 텔레비전에서 국제 아이스하키 시합을 보면서 홈팀을 응원하고 있었다. 약간의 술과 음료가 애국심을 강화하여 "사샤, 파이팅!" 하며 소리칠 때면, 펀치 술에 얼굴이 얼근해진 그들은, 환희나 분노로 자기 무릎이나 옆 사람 무릎을 손바닥으로 내리치곤 했다. 그리고 여전히 취한 채로 「시대」 같은 저녁 뉴스 프로그램을 시청했다. 뉴스 앵커들은 눈 더미 위에 서서 칼을 휘두르는 그를 변절자나 인간쓰레기로 매도하고, 그러면 사람들은 팔꿈치로 옆 사람의 옆구리를 찌르면서 서로에게 이렇게 묻곤 했다.

"콜랴, 콜랴, 왜 저런 놈들을 총살해 버리지 않고 놔준 거지, 응?"

그들은 아침마다 노점에서 맥주를 사 들이켠 후에, 그들이 좋아하는 《별》이나 《공산주의 청년 동맹》 같은 신문을 사서는, 직장으로 가는 차 안에 여유 있게 앉아 무릎에 놓인 신문을 사랑스럽게 쓰다듬는 것이었다. 또 건설 현장이나 공장 등의 일터에서 그들은 어제의 하키 게임이 어땠는지에 대해 떠들어대고, 쉬는 시간에도, 아니 쉬는 시간을 기다리지도 않고 다시 한 잔을 더 들이켜곤 했다.

도스토예프스키의 손에서 칼을 전달받은 그 사람은 여전히 격렬하게 칼을 휘두르고 있었다. 그는 러시아를 이해하지 못하고 앞으로 러시아가 가야 할 길을 이해하지 못하는 서구를 비난했는데, 러시아의 미래는 확고하게 러시아 민족의 영혼에 기반해야 한다는 게 그의 생각이었다. 그를 비롯하여 그와 생각이 비슷한 사람들은 러시아와 그 미래에 대해 관점이 정반대인 사람들과 맞서 싸우고 있었다. 그 사람들 가운데에는 희끗하게 성긴 머릿결에 회색 눈빛의 범상한 시선을 지닌 얼굴 표정이 부드러운 사람[50]이 특히 두드러졌다. 그의 얼굴 표정이나 눈빛은 별 특징이 없었는데, 이런 것은 그의 아내가 지닌 열정적인 얼굴이 대

---

50) 소비에트 시절의 핵물리학자 안드레이 사하로프 박사(1921~1989)를 암시. 사하로프는 과학자이면서 동시에 당시의 소비에트 체제를 비판하고 서구적 민주사회주의를 주장한 대표적 반체제 인사. 이러한 체제 비판에는 사하로프의 아내인 인권운동가 보너의 역할도 컸던 것으로 알려져 있음.

신 보완해 주고 있었다. 그 여자는 검은 머리에 검은 눈빛, 그리고 고집스러운 턱 선과 확신에 찬 풍채를 지니고 있었다. 바로 이 여자가 그의 손에 칼을 쥐어준 것이다. 칼이 손에서 빠져나가면 그녀가 다시 칼을 건네주고는, 막 글자를 배우는 아이에게 그러하듯이, 떨어뜨리지 않도록 그의 손을 제 손으로 감싸 쥐기까지 했다. 그들은 그들이 살아가야만 하는 러시아의 오래된 도시의 성루에 서 있었다.[51] 그들의 뒤쪽으로는 황금색의 둥근 지붕과, 얼마 전에 개축한 옛 교회와 사원의 첨탑들이 반원형의 제단 벽과 함께 회게 빛나고 있었다. 하지만 그들의 시선은 서쪽을 향했는데, 그때 지구 반대편의 눈 더미 위에 서 있던 사람의 시선은 거꾸로 동방, 그러니까 그의 고향 러시아를 향하고 있었다. 이런 것은 역사의 역설 중 하나라고 할 만하지만, 사실은 역설이라기보다는 이미 그렇게 되도록 예정되어 있었다고 해야 옳은지도 모른다. 성루에 서 있는 남자와 여자는 칼이 아니라 깃대를 쥐고 있었는데, 검거나 붉거나 노란 글자가 순서대로 쓰인 그 커다랗고 흰 깃발은 땅에까지 드리워져 바람에 흔들리고 있었다. 그 글자들은 마치 무언가를 호소하고 경고하고 요구하는 것 같았다. 깃대를 잡고 있는 팔을 전방 상단을 향해 뻗고 있는 그들의 포즈는 '모스크바 경제 달성 전시회'의 입구에 서 있는 일단의 조각을 연상시켰다. 프롤레타리아 계급과 농민 계급의 독재

51) 사하로프와 그의 아내 보너는 러시아의 고도(古都) 니즈니노브고로트로 유배된 적이 있음.

를 상징하는 그 조각은 '모스 필름' 영화사의 로고[52]를 떠올리게 하는 것으로, 마치 금방 해부도에서 튀어나온 듯 도드라진 근육을 가진 노동자와 수건을 두른 집단 농장의 여자가 함께 두 손을 전방 상단을 향해 뻗어 무거운 낫과 망치를 쥐려는 모습이 청동으로 만들어진 것이었다. 보이지는 않지만 무섭고 완고한 손들이 이 불명료한 얼굴선을 가진 사내와 그을리고 건강한 여자를 성루에서 끌어내리려 하지만, 그들은 여전히 네온사인처럼 교대로 여러 가지 색깔의 글자들이 나타나는 깃발을 흔들어대고 있었다. 남자는 손이 창백하고, 팔꿈치는 혈관이 도드라져 있고, 심장 박동이 불규칙해서 자주 주사를 맞아야 했다. 그의 동포들은 그를 심지어 지금 지구 반대편에 은신해 있는 그 사람보다 더 증오하면서, 그가 유대인인 게 틀림없다고 믿을 정도였다. 러시아의 옛 도시로 강제 이주되기 전까지, 그는 온 나라를 돌아다니면서 경찰의 저지를 뚫고 뭔가를 요구했다. 그의 아내는 그를 떠밀었으며, 가장 뜻밖의 장소에서 뜻밖의 순간에, 그는 그녀의 도움을 받아 이 거대한 흰 깃발을 펼쳤던 것이다. 지속적으로 문양이 바뀌는 이 깃발 주위에는 낯설고 의심스러운 이방의 언어로 대화하는 외국인들이 사진기와 영화 카메라를 들고 모여 있었다. 그들은 이미 이 기계들로 모스크바 강에서 볼가 강에 이르는 운하의 수문들과 수도의 모든 기차역과 그곳에서 오렌지나 육류를 사기 위해 늘어선 줄을 찍었을 것이다. 그들은 이 모

52) 모스크바의 영화사인 모스 필름의 로고 화면. 페레스트로이카 이전에 만들어진 러시아 영화의 첫 화면에서 볼 수 있음.

든 것을 차후 군사 목적에 이용하거나, 러시아에 대해 근거 없는 얘기들을 떠벌리는 데 사용할 것이다.

"손 저리 치워!"

러시아 사람들은 이렇게 소리치고 싶었다. 이들은 줄을 서거나, 매표소 근처에서 매표소가 열리기를 기다리며 시간을 보내고 있는 사람들이다. 사실 그들은 표를 살 수 있을지조차 잘 알 수 없었는데, 그건 매표소에 안내문이 전혀 없었기 때문이었다. 그래도 그들은 침묵했다. 이 침묵에는 분노와 적의가 어려 있었지만, 경비대를 뚫고 깃발을 흔들었던 사내가 외쳤듯이, 그것은 일종의 노예의 침묵이라고 할 만했다. 다른 수십 명의 사람들이 조금 작은 깃발을 흔들면서 큰 소리로 같은 주장을 외치고 있었다. 그들 또한 예기치 않은 뜻밖의 장소에 나타나서 자기들의 애처로운 깃발을 펼치고는, 자기 주위에 외국인들을 모아 국가 기밀을 넘겨주고 조국을 팔아먹었다. 아마도 그들 모두는 장발에 긴 코를 지니고 있을 것이다. 그들은 자기 나라로 가서 그곳에서 자기네 지도자와 함께 깃발을 흔드는 게 나을지도 모른다. 그 지도자는 외국 성을 가진 아내와 살고 있을 것이며, 그 자신도 아내와 같은 외국 성을 가지고 있을 것이다. 그런 이들은 러시아인이 소를 치지 않는 이방의 땅으로 보내고, 아예 이 코쟁이 불한당들을 몽땅 쓸어버리는 것이 나을 것이다. 그 참에 그들의 동족들까지 전부 말이다. 그렇게 하면 지구 반대편에 은신한 사람이 휘두르고 있는 칼도 헛된 것이 될 터인데, 왜냐하면 그의 조국은 이미 그의 도움이나 충고가 없이도 제 민족의 정신을 기반으로 필요한 방향으로 나아갈 것이기 때문이다.

포도 위에 드리워진 도스토예프스키 부부의 그림자는 집에 다가갈수록 길어졌는데, 페쟈가 벤치에 앉아서 안나 그리고리예브나를 기다리곤 하던 밤나무 길에서 집까지의 거리가 꽤 멀기 때문이었다. 이미 햇빛은 베를린에서 산 노란 프록코트 위에서 등을 달구고 있었다.

호텔을 방문한 다음 날 아침, 막 차를 마시려고 할 때 하녀인 마리가 두텁고 광택 있는 종이로 만든 초청장을 그들에게 가져다주었다. 아주 낯익은 이름이 멋들어진 글씨체로 새겨져 있는 그 초청장은 바로 투르게네프에게서 온 것이었다. 아주 이른 시간에 그를 초청한 투르게네프의 의도적인 행동은 '정중하게' 모욕을 안겨주는 것이나 다름없었다. 대체 누가 그렇게 이른 시간에 사람을 초청한단 말인가? 이미 그는 호텔에서 투르게네프를 앞에 두고 캉캉춤까지 추지 않았던가? 그는 억지로 꾸민 듯한 놀라움이 어려 있는 투르게네프의 독특한 표정을 잠시 떠올렸다. 아니, 그때 호텔에서 투르게네프는 예의 그 노련한 표정을 짓고 있지 않았다. 손잡이 안경을 댄 그의 눈은 주의 깊게, 심지어 두려움을 겨우 감추고 있는 듯 그를 바라보고 있었는데, 그것은 마치 이 손잡이 안경의 주인이 미친 개가 자기를 물까 봐 겁을 내고 있는 것 같았다. 이 생각은 도스토예프스키의 마음에 들어서, 그는 미소를 짓기까지 했다. 방은 춥고, 어둡고, 심지어 고요했다. 대장장이들은 아마도 점심을 먹는 모양이었고, 밤낮으로 울어대던 아이들도 잠이 든 모양이었다. 그는 무거운 프록코트를 벗고 잠시 눕고 싶었지만, 안나 그리고리예브나는 나갈 때마다 도난이나 화재나 뇌우 같은 것을 걱정한 나머지 언제나 꼼꼼히 닫아두던 창문과 덧문들을 우선 활짝 열었다. 그러자 아카시아 꽃의 향기와 환한 햇빛, 그리고 길에서 따각거리는 말발굽 소리, 여자들이 마당에서 간헐적으로 질러대는 큰 소리들, 아니면 물이나 맥주를 운반하는 마차의 굉음 같은 거리의 소음들이 방으로 넘쳐 들어왔다. 아니, 그는 지금 이런 것들에 신경을 뺏길 때가 아니었다. 한시바삐 나가봐야 했다. 명령하는 듯한 그의 시선 때문에 안나 그리고리예브나는 한숨을 쉬면서 가방에서 금화 몇 닢을 꺼내 주었고, 초조해서 덜덜 떨리는 손으로 돈을 받은 그는 지갑이 있는데도 그냥 외투 주머니에 화급히 쑤셔 넣었다. 이렇게 하면 도박할 때 편했지만 이 때문에 그는 자기에게 돈이 얼마나 남아 있는지 전혀 알지 못했다. 하긴, 그래서 남은 돈을 염두에 두지 않고 더 자유롭게 베팅을 할 수 있었는지도 모른다. 그는 노름을 방해하는 불필요한 계산 따위는 하지 않았다.

그는 몸을 거의 앞으로 기울인 채 걸었다. 지금은 해가 앞에서 빛나고 있어서 그림자가 뒤에 드리워져 따라오고 있었다. 그는 매일 몇 번씩 집과 카지노 사이를 왕복했는데, 이 길을 벗어나는 때는 우체국에 들를 때뿐이었다. 물론 우체국에 가보아도 카트코프[53]가 보내줄 돈은 도착해 있

53) 미하일 니키포로비치 카트코프(1818~1887). 러시아의 평론가이자 출판인이며 《러시아 통보》의 발행인.

지 않았다. 하긴 돈을 따서 카지노에서 돌아오는 길에 가게나 시장에 들러 안나 그리고리예브나에게 줄 과일과 꽃을 사는 날도 있었다. 그런 날이면, 우연히 카지노에 들렀다가 코인 한 닢을 베팅하는 숙녀들에게서 나는 향수 냄새에도 불구하고, 또 눈앞에 유대인과 폴란드인들이 어른거리는데도 불구하고, 그는 정상을 향해 꿋꿋이 산을 올랐다. 비록 가끔 넘어지거나 예기치 않게 미끄러져 내리면 그때마다 이것으로 끝이라고 생각했지만, 그런 것은 결국에는 서서히 조금씩 정상이 가까워지는 언덕배기 정도에 불과했다. 때로 그는 구름들 사이에서 정상을 직접 목도하기까지 했다. 아무도 밟아보지 못한 채 눈으로 덮여 있는 그곳은 햇살 속에서 은빛으로 빛났으며, 때로는 황금빛으로 반짝였다. 투르게네프, 곤차로프, 파나예프, 네크라소프 같은 자들은 전부 저 산 아래에서 애처로운 자세로 손에 손을 잡고 어떤 원무를 추고 있었다. 그들이 춤을 추고 있는 산턱은 허망하고 공허한 명성 따위의 악취 나는 안개로 둘러싸여 있게 마련이었다. 그들은 고개를 들어 위를 바라보면서, 도달할 수 없는 정상까지 올라가 있는 그를 질투 어린 시선으로 주시했다. 그들은 그가 느끼고 있는, 모든 것을 아우르는 이 해방의 느낌을 이해할 수 없을 것이고, 또 그를 저 정상으로 이끄는 욕망도 전혀 알 수 없을 것이다. 그는 다만 그렇게 해야만 했던 것이며, 어떻든 '한계'를 넘어서야만 했던 것이다.

그는 카지노에 가까워질수록 점점 더 좁은 보폭으로 걸었는데, 그 이유는 집에서부터 걸음 수가 꼭 1,457보가 되어야 했기 때문이다. 이것은 예전에 그가 계산해 두었던 것으로, 이 걸음에 맞추어 도착하는 날에는 언제나 돈을 따곤 했다. 이것은 전혀 놀랄 일이 아닌데, 왜냐하면 이 숫자는 마지막이 7이고, 네 자리의 수를 합하면 17이어서 또 7이 되는 것이다. 이 숫자에는 뭔가 특별한 행운이 깃들어 있었는데, 자기 자신으로밖에 나누어지지 않는 홀수인 데다, 순수한 형태일 뿐만 아니라, 17, 37, 47, 57, 67 등등과 같은 두 자리의 특별한 수를 이루고 있었다. 카지노 문으로 들어서는 마지막 걸음은 대단히 좁은 보폭으로 가야 했는데, 심지어 그건 걸음이리고 할 수도 없을 정도로 좁아지기도 했다. 하여튼 마지막 수만 1,457로 맞추면 되는 것이었다! 몇몇 프랑스인들이 활기차게 대화를 나누고 있는 널찍한 홀의 분수 곁을 지난 그는 조악한 고대 조각들이 서 있는 넓은 계단을 올라서 2층으로 갔다. 그는 언제나 넓은 홀의 한가운데에서 시작하곤 했다. 가슴은 약속을 앞둔 사람처럼 두근거리고, 손으로는 윗도리를 만져보면서 돈을 잃어버리지나 않았는지 확인한 후, 테이블에 둘러서서 구경하는 사람들을 밀치고 들어가 자리를 잡았다. 그리고 금화 세 닢을, 3이 홀수이므로 홀수 패에 걸었는데, 그제야 그의 마음은 평온해졌다. 중요한 것은 이 낯설고 적대적인 사람들 사이를 뚫고 나가는 것이고, 그렇게 뚫고 나가서는 아무도 그를 깔보거나 적어도 깔보는 것을 드러내 놓고 표현하지 못하도록 만드는 것이다. 또 그만큼 중요한 것은 게임을 시작하는 것, 즉 자신을 드러내는 것이어서, 그는 베팅 액수와 위치를 가능한 크게 소리치려고 노력하는데,

그러면 이 순간만큼은 테이블에 앉아 있는 사람들이나 주위에 둘러선 사람들의 시선이 그를 향하는 것처럼 느껴졌다. 그들 모두는 그가 돈 때문에, 그러니까 정말 돈이 필요해서 노름을 하는 것으로 생각하는 듯했다. 그렇게 느껴질수록 그는 오히려 더욱더 태연하게 소리를 높여 외쳤지만, 그럴수록 더 절박하게 보이거나 반대로 불손하게 보일 뿐이었다. 그러면 또 사람들은 그가 뭔가 대단하고 특별한 사정이 있어서 노름을 하게 된 것이라고 추측하겠지만, 이런 것은 그저 등 뒤에서 벌어지는 상황일 뿐이었다. 그는 다시 7에 베팅해서 연속으로 두 번을 땄다. 징조가 좋았는지 그는 금화 세 닢을 땄고, 여섯 닢을 다시 홀수 패에 걸어서 다시 이겼고, 이번에는 9에 걸어서 땄다. 높은 패가 세 번 연속으로 나온 후에는 낮은 패에 걸었다. 그는 딴 아홉 닢 중 다섯 닢을 걸었다. 그는 계속 이겼으며, 높은 패, 낮은 패, 붉은 패, 그리고 검은 패, 또 두 번은 제로 패까지 나와서, 코인 더미가 그의 앞에 쌓이고 있었다. 누군가가 공손하게 그에게 의자를 가져다주었지만 그는 흐름을 깨지 않기 위해 앉지 않았다. 아니 실은 그것이 의자라는 것도 그는 의식하지 못하고, 자기가 무엇을 하고 있는지도 전혀 의식하지 못하는 것 같았다. 그를 둘러싼 모든 것이 미친 듯이 빙빙 돌기 시작해서, 그는 자기 앞에 놓여 있는 돈더미와 게임 판을 돌다가 그가 건 구멍 속으로 빨려 들어가는 작은 공 이외에는 아무것도 보지 못하고 있었다. 그는 계속 돈을 걸었고, 딴 돈을 그러모아 황금빛과 붉은빛으로 번쩍이는 돈더미에 합쳤다. 그러자 구름을 지나오면서는 보이지 않던 정상이 갑자기 펼쳐졌다. 이제 그는 대단히 높은 곳에 닿았기 때문에 땅이 보이지 않을 지경이었다. 모든 것은 흰 구름으로 가려져 있고, 그는 다만 구름을 뚫고 나아갈 뿐이지만, 이상하게도 구름은 그를 지탱해 주면서 심지어 그를 황금빛과 붉은빛으로 빛나는 저 미답의 정상으로 끌어올리고 있었다. 그곳은 바로 얼마 전까지만 해도 결코 닿을 수 없으리라고 생각했던 곳이었다.

"선생, 왜 남의 코인을 가져가시나. 웬만하면 돌려주시지. 그래."

누군가의 삐걱거리는 듯 불쾌한 목소리가 들린 것은 그때였다. 테이블 주위에 둘러서 있는 도박꾼들과 구경꾼들이 회전목마처럼 아직도 그를 둘러싸고 있었는데, 누군가 그의 소매를 잡아당겼다. 그 손은 어느 신사의 손이었는데, 그는 면도를 한 널찍한 얼굴에 수염을 염색했으며 때깔 없이 부은 눈으로 그를 똑바로 쳐다보고 있었다. 그는 프랑스어로 말했지만, 폴란드식도 아니고 독일식도 아닌 어딘지 불쾌한 악센트였다. 회전목마가 갑자기 멈추었으며, 거기 탄 사람들은 관성에 의해 앞으로 기울어졌다. 그들은 살아 있는 그림처럼 그 자리에 얼어붙은 채 그 신사에게 시선을 고정시켰다. 심지어 테이블 양편에 앉아 있던 카지노의 지배인들도 무표정한 얼굴을 들어 그를 쳐다보았다. 그는 이 신사가 바로 자기를 향해 말하고 있다는 사실을 문득 깨달았으며, 자기가 실수로 이 낯선 신사의 코인까지 긁어 왔다는 데 생각이 미쳤다. 하지만 중요한 것은 이 모든 사태가 이제 바로 저 앞에 펼쳐져 있는 정상으로의 비상과 관련이 있다는 점이었다. 그는 미안하다고 중얼거리고 나서, 정신이 좀 산만해서 그랬다고 덧붙였다. 그는 구름 속에서 관성을 따라 계속 흘러가고 있었으며, 무슨 일이 일어나고 있는 것인지 자각하지 못하고 있었다.

"산만해서 그런 것 같지는 않구만."

낯선 사내는 그 삐걱거리는 목소리로 딱 잘라 말하고는, 비프스테이크와 적포도주 냄새를 풍기는 얼굴로 여전히 그를 뚫어져라 쳐다보고 있었다. 그는 잠시 그가 이미 오래전부터 이 모든 것을 예견하고 있었으며, 자기가 너무도 쉽게 산의 저 아래쪽으로, 습지의 안개에 묻혀 있는 낯익은 얼굴들 쪽으로 굴러 떨어지고 있다고 생각했다. 그 얼굴들은 이제는 더 이상 애처로워 보이지 않는 그 이상한 원무를 여전히 추고 있었다. 그들이 손을 마주 잡고 부르는 노래에는 구절구절 사이에 그를 언급하는 것 같은 가사가 섞여 있었다. 의미를 똑똑히 알아들을 수는 없지만, 그게 그를 비웃는 내용이라는 것은 뻔한 노릇이었다. 노래하며 비웃는 사람들은 점점 더 늘어났지만, 그들의 얼굴도 똑똑히 분간할 수는 없었다. 하지만 빛나는 보라색 눈빛을 하고 있는 얼굴 하나와 여자들의 얼굴은 두드러져 보였다. 이 여자들은 초소의 창살 사이로 들여다보던 그 여자들이 아닌가? 그는 다시 뭔가 알아들을 수 없는 말을 중얼거리면서 코인 하나를 그 낯선 사내에게 건네려고 했다. 하지만 사내는 이미 자리에 없었다. 그는 벌써 테이블을 둘러싸고 있는 도박꾼들과 관람객들 너머 먼 곳으로 사라져가는 사내의 등을 발견했다.

"나쁜 자식!"

그는 중얼거렸다. 아마도 이런 경우라면 당연히 그렇게 말할 만했지만, 그는 이 말을 마치 혼잣말을 하듯 러시아어로, 조용하고 불분명하게 뇌까렸을 뿐이다. 낯선 사내는 이미 뒷짐을 진 채, 마치 승리라도 거둔 사령관 같은 자세로, 보폭도 정연하게 멀어져 갔다. 영업이 끝나가는 시간이었는데도, 이상한 정적이 카지노 홀을 압도하고 있었다. 크리스털 샹들리에의 누런빛이 담배 연기 사이를 힘겹게 흘러나와 홀의 어두컴컴한 구석을 부옇게 물들이고 있었다. 갑자기 마치 금방 귀에서 솜이라도 빼낸 것처럼, 사람들의 목소리와 기침 소리가 그에게 들려왔다. 사람들은 다시 움직이고 떠들어댔으며, 지배인은 소리를 지르고, 노름꾼들은 돈을 걸어대고 있었다. 그는 높은 패에 베팅해서 돈을 땄지만, 이것은 이미 치명적인 상처를 입은 사람이 기를 써서 도망치는 꼴이었다. 운은 이미 끝났다. 다음번 베팅에서 그는 돈을 잃었고, 제로에 걸어서 또 한 번을 잃었다. 그의 돈더미는 금방 반으로 줄어들었으며, 그는 계속 추락했다. 비정상적으로 커진 투르게네프의 얼굴은 짐짓 놀란 체하며 동정하는 듯한 그런 표정을 짓고 있었다. 그의 커다란 모습은 우스꽝스러운 후렴을 부르며 원무를 추고 있는 사람들 가운데서도 도드라져 보였다. 다른 사람들 역시 그와 함께 춤추며 노래 부르고 있었다.

그가 거리로 나왔을 때, 놀랍게도 바깥은 아직 환했다. 그는 밤이 된 지 벌써 한참은 지났으리라고 생각하고 있었다. 남자들은 아내와 아이들 손을 잡고 교회에서 돌아오거나 산책을 다녀오고 있었으며, 거리는 이륜마차나 사륜마차로 가득했다. 그 순간 검은 고양이 한 마리가 그의 앞을 가로질러 뛰어갔다. 그는 고양이가 앞을 지나가면 나쁜 일이 생긴다는 미신에 따라 습관적으로 멈춰 섰지만, 돌아보니 그건 삽살개였다. 하긴 카지노에서 방금 있었던 일보다 더 나쁜 일은 없을 것이다.

"나쁜 자식!"

그는 그 낯선 사내에게 프랑스어로 이렇게 말하고는, 그 툭 튀어나온 귀와 구유통같이 평평한 얼굴에 주먹을 휘둘러 손이 아플 만큼 갈겨버렸어야 했다. 그러면 낯선 사내는 휘청거리면서 천천히 바닥에 쓰러졌을 것이다. 노름꾼과 구경꾼들이 뒷걸음질 쳐서 사내가 바닥에 쓰러질 만한 자리를 내주고는, 바로 다시 그 주위로 몰려든다. 나머지 사람들은 때린 자에게 달려들어 그를 홀 밖으로 몰아내려고 하겠지만, 그는 극도의 흥분에 사로잡혀 그들 모두를 밀치고 나온다. 그리고 게임 테이블로 가서는 결국 제로에 걸어 모든 판돈을 날려버린다. 그랬더라면 그는 산의 정상에 있었을 것이다. 그곳에서는 시야가 닿는 한 아득한 공간이 펼쳐져서, 장난감 도시들이 보일 것이다. 그 높은 곳에서는 키 작은 관목 숲 정도로 보이는 어두운 녹색의 숲이 시야에 들어오고, 더 먼 곳으로는 푸른 하늘과 맞닿아 있는 한량없이 푸른 바다가 펼쳐져 있을 것이다. 아예 글러브 같은 것을 끼고 그의 얼굴을 때렸다면 좋았을 텐데. 그리고 아무 일도 없었던 것처럼 도박을 계속하고, 아무 일도 일어나지 않은 것처럼 평안히 돈을 걸었다면 좋았을 텐데. 아니면 그에게 결투를 신청했다면 차라리 나았을 텐데. 그러면 이른 아침 바덴바덴의 교외에 있는 알테스 성 너머의 계곡에서, 그들은 서로 스무 걸음이 떨어진 채 서 있었을 것이다. 낯선 사내의 가슴을 똑바로 겨눈 그는 발사하기 전 마지막 순간에 아량을 베풀어 사내를 용서할 것이다. 그러면 낯선 사내는 그 앞에 무릎을 꿇고 발에 키스를 할 것이며, 그는 그제야 사내를 땅에서 일으켜 세울 것이다.

옷 보관소에 놓고 왔기 때문에 모자도 쓰지 않은 채, 검은 양복을 입은 남자가 리히텐탈러 거리를 걸어가고 있었다. 그는 마주 오는 사람들은 안중에도 없이 손짓을 하면서 이따금 뭔가 소리 내어 중얼거리기까지 했다. 슈바르츠발트나 튀링거발트 같은 곳에서 불어온 따뜻한 여름 바람이 그의 얼마 남지 않은 머리칼을 가볍게 쓸고 지나갔다. 그래서인지 그의 툭 튀어나온 이마는 더욱 부은 것처럼 보였다.

기차가 정차한 볼로고예 역은 모스크바에서 레닌그라드로 가는 이 기차의 두 번째이자 마지막 역이다. 승강구가 덜컹거리며 열리자, 차가운 연기 속으로 젊은 사내들과 군인들이 외투도 없이 내려서 가판대 하나가 서 있는 눈 쌓인 플랫폼을 달려갔다. 가판점은 석유 램프를 켜놓고, 지방 산(産) 만두와 병맥주를 늘어놓은 채 영업 중이었다. 소변을 모아놓은 듯한 빛깔을 하고 있는 그 맥주들에서는 가볍게 거품이 일고 있었다. 객실의 창문들은 얼음이나 눈으로 빼곡하게 덮여 있었다. 하지만 마치 눈을 감고도 사물이 보이듯이, 이 회백색의 얼음 덮개 너머로 역사 건물의 불빛과 달려가는 사람들의 그림자가 얼비치고 있었다. 북서쪽 저편으로 100킬로쯤 떨어진 곳에, 밤과 얼음에 겹으로 덮인 일멘 호수가 누워 있을 것이다. 대개 호수들이 그렇듯이 이 호수도 모서리가 세 개인지 몇 개인지 알 수 없는데, 그건 곡면이 꺾어지는 곳마다 강들이 흘러들고 있기 때문이다. 호수의 북쪽 연안에 펼쳐진 평야에는 옛 노브고로드가 있다. 그곳에 있는 10세기와 11세기의 종루 및 교회들에는 임브레이저[54]를 연상시키는 높고 좁은 창문들과 황금빛 둥근 지붕이 더불어 견고하고 단단하게 건축되어 있을 것이다. 그리고 지붕 위에는 정교(正敎)를 상징하는 팔각 십자가가 미세하게 조각되어 세워져 있을 것이다.

가볍고 흰 구름이 드리워진 호수의 푸른 수면에는 외륜선이 천천히 흘러 다니고 있었다. 두 아이를 데리고 아름다운 여름날을 즐기러 나온 도스토예프스키 부부가 타고 있는 배의 갑판으로 물보라가 튀었다. 표도르 미하일로비치는 멀리 보이는 노브고로드 사원의 지붕을 바라보면서 허리를 굽히고 세 손가락을 모아 성호를 그었다. 얼마나 열렬하게 성호를 그었는지, 최근에 어깨 부분이 늘어지고 좁아진 그의 양복이 더 구겨질 정도였다. 그의 뒤에서 검은 여행용 숄을 걸치고 있는 안나 그리고리예브나도 겸손하게 절을 하며 성호를 그었으며, 그들의 두 아이인 류보

54) 안은 좁고 바깥은 넓게 만들어진 창문.

치카와 페젠카[55]도 성호를 그었다. 그들은 언제나 편지에 그들의 '소중한 두 아이'라고 썼는데 그 이유는 안나 그리고리예브나가 바덴바덴에서 가졌던 소네치카[56]가, 제네바에서 태어나자마자 숨을 거두었기 때문이다. 그들이 탄 배는 '용사'라는 이름을 가지고 있었다. 이 이름은 타륜을 감싸고 있는 반원형 덮개에 황금빛 글자로 씌어 있었다. 배는 일멘 호수를 가로질러 남쪽 연안에 닿은 후 호수로 흘러드는 작은 로바티 강의 하구로 들어가서 천천히 상류 쪽으로 올라갔다. 처음은 로바티 강이고, 두 번째는 그 강으로 흘러드는 폴레스티 강이고, 마지막은 페레리티차 강이었다. 그들은 강의 굽은 흐름을 따라가면서, 마주 지나가던 화물선이 경적을 울려 알려준 대로 조심스럽게 사구를 피해 갔다. 멀리 스타라야 루사에 있는 교회와 종루가 보였고, 도스토예프스키 부부는 다시 성호를 반복해 그으며 허리를 굽히고 아이들에게도 성호를 긋도록 시켰다. 부활 교회에서 그리 멀지 않은 사원 광장에는 섬세하게 굽은 발가락과 달콤한 목소리를 가진 그루센카 멘쇼바[57]의 집이 있다. 중위였던 약혼자에게 버림받은 그루센카는 그녀를 마음으로 동정하던 안나 그리고리예브나와 깊은 친분을 맺고 있었다. 그 친분은 표도르 미하일로비치가 가끔 질투를 느낄 정도였다. 이 그루센카는 소설 속에서 젊은 나이에

---

55) 도스토예프스키 부부의 아이들인 류바와 페쟈의 지소형 애칭.

56) 소냐의 지소형 애칭.

57) 〔원주〕 도스토예프스키의 『카라마조프 가의 형제들』에 나오는 인물인 그루센카 스베틀로바의 실제 모델이다.

장교에게 모욕을 당한 후 부유하고 방탕한 상인의 보호 하에 들어가는 인물로 나온다. 그 무서운 살인이 일어나던 날 밤에, 드미트리 카라마조프[58]가 자기 아버지인 표도르 파블로비치의 집으로 잠입할 때 타 넘던 담장과 뒤뜰도 바로 그녀의 집이다. 그 집은 두 개의 거리가 만나는 모퉁이, 높은 담이 쳐진 큰 공터와 목욕탕이 있는 곳에 서 있었다. 이 집은 도스토예프스키 부부가 페테르부르크에서 찾아와 매년 여름을 지내고 때로는 겨울을 나기도 했던 곳이다. 집 뒤쪽 후미진 골목에는 엉겅퀴와 쐐기풀들이 웃자라 있었는데, 바로 이 엉겅퀴 아래서 도스토예프스키는 나비의 애벌레나, 이상하게 생긴 내장이 썩기 시작하면서 들큼한 냄새가 나는 고치를 발견하기도 했다. 그는 그것들을 주워서, 간막이가 된 방들이 많고, 그래서 통로와 다락방과 계단과 또 깊숙하고 후미진 장소가 많은 그 집으로 가져오기도 했을 것이다. 바로 이 엉겅퀴 아래에서 표도르 파블로비치 카라마조프는—도스토예프스키가 그에게 표도르라는 자신의 이름을 붙인 것에는 뭔가 묘하게 자학적인 데가 있다.— 마 옷 하나만 입고 있는 리자베타 스메르쟈시차야를 발견한다. 위층에 따로 위치한 카라마조프 노인의 방들로 난 어떤 계단에서는 그루센카 때문에 아버지와 아들 사이에 싸움이 일어나기도 했다. 알료샤[59], 이반[60], 그

58) 『카라마조프 가의 형제들』의 주요 인물 중 하나. 표도르 카라마조프의 첫 아들로 둘째 이반과 막내 알료샤의 형.

59) 알렉세이 카라마조프. 표도르 카라마조프의 셋째 아들. 둘째 형인 이반과 대비되는 신실한 믿음의 소유자.

리고 하인 그리고리가 번갈아가면서 드미트리라든가 미친 듯이 소리치고 있는 표도르 파블로비치를 붙잡고 있어야 했다.

"저놈 잡아, 잡으라구!"

드미트리는 그를 잡고 있는 형제들을 밀쳐내고는 칸막이와 가구와 꽃병들을 박살 내면서 아버지에게 달려든다. 아버지를 발로 거칠게 때리고, 아버지의 머리를 밟아버리는 것이다.

"멋지게 패는데!"

그런 장면이면 내 뒤에서 누군가의 목소리가 들리곤 했다. 스크린에서 시선을 돌려 돌아보면, 뒤에 앉아 있는 사람들이 연신 잔을 홀짝거리고 있었다. 이 홀짝이는 소리는 영화가 끝날 때까지 계속되기 마련이었는데, 특히 이반이 신앙과 영혼의 불멸에 대해 악마와 대화하는 장면이 되면, 강당의 구석진 곳 여기저기에서 마치 고인 물이 튀는 것처럼 킬킬대는 소리가 들려오곤 했다. 마치 노동조합에서 '도스토예프스키의 흔적을 따라가는 스타라야 루사 관광' 같은 테마 여행을 떠나온 여행객들처럼 맥주와 보드카를 또 그렇게 마셔대는 것이다. 하지만 정해진 장소에 도착하면, 그들은 페레리티차 강에서 수영을 하고, 공놀이를 하고, 기선의 프로펠러 근처로 헤엄쳐 가서 파도를 타곤 했다.

60) 이반 카라마조프. 표도르 카라마조프의 둘째 아들로 유물론적인 회의주의자. 아버지의 죽음을 교사함.

스타라야 루사의 서재에서는 사원 광장과 강변과 또 강변으로 나 있는 길이 보였다. 그것은 그가 사는 집이 언제나 구석진 곳에 있었고, 서재의 창은 그 집에서도 가장 구석진 곳에 있었기 때문이다. 서재를 왔다 갔다 하면서 그는 창밖의 석양 속에서 황금빛으로 빛나는 우스펜스키 사원의 지붕을 바라보곤 했다. 그는 안나 그리고리예브나에게 「대심문관」[61]을 불러주고 있었다. 검은 법의를 입은 무서운 심문관이 사슬 소리를 내면서 강철 문을 열면, 그 안에는 이천 년 동안 전혀 썩지 않은 옷을 입고 가시면류관을 쓴 죄수가 있었다. 죄 많은 지상으로 돌아온 그는 저 오랜 옛날처럼 몰이해와 소외의 그 모든 고통을 다시 겪고 있었다. 그리고 또다시 고난을 짊어지고 다른 이의 죄—그것은 또한 그 자신의 죄가 아니었던가?—를 대신 갚아야 하는 것이다. 오로지 그만이 감당할 수 있는 그 헌신과 고통을 사람들에게 요구하면서 말이다. 하지만 「대심문관」의 철학적이며 종교적인 본질은 이후 『카라마조프 가(家)의 형제들』의 작가와 유사한 정신의 소유자로 불렸던 로자노프[62]가 그 전모를 밝히게 된다. 그들이 비슷하다는 것은, 여러 개의 각을 이루어 원추형을 이루고 있는 그 특이한 두상(頭狀)을 보면 알 수 있다. 그것은 도스토예프스키의

61) 소설 속에서 이반 카라마조프가 지은 극시. 16세기의 대심문관이 재림한 그리스도를 가두고 심문하는 내용.

62) 바실리 바실리예비치 로자노프(1856~1919). 러시아의 작가, 평론가이자 철학자. 도스토예프스키의 「대심문관」을 조명한 「대심문관의 전설」 등의 글이 있음.

여자[63]와 결혼하여 그녀의 남편이 된 로자노프의 기이하고 의미심장한 운명 속에 이미 숨어 있던 것인지도 모른다. 그녀는 언젠가 도스토예프스키와 함께 이탈리아를 여행하면서 같은 선실에서 기거한 적이 있는 바로 그 여자다. 도스토예프스키는 그녀에게 친구, 다만 친구만이라도 되어달라고 애걸했고, 머리가 텅 빈 스페인 남자와의 연애 사건에 대해서는 그녀의 상담자가 되겠다고 말했다. 그 스페인 남자는 남작인가 자작이라고 속여 그녀를 유혹하고는, 불필요한 물건이나 해진 옷가지처럼 그녀를 버려 그녀의 감정과 자존심을 짓밟았었다. 실은 그렇게 짓밟혔기 때문에 그녀가 더욱 열정적으로 되어간 것이지만 말이다. 하지만 그에게는 후에 그녀가 이 사건을 후회했다고 여길 만한 근거가 있었다. 안나와의 이 불우한 여행 일 년 전, 아직 그가 페테르부르크에 머물던 이른 가을의 저녁 무렵, 베일로 얼굴을 가린 그녀가 빗줄기와 뼛속까지 스미는 추위에 덜덜 떨면서 운하 근처의 구석진 집까지, 마치 발자크의 소설에 나오는 자연주의적 여주인공이라도 되는 듯이, 그를 찾아왔던 것이다. 이 모든 것은 그의 뒤늦은 환상이었는지도 모르고, 어쩌면 그의 전기를 쓴 사람이 창작한 것인지도 모르며, 또 안나 그리고리예브나가 만들어낸 이야기인지도 모르지만 말이다.

석유등을 켠 채 그림처럼 서 있는 플랫폼의 매점을 저

63) 도스토예프스키가 연정을 바쳤던 폴리나 수슬로바. 그녀는 후에 열여섯 살 연하의 로자노프와 결혼.

멀리 뒤로 한 채, 오래전에 기차는 볼로고예를 떠나 달리고 있었다. 기차가 흔들리고, 그 안의 승객들도 흔들렸다. 어두운 차창에 젖빛 유리로 된 램프 갓이나 여행용 가방들이 흔들리는 모습이 비쳤고, 창밖으로는 보이지 않는 설원이 흘러가고 있었다. 나는 흔들리는 받침대에서 책이 떨어지지 않도록, 눈앞의 문장들이 널을 뛰지 않도록, 안나 그리고리예브나의 수기를 꼭 쥐었다.

집으로 돌아온 페쟈는 안나 그리고리예브나 앞에 무릎을 꿇었다. 그녀는 어리둥절해져서 방구석으로 뒷걸음질 쳤으나 그는 무릎으로 기어 그녀를 따라가면서 반복해 말했다.

"미안해, 용서해 줘."

"당신은 나의 천사요."

하지만 그녀가 계속 한쪽으로 뒷걸음질 치자, 그는 벌떡 일어서서 주먹으로 벽을 치다가, 급기야 자기 머리를 때리기 시작했다. 이것은 마치 일부러 연출된 무슨 희극의 한 장면처럼 보였으므로, 그녀는 조금은 우습다고 생각하기까지 했지만 주인 여자가 들을까 봐 걱정이 되었고, 또 이것이 발작으로 이어질까도 걱정이 되었다. 그에게 달려가 멈추게 하려고 했지만 이미 그의 얼굴은 창백했고, 입술은 떨렸으며, 턱은 옆으로 돌아가 있었다. 그는 그녀 앞에 무릎을 꿇고, 자신이 돈을 다 잃었으며, 그녀를 불행하게 만들었다고 참회했다. 하지만 그녀는 그의 말을 금방 알아들을 수 없었다. 그의 깊은 고통과 모욕감을 전혀 이해할 수 없었으므로, 그녀는 방구석에 선 채 놀란 눈으로 그를 바라보았다. 그 표정은 마치 뭔가 묘한 미소를 띠고 있는 것처럼 보였다. 이제는 그녀까지 그를 비웃는단 말인가? 그는 벌떡 일어나 주먹으로 또 벽을 마구 때리기 시작했다. 그제야 그녀는 사태가 심각하다는 것을 알아차렸는데, 이젠 주인 여자나 사람들 따위는 문제가 아니었다. 그는 미친 듯이 벽을 쳐댔지만, 이것으로는 부족했는지 벽 저편에서는 아무런 기척이 없었다. 안나 그리고리예브나는 방구석에 서 있었고, 그는 방을 뛰어다니며 의자를 차고 옆으로 내던지고, 손바닥이 아플 정도로 자기 머리를 쳐댔다. 그에게 달려가 제지하려고 하는 그녀의 얼굴에는 경악만이 나타나 있을 뿐이었다. 아, 이 여자는 시끄러운 소리가 두려울 뿐이다! 그녀는 그가 창피할 뿐이다! 그러면 그냥 창피한 대로 두시지! 그는 그녀를 밀어내고 당장 창문으로 뛰어내리겠다고 소리쳤지만, 자신이 그렇게 하지 않을 것임을 알고 있었다. 그들은 괴롭게 숨을 몰아쉬며 서로를 쳐다보았다. 그녀의 얼굴에는 공포와 간청이 어려 있었고, 그의 얼굴에는 사로잡힌 짐승처럼 증오와 적의가 서려 있었다. 그의 입술은 덜덜 떨렸고, 얼굴은 괴로운 경련으로 일그러져 있었다.

"페쟈, 내 사랑."

그녀는 그에게 몸을 던져 팔로 그의 머리를 감싸고 몸을 밀착시켰다. 그제야 속에 응어리져 쌓여 있던 오늘의 모든 모욕과 고통과 열패감들이 그의 목을 향해 한꺼번에 터져 나왔다. 유년 시절, 그의 아버지가 언제나처럼 난리를 피운 후에는 으레 그의 어머니가 몰래 그의 방으로 들어오곤 했었다. 발소리도 내지 않고 그의 침대에 다가와, 그가 잠들었다고 생각하고는 그에게 몸을 기울이고, 조용히 그의 얼굴을 쓰다듬고 키스를 하곤 했던 것이다. 목에 걸린 응어리는 통곡으로 변했다. 처음에는 소리 없이 억제된 목소리로 흐느끼다가, 다음에는 뭔가를 쏟아내려는 듯 괴롭고도 상쾌하게 목이 메어 터져 나왔다. 안나 그리고리예브나는 그를 부축하고 손수건으로 그의 눈물을 닦아준 후 침대로 데려가 우선 프록코트와 조끼를 벗기고 눕힌 후 이불을 덮어주었다. 남편처럼 그렇게 진지하고 명민한 사람이 통곡을 할 수 있다는 것이 그녀는 이상하게 느껴졌다. 이것은 일종의 발작이거나 그런 유의 병이 틀림없었다. 마음은 그에 대한 연민으로 가득 찼고, 동시에 그녀의 아이인 듯 뭔지 모를 책임감까지 느껴졌다. 그는 아직도 울고 있긴 했지만, 이제는 둑 위에서 수면으로 떨어진 돌 때문에 튄 물 정도로 잦아든 후였다. 그의 머리에 젖은 수건을 감고, 그녀는 곁에서 그를 돌보았다. 그는 그녀의 손에 키스했으며, 그녀를 천사라고 부르고, 오늘 카지노에서 일어난 일에 대해 조리 없이 이야기하기 시작했다. 그녀는 이 모든 것이 별일 아니라고 위로했다. 그 사내는 페쟈가 그를 '나쁜 자식'이라고 욕한 것을 들었을 것인데, 왜냐하면 이 단어는 비록 러시아어지만 모두가 알고 있으며, 만일 그가 이해를 못했다고 해도 다른 사람들이 이해했을 거라고 말해 주었다. 그런 사기꾼과는 아예 엮이지 않는 게 상책이라고도 덧붙였다. 그래서 그는 다시 그녀의 손에 키스했는데, 그녀에게 두 배로 감사를 느꼈기 때문이었다.

점심을 먹은 후에 그들은 리히텐탈러 거리로 산책을 나갔다. 이 시간이면 그곳에서는 많은 사람들이 산책을 하고 있을 때였다. 페쟈는 혼자 걷는 사람이건 부인과 함께 걷는 사람이건 가리지 않고 마주 오는 사내들의 어깨를 맞부딪치면서 걷기 시작했는데, 그를 모욕했던 넓적한 얼굴에 귀가 튀어나온 신사가 다시 눈앞에 떠오르기 시작했던 것이다. 이제야 그는 자신이 그때 어떻게 행동해야 했는지를 깨닫고 있었다. 그는 다만 태연하되 강력하게 그를 밀쳐서 넘어뜨리거나, 비틀거리게 하거나, 적어도 그의 언동이 자기에게는 통하지 않는다는 사실을 실감하도록 만들었어야 했다. 넓적한 얼굴에 때깔 없이 튀어나온 눈을 가진 그런 낯선 사내는 어디에나 있었다. 샛길에서 그런 사내가 튀어나오면, 페쟈는 사내의 길을 막으러 재빨리 가로질러 뛰어갔다. 그러고는 또박또박 당당한 걸음으로 마주 보고 걸어서 사내가 피해 가게 만들고, 이렇게 해서 사내에게 자신을 떠올리게 하려는 것이었다. 사내가 페쟈와 안나 그리고리예브나를 그냥 지나쳐 가면, 그를 따라잡아서 그에게 필요한 '수업'을 해주어야 했다. 안나 그리고리예브나는 페쟈를 말리려고 노력했지만, 그는 계속 마주 걸어오는 무고한 독일인들과 부딪히려 하거나, 갑자기 모르는 어떤 신사들의 뒤를 따라가는 짓을 반복했다. 그녀는 양산과 레이스 숄을 손에 든 채, 잘 차려입은 한가로운 사람들 사이에 자꾸 혼자 남겨졌다. 이 레이스 숄은 그녀의 어머니가 선물한 것이지만, 이제 며칠 후면 계속 돈을 잃은 페쟈가 또 저당을 잡혀버릴 것이다. 결국 그녀는 인적 드문 옆길로 페자를 겨우 끌고 가서는, 그 길을 따라 바로 콘서트홀로 향했다.

독일의 휴양지 바덴바덴에 7월의 저녁이 내리고 있었다. 먼 곳, 슈바르츠발트나 튜링거발트쯤의 하늘에 보랏빛 먹구름이 걸려 있고, 그 너머 더 먼 곳 어딘가에는 번갯불까지 번쩍이고 있었다. 좀 더 도시 쪽으로 가까이 오면 도시를 둘러싸고 있는 언덕이 있으며, 그 언덕에는 빽빽이 초목이 자라고 있었다. 또 붉은 벽돌로 된 알테스 성과 노이에스 성이 보이고, 삐죽이 솟아 있는 탑들과 오래된 기사들의 성도 볼 수 있었다.

며칠 후, 안나 그리고리예브나는 알테스 성이거나 아니면 노이에스 성의 돌담 길을 따라 올라가고 있었다. 그녀는 페자를 피해서 나온 것이었다. 페자가 또 돈을 잃고는 집주인에게 지불할 마지막 남은 돈을 달라고 졸라댔기 때문에, 방에서 쫓겨나지 않으려면 어쩔 수 없었던 것이다. 그녀는 어쩐지 대단히 편하게, 마치 그녀의 배 속에 소네치카나 미샤가 아예 없는 듯이 계단을 따라 빠르게 걸어 올라갔지만, 세 번째 평지에 이르자 속이 안 좋아졌고, 심하게 배가 아파 토할 것 같았다. 그녀는 벤치에 앉아야 했다. 지나가는 사람들은 모두 금방이라도 기절할 것처럼 보이는 그녀를 쳐다보고 있었다. 페자는 그녀를 찾아내자마자 사람들이 훤히 다 보고 있는 바로 그 평지에서 다시 그녀 앞에 무릎을 꿇었다. 그녀는 사람들이 보지 못하도록 손으로 얼굴을 가렸는데, 실은 목으로 구역질이 올라왔기 때문이었다. 그는 제 가슴팍을 주먹으로 때리면서 자기가 그녀를 불행하게 만들었다고 말하기 시작했지만, 이런 일은 너무 익숙한 풍경이어서 예전처럼 놀라지도 않았다. 그러면 그녀는 다 잃을 것을 알면서도 그에게 또 돈을 내주는 것이었다. 그러는 동안 그들은 카지노 옆의 풀밭에 앉아서 오스트리아 오케스트라의 에그몬트 서곡을 듣곤 했다. 그 음악에는 먼 곳에 솟아 있는 산들과 그 위에 걸려 번갯불을 번뜩이며 빛나는 보랏빛 먹구름들에 어울리는 무엇이 있었다. 이제 그들은 낭떠러지 길을 따라 올라가고 있었다. 그녀는 가볍고 빠르게 이리저리 휘어 있는 오솔길을 따라 올라갔는데, 오솔길들은 관목 숲과 바위들과 성의 폐허들 사이로 휘어 있었다. 그는 반대로, 수직으로 곧추서서 거의 가기 어려운 암반을 따라 올라가고 있었다. 돌과 얼음으로 된 그곳은 사람의 발이 한번도 지나간 적이 없었다. 그는 미끄러지고 넘어지면서도 다시 올라갔다. 저 뒤쪽 낮은 곳에서 그를 손가락질하며 크게 웃고 떠드는 사람들의 바다를 떠나고 있는 것이다. 그녀가 따라 올라가는 오솔길은 돌과 나무로 층을 이룬 계단으로 되어 있었는데, 그 길은 알테스 성으로 가는 길과 비슷했다. 그녀는 계단을 따라 위로 올라가면서도 거의 쉬지 않았고, 다만 저 아래쪽에 펼쳐져 있는 장대한 풍경을 곁눈질할 뿐이었다. 그리고 다시 이름 모를 흰 꽃들이 피어 있는 고산 지대의 풀밭과 암반 사이에 나 있는 오솔길을 따라 올라갔다. 하지만 그의 발 아래로는 바위와 거대한 얼음들이 커다란 소리를 내면서 굴러 떨어졌고, 그것들이 떨어지면서 더 큰 돌과 얼음덩이들이 부서져 내려서, 이제 산에는 우렁찬 소리가 메아리와 함께 사태를 이루고 있었다. 메아리는 여러 번 반복되면서 산기슭을 울리고, 그를 비웃고 있는 군중들의 목소리를 억눌렀다. 군중들은 그가 너무나 잘 알고 있는 얼굴들이었다. 비록 억눌린 목소리이기는 했지만, 그들은 답답한 고집과 몰이해 속에서 여전히 미친 듯이 웃으면서 커다란 손가락으로 그를 가리키고 있었다. 그 커다란 손가락은 많은 손가락들이 모여 만들어진 것으로, 조잡하고 더러워서 「그리스도의 모욕」에 나오는 군중들의 손가락을 연상시켰다. 그는 이 그림을 드레스덴에서 보았지만, 그걸 그린 화가의 이름은 기억해 내지 못했다. 철조망 같은 가시면류관을 쓴 그리스도는 팔꿈치를 무릎에 기댄 채 생각에 잠긴 자세로 혼자 계단에 앉아 있었다. 길고 가느다란 마디를 지닌 그의 손은 생기 없이 아래로 내려뜨려져 있었다. 군중들 가운데에는 불그스레한 뺨과 주먹코의 속물스러운 얼굴을 가진 아주 무례한 자 하나가, 그 털이 숭숭 난 짧은 손가락으로 예수를 가리키고 있었다. 계단에 앉아 있는 그리스도를 향해서 몽둥이와 돌들이 날아들고, 누군가는 이미 구타당한 흔적이 있는 그의 얼굴에 침을 뱉었다. 하지만 그의 얼굴은 여전히 깊고 외로운 명상에 잠긴 표정이었으며, 그를 둘러싼 군중들은 미친 듯이 웃어댔다. 예의 그 낯익은 사람들의 비웃음과 합쳐진 이 웃음소리는, 이제 떨어지는 돌과 얼음덩이의 소음과 여러 번 반복되는 메아리에 의해 겨우 잦아들었다. 하지만 그는 위험한 비탈을 무릅쓰고 점점 더 높이 산의 정상을 향해 올라갔다. 그 정상에는 번갯불이 번쩍이는 보라색 먹구름 속에 '수정궁'이 감추어져 있을 것이었다. 이것은 인류의 꿈이자 그 자신의 꿈으로 마음속 깊은 곳에 은밀하게 간직된 것이지만, 그는 고의로 이 꿈을 비웃은 적까지 있었다.[64] 하지만 이제 산사태가 사람들의 격렬한 고함과 웃음소리를 잦아들게 했고, 보랏빛 먹구름에서 떨어지는 벼락은 이 꿈이 실현 가능하다는 믿음을 그에게 심어주었다. 이 이름 모를 화가의 그림에 나타난 계시는 그가 가야 할 길을 명료하게 알려주는 것이었다. 이미 그 길을, 그 가파른 낭떠러지를 오르고 있는 그에게, 드럼과 호른과 트럼펫이 어우러진 장엄한 오케스트라의 음이 소리가 저 높은 곳에서 흘러내리고 있었다. 산사태의 울림은 때로 안나 그리고리예브나의 귀에도 들렸다. 하지만 그녀의 길은 역시 자유롭고 가볍고 평탄한 오솔길이나 계단으로 되어 있었다. 그녀의 길은 겨우 한 지점에서 그의 길과 교차하고 있었는데, 그들이 만나게 된 그 오솔길은 가파른 낭떠러지 위에 겨우 걸려 있을 뿐이었다. 그는 다 떨어진 옷을 입은 채 낭떠러지의 암벽에 겨우 매달려, 미끄러지고 떨어지고 긁히고 피 흘리며 기어올랐다. 그녀는 그에게 손을 뻗어 그녀가 걸어가던 오솔길로 올라오도록 도와주었다. 그래서 지금 그들은 손을 잡고 함께 길을 가고 있는 것이다. 호른과 플루트 소리가 이루던 멜로디는 아직 장엄했으나, 이미 그 음악에는 피로한 기색이 스며 있어서 뭔가 허물어지고

64) 수정궁은 당시 유럽에서 열렸던 상품 박람회 이름. 도스토예프스키는 이를 문명의 이상이자 상징으로 삼아 자주 비판적으로 묘사. 『지하생활자의 수기』와 『죄와 벌』에 수정궁에 대한 언급이 나옴.

있다는 느낌이 들었다. 그들은 벤치에 나란히 앉아서 음악을 들었다. 그는 자신이 좋아하는 다리를 꼬고 앉는 자세로, 이미 젖어 있는 무릎을 손으로 감싼 채 앉아 있었다. 아마도 아직 눈물이 마르지 않은 모양이었다. 수선이 필요한 해진 신발이 밖으로 보이지 않도록 다리를 오므린 그녀는 추위를 느껴 숄을 덮고 있었다. 잠시 그들의 시선이 만났고, 그는 그녀의 손을 잡고 부드럽게 쓰다듬었다. 작은 공터에는 연주자들을 위한 무대가 있고, 청중들을 위한 벤치가 놓여 있었다. 주위가 아직 환한데도 가로등이 켜져 있어서, 이 두 겹의 빛은 뭔가 비현실적인 환영 같은 풍경을 연출하고 있었다. 이 풍경 속에는 무언가 미완의 것, 아직 시작조차도 하지 않은 무엇이 있는 듯했다.

그는 밤에 그녀에게 가서 '밤 인사'를 하고 함께 '항해'를 시작했다. 마주 오는 흐름은 그를 한쪽으로 밀어냈으며, 그는 가라앉고 있다고 생각했다. 물론 그녀는 그를 도우려고 노력했다. 앞으로 헤엄쳐 가면서 그를 돌아보고는 자기 뒤를 따라오라고 손짓하거나, 그에게 돌아가 아주 가까이 다가가서는 그의 눈을 응시하면서 손을 뻗어 그를 받쳐주다시피 하고, 또 깊고 푸른 물속 어딘가로 잠수해 숨어버려서 그를 놀래주기도 했다. 하지만 그는 마주 오는 파도에 여전히 빠르게 밀려났다. 그는 거의 싸움을 포기한 듯했다. 물은 더 자주 그의 몸으로 덮쳐들었고, 그는 푸르게 흔들리는 물속에서 그 때깔 없이 튀어나온 눈을 가진 넓적한 얼굴을 떠올리고 있었다. 그 얼굴은 퉁퉁 부어올라서 마치 탱탱하게 공기가 들어찬 공처럼 보이다가, 천천히 발그레해지면서 불그스레한 눈을 가진 낯익은 얼굴로 변한다. 그리고 전날 밤 산 밑에서 미친 듯이 웃어대면서 그를 손가락질하던 그 수십, 수백의 손들이 이제 거대한 전갈의 발처럼 그를 향해 뻗어 온다. 그는 마지막으로 절망적인 노력을 해보았지만, 의지와 무관하게 온몸의 맥이 풀어졌다. 그는 어쩌지 못하고 바닥으로 스르르 가라앉아 버렸다.

그는 맥없이 베개에 기댄 채 눈을 감고 누워 있었고, 그녀는 팔을 괴고 곁에 앉아 그의 이마에서 흐르는 땀을 닦아주었다. 베개에 파묻힌 그의 머리 주위로 빛이 퍼져나갔다. 그것은 마치 임종을 앞둔 그의 모습을 그린 크람스코이의 그림과 비슷했지만, 지금 그의 얼굴에는 그림 속의 그 엄숙한 평정이 보이지 않았다.

슈바르츠발트와 튜링거발트 근처에 떠 있던 보라색 먹구름은 전하(電荷)를 잃고 보통의 회색 구름으로 변하더니, 천천히 바덴바덴 쪽으로 다가와서는 뾰족 지붕들과 포도(鋪道) 위에 가는 비를 뿌렸다. 여름도 거의 다 지나가고 있었다. 앞으로도 더운 날들이 꽤 남아 있긴 했지만, 안나 그리고리예브나는 이 짧은 휴식기를 반기면서 침대에 앉아 속옷이나 옷가지들을 손수 수선하기 시작했다. 습관처럼 그녀는 다 떨어진 신발을 신은 다리를 감추고는, 이 나쁜 날씨가 그들의 출발을 앞당기기를 희망하고 있었다. 페쟈는 전처럼 집과 카지노 사이를 왕래하고 있었다. 이따금 비에 젖은 서양자두나 포도, 자두를 들고 돌아오기도 했는데, 그럴 때마다 그는 사 온 것을 등 뒤에 숨기고는 안나 그리고리예브나를 깜빡 놀라게 하는 걸 즐겼다. 물론 이런 일보다는, 그녀 앞에 무릎을 꿇고 앉아서 그녀를 천사라고 부르면서, 그녀를 불행하게 만들었다며 용서를 비는 일이 더 자주 있었다. 그러면 그녀는 옷을 깁다 말고 한숨을 쉬면서 말없이 서랍장으로 다가가서 마지막으로 남아 있던 돈을 내어주었는데, 이럴 때 그녀가 기침을 하거나 재채기라도 하면, 그는 그녀에게 마구 화를 내고 저주를 퍼부었다. 이것은 그녀의 돈이며, 그녀 어머니의 돈인 것을 잘 안다, 그녀가 불평하지도 않고 순순히 그에게 돈을 내수는 것은 바로 그 선량함으로 그를 억압하려는 의도다, 등등. 하지만 그는 다시 그녀 앞에 무릎을 꿇고는 그가 그녀의 돈을 훔쳤으며, 그녀가 자신을 혐오해야 마땅하다고 말하고는, 하지만 아직 자기를 더 혐오하는 사람은 바로 자기 자신이라고 덧붙이기도 했다. 어느 때는 그녀가 기침을 하고 재채기를 하는 것은 다 일부러 그러는 것이며, 러시아에서처럼 바느질만 하면서 앉아 있을 뿐 그와 함께 거리에 나가려 하지 않는다고 비난을 하기도 했다. 그럴 때면, 비가 오긴 하지만 그들에게는 아직 '우산'이 있지 않느냐는 말도 덧붙였다. 그는 '아직'이라는 말을 힘주어 발음했는데, 그것은 마치 그들이 돈 한 푼 없이 집구석에 들어앉아 있는 게 그의 잘못은 아니라는 투였다. 또 어느 때는 혀가 빠질 만큼 열심히 해진 옷가지를 깁고 있는 그녀를 발견하고는, 그녀에 대한 감동과 연민에 사로잡혀서 그녀의 손과 치맛자락에 키스를 퍼붓고, 다시 진심을 다해 무릎을 꿇기도 했다. 그는 부드러운 손길로 그녀의 어깨와, 묵직하게 매듭이 지어져서 그녀를 조금은 더 나이 들고 현명해 보이도록 만드는 머릿결과, 그 머릿결이 흘러내린 목덜미를 쓰다듬었다. 그녀는 집에만 있을 때조차도 거의 항상 스카프를 두르고 있었다. 손으로 뜬 이 스카프는 가볍고 투명하며 또 검은색이어서, 마치 누군가의 장례식에 참석하고 있다는 생각이 들 지경이었다. 그래서 그는 항상 이 스카프를 벗으라고 채근했지만, 그녀는 어쩐지 벗는 걸 못마땅해했다. 그녀 옆에 무릎을 꿇고 앉은 그는 그녀의 머리에 손을 묻어 쓰다듬었다. 그녀의 눈은 무겁고 조금은 찌푸린 채 그를 바라보고 있었다. 그래서 그는 그녀를 '무뚝뚝한 사람'이라고 부르는 것이지만, 그녀는 그를 바라볼 때조차 다른 표정을 짓지 못했다. 그녀는 깁던 것을 옆으로 밀어놓고 손바닥으로 뺨을 가린 채 한숨을 쉬고는, 생각에 잠겨 그의 머리를 마주 쓰다듬었다. 그건 마치 그가 모르는 무엇인가를 그녀가 알고 있어서, 그것으로부터 그를 지켜주려는 듯한 자세 같았다.

그는 이제 짝수 패로든 홀수 패로든, 아니면 높은 패로든 낮은 패로든 거의 이기지 못했다. 비가 오든 바람이 불든, 1,457보로 맞추어 걷는 데 성공하든 실패하든 마찬가지였다. 카지노 건물로 들어가면서 모자와 젖은 우산을 수위에게 건네준 후, 계단을 올라 도박 홀로 들어섰다. 그는 두근거리는 가슴으로 낯선 사내를 찾아보지만 그 사내는 보이지 않았다. 그와 마주친다면 다시 어깨를 부딪칠지 확신하지 못했기 때문에 그는 가벼운 마음으로 숨을 내쉬곤 했다. 샹들리에의 노란빛이 테이블을 둘러싸고 있는 도박꾼들과 구경꾼들의 얼굴을 비추고 있었다. 테이블로 끼어 들어가 자리를 잡는 순간, 그는 언젠가 젊었을 때에 느꼈던 것과 흡사한 느낌에 사로잡혔다. 도미니크인지 레르흐인지 하는 네프스키 거리의 레스토랑으로 무리 지어 몰려가서, 갓 음식이 나온 테이블에 앉았을 때의 느낌이었다. 그 시절에는 샴페인을 두 잔쯤 마신 후라면 특히 가볍고 대담해진 기분이 들기도 했다. 그럴 때면 모든 것이 제 앞에 놓여 있는 듯한 느낌이 들었다. 기분 좋은 건배와 은 접시에 담긴 검은 연어 알, 그리고 웃음. 그럴 때면 '그곳'에까지도 가볼 수 있을 것 같았다. 연미복은 잘 차려입었으며, 풀을 잘 먹은 시트는 기분 좋게 몸을 감싸고 있는 데다, 모든 이가 자기에게 시선을 집중하고 있다고 느꼈다. 그러면 그는 사람들을 완전히 매료시킬 만한 뭔가 재치 있는 건배를 제안하려고 노력했다.

예전에 기술청에 근무하고 있을 때였다. 그는 대여섯 명의 다른 직원들과 함께 그 레스토랑에 가게 되었다. 그들과 자리를 함께한 부장은 그의 직속 상사로 좀 답답한 사람이었다. 그는 가족은 많은 데다 언제나 빈한해서 푼돈까지 싹 긁어 가는 자기 아내에게 꼼짝도 못했다. 그는 함께 가고 싶다며 굳이 이 모임에 끼어 들었는데, 돈은 다음에 내겠다고 덧붙였지만 아무도 이 말을 믿지는 않았다. 그가 돈을 내지 않으리라는 것은 이미 오랜 경험으로 알고 있는 바였지만, 여하튼 사람들은 장난삼아 그를 끼워주기로 결정했다. 페쟈는 그날 저녁 기분이 특히 좋았다. 지배인은 주문을 받기 위해 다른 사람이 아니라 바로 그에게 다가왔으며, 칸막이 너머 이웃한 칸에서는 명랑한 목소리와 여자들의 웃음소리가 들려오고 있어서, 조금만 일어나 보면 여자들의 얹은 머리와 얼굴과 심지어는 드러난 어깨까지 볼 수 있을 것 같았다. 게다가 다 마신 샴페인 잔이 그에게 자신감을 더해 주었기 때문에, 머릿속에서 그는 모두가 놀랄 만한 재치 있는 건배를 생각해 낼 수 있었다. 하지만 그 순간, 그때까지 말없이 앉아 있던 부장이 갑자기 소리 높여 건배를 제안했다. 그는 긴장감으로 얼굴이 완전히 붉어진 채 일어나서는, 길고 지루하게, 관청 일이 조국에 대단히 이로운 것이라는 둥 고리타분한 얘기를 늘어놓았다. 사람들은 모두 시선을 돌려 서로 눈짓을 주고받으면서 잔을 들었다. 그 순간 페쟈는 건배를 방해받은 데 화가 났지만 짐짓 유쾌한 듯 이렇게 말했다.

"자, 이 술은 공짜인 모양이니 마음껏 듭시다."

그는 맥없이 창백한 표정으로 옆자리에 앉아 있던 젊은 동료를 향해, 지나가는 말인 것처럼 이렇게 내뱉었다. 그 사람은 그와 함께 부장 아래서 일을 하고 있던 동료였는데, 도스토예프스키는 자기 말에 별다른 의미를 더 덧붙이지 않았지만, 옆자리에 앉은 그는 기회를 포착해 이렇게 속삭였다.

"자네, 부장한테 어떻게 그런 말을 하는가?"

그러나 페쟈는 그의 억양이 질책 투였다는 것을 알아차리지 못하고, 다만 자기도 실감하지 못하고 있던 뛰어난 재치를 다시 한 번 확인한 듯한 느낌이 들었다. 다른 사람들은 그의 말을 금방 이해했을 것이며, 내일이면 모든 부서 사람들이 그의 이 뛰어난 재치를 칭찬할 것이다.

다음 날 부장이 그를 자기 방으로 불렀다. 그리고 그가 설계 도면을 잘못 그렸다며 질책하기 시작했다. 부장은 자기의 커다란 책상에 팔꿈치를 괴고 앉아서, 얼굴이 온통 불그레해진 채 마치 금방 샴페인 한 잔을 마신 듯 둔한 시선으로 앞에 놓인 도면을 바라보고 있었다. 자기가 잘못 그린 것이 아니라는 것을 증명한 후, 페쟈는 의기양양하게 방을 나가려고 했다. 그 순간 부장은 머리도 들지 않고 마치 불에 그을린 듯 여전히 붉은 얼굴로 말했다.

"잠깐 나 좀 보게."

그의 목소리는 억눌린 채 꽉 잠겨 있었다.

"어제 자네가 그 말을 한 후에, 나는 어찌할 바를 모르겠더군. 자네 뺨을 후려쳐야 했을 테지만, 나는 그렇게 하지 않았네."

페쟈는 그 앞에 선 채 놀라 얼어붙었다. 방금 뺨을 얻어맞은 듯이 심장이 뛰고 머리와 귀로 피가 흘러드는 것 같았다. 뚱뚱하고 작달막한 이 상사는, 마치 이제 뿔로 들이받으려는 황소처럼 머리를 내린 채, 작고 석탄처럼 까만 두 눈을 희미하게 빛내고 있었다. 페쟈는 이 사람이 언젠가, 자기가 체르케스나 그루지야 쪽 혈통이라고 말했던 것을 기억해 냈다. 그래서 자기가 좀 다혈질이고, 복수심을 물려받았다고도 말했던 것 같았다. 하지만 그에게 유일한 특징이 있다면 둔감함 정도라고 생각하던 사람들은 아무도 그 말을 믿지 않았다. 아마도 바로 지금, 평생 처음으로 그는 자기가 물려받은 성질을 드러내고 있는 것인지도 몰랐다. 페자는 잠시 그에게 연민을 느끼기까지 했지만, 그가 어젯밤에 느꼈을 감정을 떠올리자 어쩔 수 없이 그에 대한 경외와 심지어는 모종의 섬뜩한 공포까지 느꼈다. 며칠 전에 카지노에서 만난 낯선 사내와의 소동 때 그랬던 것처럼 그는 뭔가 사과의 말을 웅얼거렸다.

"됐네, 이제 가보게."

부장은 이렇게 말했고, 페자는 이 부서에서 일을 시작한 후 아마도 처음으로, 이 늙수그레한 데다 얼굴은 펑펑하고 둔한 사내가 자기 '상사'라는 것을 실감했다. 그때부터 그의 직장 생활은 견딜 수 없는 것이 되었다

처음 두 번의 베팅에서나 때로는 세 번째 베팅에서까지도 그는 돈을 따곤 했다. 그럴 때면 도박꾼들과 구경꾼들이 이루고 있는 그 회전목마가 소용돌이처럼 그의 주위를 빙빙 돌기 시작하고, 그는 다시 수정궁이 있는 저 미답의 정상을 향해 수직으로 곧추선 낭떠러지를 기어 올라갔다. 아래쪽에서는 낯익은 얼굴들이 그 애처로운 원무를 추고 있었다. 하지만 곧 그는 돈을 잃기 시작했다. 그래도 자기 방식을 고수하려고 노력해 보지만, 그러면 그럴수록 더욱더 잃게 되었던 것이다. '자기 방식' 같은 것은 포기해 버린 후에도 그는 계속 잃고, 결국에는 돈을 가지러 집으로 달려가곤 했다. 이것은 의학적으로 '강박 흥분증'과 비슷한데, 좌절을 하면 할수록 그 시도를 반복하려는 집요한 욕망이 더 강하게 일어나는 것이었다.

짧은 비가 그쳤다. 뾰족 지붕의 붉은 벽돌집과, 물기가

마른 포도(鋪道)에 다시 강렬한 햇빛이 떨어지고 있었다. 이제 바덴바덴에서 도스토예프스키의 일상은 불면의 밤에 다름 아니었다. 깊이 잠들었을 때조차 시간이 어떻게 가고 있는지를 느끼고, 또 밤이 한량없이 계속될 것만 같았다. 페쟈는 우선 자신의 약혼반지를, 다음으로 그가 결혼식 때 선물한 안나 그리고리예브나의 금귀고리와 브로치를 저당 잡혔다. 그가 이것들을 가지고 나가자 안나 그리고리예브나는 울다가 급기야는 통곡까지 했다. 그렇게 온몸을 쥐어 짜듯 운 것은 난생처음이었지만, 적어도 그녀가 기록한 바에 의하면 페쟈가 있는 데서는 결코 그런 모습을 보이지 않았던 것 같다. 브로치와 귀고리를 맡기고 빌린 돈을 또 잃은 그는 다음으로 그녀의 레이스 달린 숄을 저당 잡히려 했지만, 그런 것은 어디에서도 받아주지 않았다. 그는 우선 귀금속 가게에 가보았는데, 거기서는 금 제품만 받는다고 하면서 바이스만 씨라는 사람의 가게를 소개해 주었다. 하지만 바이스만 씨의 가게는 문이 닫혀 있었고, 페쟈는 온통 비와 땀에 젖은 채 집으로 돌아왔다. 화창한 날씨가 시작되었지만, 때로는 거리와 나무를 적시며 짧은 비가 내리기도 했다. 점심을 먹은 후 페쟈는 다시 바이스만 씨네 가게로 달려갔지만, 바이스만 씨는 그런 물건은 받지 않는다고 말하면서 에티엔 부인의 가게를 가르쳐주었고, 그 가게는 광장에 위치해 있다는 말도 덧붙였다. 페쟈는 그 광장에 가본 적이 있는데도 도대체 광장을 찾을 수가 없었으며, 이상하게도 자꾸 목욕탕이 있는 골목만 나왔다. 간신히 그가 광장을 찾았을 때는, 숄을 싼 종이가 이미 비에 젖어 누더기가 다 되어 있어서, 그는 솜이 튀어나오지 않도록 팔꿈치로 봉지를 눌러야 했다. 에티엔 부인은 가게에 없었다. 내실 쪽의 문을 열고 나온 어떤 여자가, 자기는 에티엔 부인의 동생이라면서 내일 다시 들르라고 말했을 뿐이다. 그는 다시 뛰다시피 집으로 돌아왔다. 당장 오늘 돈을 따야 했기 때문에, 그는 다시 안나 그리고리예브나에게 무릎을 꿇고 돈을 청했다. 그녀는 자신의 약혼반지를 내주었고, 그는 또 바이스만 가게로 달려갔다. 안나 그리고리예브나의 말에 따르면, 바이스만 씨는 유대인이었다. 페쟈는 그를 한참 기다려서야 겨우 저당을 잡힐 수 있었다. 안나 그리고리예브나의 반지를 저당 잡히고 받은 돈으로 페쟈는 180프랑을 땄다. 그는 저당 잡혔던 자기 반지와 안나 그리고리예브나의 반지를 꽃다발과 함께 되찾아 왔지만, 이것은 마치 임종 전에 마지막으로 몰아쉬는 숨 같은 것에 다름 아니었다. 페쟈는 집과 카지노 사이를 뛰어다녔고, 전당포에 들렀고, 크라예프스키에게서 올 돈을 기대하며 우체국에 들렀다.

요컨대 그는 검은색의 베를린 프록코트와 바지를 입은 채 기묘한 동작을 취하고 있는 것이었다. 그는 길게 늘린 검은 타이츠를 신고, 검은 실크 모자를 쓰고, 흰 장갑을 낀 피에로가 되었다. 그는 약혼반지와 옷과 안나 그리고리예브나의 가죽 모자를 교묘하게 위로 던져 올리고는, 허공에서 절묘하게 그것들을 낚아채면서 저글링을 하는데, 때로는 여기에 자기의 검은 실크 모자를 끼워 넣기도 했다. 다음으로 그는 발레 무희로 변했다. 바덴바덴의 붉은 벽돌

집을 배경으로 그 검은 타이츠를 입은 채, 손을 하늘이나 안나 그리고리예브나 쪽으로 쭉 뻗고는 제 몸을 중심축으로 삼아 빙빙 돌면서, 막간극에나 나오는 복잡한 스텝을 밟았다. 그의 호소에 대한 대답으로 그녀가 무대 뒤쪽에서 등장했다. 해진 신발을 가리기 위해 긴 치마를 입은 그녀는 아직 저당 잡히지 않은 숄을 둘러 몸을 감싸서 카르멘과 같은 자태를 취했다. 그녀가 나타나면 그는 한쪽 무릎을 꿇고, 손가락이나 캐스터네츠를 튕기면서 뭔가 세레나데 같은 것을 연주하는데, 그러면 그녀는 목걸이를 끌러 그에게 던졌다. 그는 공중에서 그것을 낚아채고, 계속 세레나데를 연주하면서 캐스터네츠 소리로 그녀의 귀를 멍하게 만들었다. 그녀는 자신의 숄을 던져버린 후에, 해진 신발 뒤축을 두드려 파트너의 리듬에 맞추면서 제 옷을 벗어 그에게 주었다. 그는 일어나서 목걸이와 반지와 옷과 숄을 공중에 가볍게 던지고, 그것으로 교묘하게 재주를 부렸다. 그러면 그녀는 머리 위로 손을 올려 박수를 치면서 동방의 무희처럼 춤을 추었다. 하지만 그가 공중에 던지는 물건들은 그에게 다시 돌아오지 않았다. 그가 자기 실크 모자를 위로 던지면, 그것은 허공에서 문득 사라져버리고, 베를린 양복으로 변한 타이츠 역시 허공 어딘가에서 문득 사라져 버렸던 것이다.

그들은 집세를 나흘이나 밀렸고, 주인은 그들에게 식사를 한 끼도 가져다주지 않았다. 안나 그리고리예브나는 아침에 하녀 마리에게 끓인 물을 청했지만, 하녀는 이제는 물 끓일 장작도 없다고 당연하다는 듯이 대답했다. 그런 말을 하는 사람이 정말 그 '마리'인지 믿기지 않을 정도였다. 목소리가 크고, '야' 모음을 발음할 때는 굵은 목소리가 나는 그 어린 여자 애, 언제나 열심히 시중을 들면서도 행동은 둔하디둔한 바로 그 마리 말이다. 하지만 하인들은 언제나 제 주인들보다는 솔직한 법이어서, 옆을 지나가며 우리를 바라보는 비서의 눈빛만 보아도, 우리는 그의 상사가 우리를 어떻게 생각하는지 잘 알 수 있는 것이다.

그들은 언제나 그렇듯 산책을 하고 리히텐탈러 거리를 따라 집으로 돌아왔다. 그들에게는 산책을 하거나, 짐짓 산책하는 체하는 것 빼고는 아무것도 남은 게 없었다. 안나 그리고리예브나는 물건을 다 저당 잡혀서 거의 단벌이 되어버린 평상복을 입은 채 거리를 돌아다니고 싶지 않았지만, 페쟈는 고집스러웠다. 거리의 모든 사람들이 그녀를 쳐다보는 것 같았다. 석양이 깔리면서, 멀리 보이는 산과 알테스 성과 노이에스 성이 붉게 물들었다. 페쟈는 풍경을 감상하기 위해 멈추어 서서, 그녀도 잠시 멈춰서 풍경을 보라고 말을 건넸다. 녹색으로 덮인 산 정상과 두 개의 성이 함께 석양에 물드는 풍경을 보는 것은 사실 아주 드문 일이어서, 이제 잠시 후 성은 그림자에 잠겨 들 것이며, 햇살을 받고 있는 이 황금의 삼각 구도는 사라질 것이었다. 하지만 안나 그리고리예브나는, 솟아 있는 성의 두 탑과 산의 정상이 이루는 이 환한 삼각형 같은 것은 안중에도 없다는 듯, 거의 앞만 보고 빠르게 걷고 있었다. 그가 "아냐!" 하고 소리쳐 불렀지만, 그녀는 뛰다시피 빠르게 걸어갔다. 그는 그녀를 쫓아 달려갔다. 그는 석양이 사라지기 전에 다만 몇 초라도 그녀를 돌려놓고 싶었지만 이미 늦은 듯했다. 그 순간은 금방 지나가 버렸고, 그는 그녀 탓에 이 보기 드문 풍경을 감상하지 못했다고 생각했다. 그는 산보객들과 부딪히다시피 달려 헉헉대며 그녀를 쫓아갔다. 옆길로 빠진 그녀는 잠시 시야에서 사라졌다. 그는 겨우 나무 사이에서 보이다 말다 하는 그녀의 모습을 발견해 냈는데, 그녀는 흐느끼듯이 손으로 얼굴을 가리고 있는 것 같았다.

그들은 거의 동시에, 하지만 따로따로, 집으로 돌아왔다. 그녀는 숨을 몰아쉬며 고개를 숙인 채 집으로 들어갔다. 주인이나 마리, 아니면 또 다른 하인인 테레사와 마주치고 싶지 않기 때문이었다. 그는 들끓는 화를 간신히 참으면서 집으로 뛰어 들어왔다. 그는 방에 들어서자마자 그녀의 손을 잡고 문으로 끌고 가려 했지만, 그를 뿌리치고 손으로 얼굴을 감싼 그녀는 옷도 신발도 벗지 않고 침대에 몸을 던졌다. 왜 그녀는 언제나 그의 생에서 가장 드문 순간들을 망쳐놓는 것인가. 정말이지 잠깐 서서 산을 갓 넘어가는 석양을 바라보는 것이 그렇게도 어렵단 말인가. 그는 침대로 다가가서, 얼굴을 가리고 있는 그녀의 손을 완력으로 떼어냈다. 그녀는 울고 있는 게 아니었다. 다만 눈은 감겨 있었고, 얼굴은 냉정하게 돌처럼 굳어 있었다. 그녀는 심지어 대답조차 하려 들지 않는 것이다! 그는 소리를 지르기 시작했다. 그녀는 손으로 귀를 가리고 머리를 좌우로 흔들어댔으며, 입을 조금 열고는 그를 조롱하는 듯 뭔가 알아들을 수 없는 말을 웅얼거리기 시작했다. 그는 침대와 창문 사이를 왔다 갔다 하다가, 그녀의 손을 귀에서 떼어내려고 하다가, 이제는 창문에서 뛰어내려 버리겠다고 소리쳤다. 그녀는 아무것도 알고 싶지 않다는 듯 머리를 흔들면서, 눈을 감은 채, 계속 뭔가를 중얼거리고 있었다. 그가 베를린 프록코트를 벗어던지고, 제 조끼를 찢어버릴 듯이 쥐어뜯자, 단추들이 바닥에 떨어졌다. 조끼가 없는 코트는 저당도 잡히지 못할 것이기 때문에 그는 더 화가 났다. 이제 그는 그녀의 목을 조르고 싶을 만큼, 아무것도 되돌려놓고 싶지 않게 되었다. 그는 침대 옆에 무릎을 꿇고 앉아서 증오 어린 눈으로 그녀의 얼굴을 노려보았지만, 그녀는 마치 주위 세상과 담을 쌓고 싶다는 듯이 눈을 감고 입을 꾹 다문 채, 등을 보이고 누워 있었다. 게다가 손으로는 귀를 틀어막고 있었다. 누군가 문을 두드렸다. 그는 마치 현행범이나 되는 듯 벌떡 일어나서 문으로 달려갔다. 문에는 마리가 서 있었다. 아마도 주인이 보냈거나 뭔가 할 말이 있었을 테지만, 수염이 흐트러지고 뜯어진 조끼를 입은 그를 보자 입을 크게 벌리고는 도망쳐 버리고 말았다.

그가 돌아왔을 때 안나 그리고리예브나는 여전히 침대보로 얼굴을 덮고 누워 있었다. 그녀의 신발은 침대 옆에 놓여 있고, 그중 한 짝은 옆으로 쓰러져 있었다. 뒤축이 거의 절반쯤 닳아서 이제 수리도 할 수 없을 지경이 된 신발을 보자, 갑자기 연민과 미안함이 뜨거운 파도처럼 그를 덮쳤다. 그는 침대 곁에 다시 무릎을 꿇고는 그녀의 얼굴을 덮고 있는 침대보 자락에 키스했다. 그리고 조심스럽게 침대보를 들어 올렸는데, 그녀는 잠들어 있었으며, 얼굴 표정은 평화롭고 온순해 보였다. 몸 상태가 좋지 않은지 예의 그 누런 빛깔이 이마와 뺨에까지 번져 있었다. 남은 저녁 내내, 그는 책상 위에 촛불을 켜놓고는 방을 왔다 갔다 하거나, 가끔 안나 그리고리예브나에게 다가가서 이불을 바로잡아 주었다. 아마도 그는 벨린스키에 대한 자기 논문을 생각하고 있었는지도 모른다. 그 논문은 결국 빛을 보지 못했지만, 지금은 그보다도 다른 문제들이 그를 사로잡고 있었다.

다음 날 아침에 그는 주인집 문으로 몰래 나갔다. 안나 그리고리예브나의 동의를 얻은 그의 품에는 포장으로 잘 감싼 그녀의 라일락 빛 옷이 안겨 있었다. 주인 여자는 말할 것도 없고 하인에게도 그가 이런 물건을 가지고 나가는 모습을 들켜서는 안 되었다. 현관을 나가자 몸을 좀 굽히고 옷이 든 보따리를 바짝 붙여 쥔 채, 마치 말을 도둑질하는 집시라도 되는 듯이 집들 쪽으로 붙어서 걸었다. 그는 방금 깨어나기 시작한 바덴바덴의 거리를 달리다시피 걸어서 바이스만 씨네 가게로 향했다. 안나 그리고리예브나의 옷으로 받은 돈은 5탈러였는데, 그는 이 돈을 첫판에 몽땅 베팅해서 잃고 말았다. 이건 뭔가 새로운 경험이었는데, 왜냐하면 첫 두세 판은 대개 돈을 땄었기 때문이었다. 하지만 그는 이제 놀라지도 않았고 화도 나지 않았다. 그는 완전히 산 아래로 굴러 떨어져 버린 것이다. 단숨에 멈출 수 없이 떨어지면서 길에 있는 모든 것에 부딪혔으므로, 그는 충격을 느끼지도 못했다. 카지노 건물을 나와서 그는 호텔 '유럽'으로 달려갔다. 그는 거리의 사람들도 의식하지 못했고, 자기가 무엇을 하고 있는지도 느끼지 못했다. 낯익은 지배인이 그 널찍한 몸으로 길을 가로막고는 투르게네프 씨는 이미 떠났다고 말했지만, 그는 그 말을 믿지 않았다. 지배인을 밀어내고 양탄자가 깔린 넓은 대리석 계단을 향해 달려가려고 하자, 지배인은 팔을 벌려 그를 들여보내지 않았으며, 닭을 쫓듯 소리치며 내쫓기 시작했다. 바로 그 순간 곤차로프가 나타났다. 그는 은 손잡이가 달린 지팡이에 몸을 의지한 채 살진 제 몸을 힘겹게 이끌고 천천히 계단을 내려왔다. 도스토예프스키를 발견한 그는 계단의 가장 낮은 단에 멈추어 서서 제 부은 손을 위에서 아래로 게으르게 내밀었다. 그가 물고기처럼 큰 눈으로 제 방문객을 기력 없이 쳐다보자, 지배인은 어쩔 수 없다는 듯이 주인에게 쫓겨나 개집으로 돌아가는 개처럼 물러났다. 곤차로프는, 뭔가 열정적으로 자기에게 떠들어대면서 손까지 흔들어대는 방문객의 말을 말없이 들은 후 지갑을 꺼내고는, 마치 계단을 한참 올라온 사람처럼 숨을 몰아쉬면서, 금화 세 닢을 건네주었다. 방문객은 곤차로프에게 짧게 고개를 숙인 후 거의 달리다시피 현관을 나갔다. 물론 카지노를 향해 달려가는 것이다. 마치 그러려고 작정이라도 한 듯, 그는 금화 세 닢을 금방 다 잃고 말았다. 그건 마치 몽땅 잃고 싶은 미친 듯한 욕망에 사로잡혀 있는 것 같기도 했고, 혹은 첫판에 다 잃어야만 이기는 이상한 게임을 하는 것 같기도 했다. 추락의 속도가 점점 더 그를 사로잡았다. 만일 정상을 향해 올라갈 때 어떤 한계를 넘어설 수 없었던 거라면, 그래서 지금 이렇게 아래로 굴러 떨어지는 것이라면 차라리 좋을 것 같았다. 하지만 어떤 한계 같은 것, 어떤 경계라 할 만한 것, 넘어서는 것이 허용되지 않는 그런 것들이, 정말 있기는 했던 걸까. 여기에는 그 어떤 '외부적인' 강제도 없었다. 그는 다만 이 움직임에, 이 자연의 원리에 모든 것을 맡기고, 두 눈을 딱 감은 채 아래로 떨어져 내린 것뿐이다. 원무를 추고 있던 낯익은 얼굴들은 이제 위쪽 어딘가에서 그를 비웃고 있으며, 다시 그를 손가락질하고 의미심장하게 싱글거리면서 서로 눈짓을 주고받았다. 사자 갈기 같은 머리털을 가진 투르게네프는 예의 그 근엄한 태도로 손잡이 안경을 든 채 그를 바라보고 있고, 곤차로프는 여섯 개의 코스 요리가 나오는 아침 식사를 마치고는 여전히 헐떡거리고 있었다. 네크라소프와 벨린스키는 뭔가 부차적인 문제에 대해 토론하느라 정신이 팔려 있고, 파나예프는 젖은 콧수염을 늘어뜨린 채 취한 듯한 눈길을 보내고 있었다. 그 외에도 낯설거나 낯익은 얼굴들이 보였는데, 모두들 그를 가리키면서 서로 쳐다보고 눈짓을 주고받고 있었다. 이상한 것은 그들의 원무가 어쩐지 처량하게 보인다는 것이었다. 그들은 지금 그가 겪고 있는, 이렇게 머리가 빙빙 도는 추락 같은 것은 한번도 경험해 보지 못했을 것이다. 적당하고 상식적인 것을 추구하는 저 어중간하고 평균적인 자들은 다만 치욕과 다름없었다. 저들은 겨우 그 정도의 부류인 것이다. 오직 모든 것을 삼켜버리고 모든 것을 포괄하는 이상(理想)만이 인간을 해방시키고 인간을 자유롭게 하고 인간을 모든 것 위에 있게 할 것이다. 설령 이상을 실현하는 수단이 범죄라고 하더라도 말이다. 저 모든 사람들은 그런 이상에 헌신할 능력이 없을 뿐만 아니라 그것을 이해할 수조차 없을 것이다. 그들은 모두 계산하고 따져가면서 물질적인 이해관계 따위에 삶을 낭비하고 있을 뿐이다.

그는 집으로 달려와서 안나 그리고리예브나 앞에 무릎을 꿇고는, 거의 무아지경으로, 돈을 다 잃었다고 참회하기 시작했다. 그는 잠시도 이 매혹적인 추락의 느낌과 떨어져 본 적이 없었다. 이렇게 추락할 때마다 그는 주위 세계를 초월하는 듯했으며, 심지어 주위 사람들에게 모종의 연민까지 느꼈다. 삼십 분 후, 그는 다시 바덴바덴의 오후에 뜨겁게 달구어진 거리를 달려가고 있었다. 그의 손에 들려 있는 커다란 꾸러미에는 그가 없을 때 안나 그리고리예브나가 수선해 놓은 베를린 프록코트가 싸여 있었다. 바이스만 씨가 집에 없었기 때문에 그는 조셀의 가게로 달려갔지만, 조셀 씨가 부른 가격은 웃음밖에 나오지 않을 정도였기 때문에 그는 다시 바이스만 씨네 가게로 달려갔다. 삼십 분 후, 그는 구경꾼들과 도박꾼들을 밀치면서 게임 테이블에 끼어들었다. 이미 모든 것이 될 대로 되라는 식이었고, 오히려 사람들이 그를 밀쳐내고 모욕을 줬으면 하고 원할 지경이었다. 옷을 저당 잡히고 받은 12프랑 중에서 금방 3프랑을 잃고 말았다. 숨이 멎는 듯한 아주 낯익은 추락의 느낌이 그를 사로잡았다. 모든 사람들이 가벼운 마음으로 즐기면서 그가 돈을 잃는 꼬락서니를 구경해도 좋았지만, 여하튼 그들은 한 푼 두 푼에 벌벌 떨고, 베팅 하나하나에 머리를 굴리는 자들일 뿐이었다. 그는 낮은 숫자에 3프랑을 더 걸어서 또 잃고 말았다. 그는 잃은 돈을 아주 가벼운 자세로 그저 가볍게 내놓았으며, 낯익은 회전목마는 다시 주위를 빙빙 돌기 시작했다. 마치 기이한 물건들이 놓여 있는 진열실에서 막 꺼낸 물건들처럼 사람들의 얼굴이 누렇게 번들거렸다. 그들은 손을 조끼 호주머니에 찔러 넣은 채 호주머니 바닥에 잡히는 그 애처로운 푼돈이나 매만지면서, 그토록 가볍게 돈을 탕진하고 있는 그를 질투 어린 시선으로 바라보고 있는 것이다.

그 시간, 잘 차려입은 커플들이 산책하는 리히텐탈러 거리의 샛길 중 한 곳에서 해진 옷을 입은 안나 그리고리예브나는 단호한 걸음으로 빠르게 걷고 있었다. 아침 일찍부터 그녀는 자신만이 이해할 수 있는 속기 기호를 공책에 적어 넣으면서 프랑스어 번역 일을 했다. 이제는 스스로 '빵'을 벌어야 했기 때문에, 식탁에 앉아 땀내가 나도록 속기 일에 열중했던 것이다. 때때로 그녀가 일하고 있는 탁자가 흔들릴 만큼 대장간의 망치 소리가 크게 울리면, 손바닥으로 귀를 막고 계속 일을 해나갔다. 하지만 이제는 빠르게 결판을 낼 수 있는 방법이 필요했다. 그녀는 기운 자국이 있는 옷자락을 주의 깊게 매만지고, 작은 꽃이 꽂혀 있는 모자를 쓴 후 거울을 힐끗 바라보았다. 거울에 비치는 저 우울하고 찌푸린 시선은 그녀가 실행하려는 계획과 아주 잘 어울렸다. 그녀는 주인집 문을 열고 소리 없이 집을 빠져나갔다. 카지노 건물이 가까워지자 걸음을 늦춘 그녀는 자신감과 무심함이 깃든 표정을 지으려고 노력했다. 계단을 올라가서 곧장 옆의 홀로 들어갔다. 그녀는 페쟈가 보통 메인 홀에서 하루의 절반을 도박으로 보낸다는 사실을 잘 알고 있었다. 그녀는 숨겨 두었던 1프랑을 지갑에서 꺼냈다. 그들이 방에서 쫓겨날 때 같은 만일의 경우에 대비해 숨겨 두었던 그 돈을, 그녀는 이제 생각 같은 것은 아예 하지 않고 붉은 패에 베팅해 버렸다. 이겼다. 그녀는 다시, 이번에는 검은 패에 베팅했고, 또 돈을 땄다. 그녀는 마치 오랫동안 물에 들어가기를 주저했지만 결국 물속에 들어가서 수영의 매력을 만끽하고 있는 사람과 비슷한 느낌에 사로잡혔다. 그녀는 이미 10프랑을 땄지만, 이것으로는 아직 적었다. 그녀는 베팅을 계속했는데, 어느 순간부터 그녀 곁의 녹색 보 위에 놓여 있던 돈더미들이 줄어들기 시작했다. 그녀 옆에는 베일을 드리운 모자에 밝은 옷을 차려입은 부인이 서서 그녀보다 먼저 베팅을 하곤 했다. 부인의 베일이 매번 안나 그리고리예브나의 모자에 꽂힌 꽃에 엉켜서 영 집중이 되지 않았다. 아마도 안나 그리고리예브나는 게임 때마다 방해가 많다고 매번 투덜거리던 페쟈에게서 이런 느낌을 배웠을 것이다. 그 시간에 페쟈는 옆 홀에서 게임을 하고 있었다. 그는 낮은 숫자에 걸어서 돈을 땄고, 다음에는 붉은 패와 제로에 걸었는데, 즉흥적으로 하면 할수록 점점 더 생각 없이 베팅을 하게 되었다. 그는 아직도, 마치 빨리 다 잃어버려야만 이기는 게임을 하고 있는 듯했는데, 어느 순간에는 상당히 딴 듯한 느낌이 들 지경이었다. 심지어는 이렇게 아무 생각 없이 베팅하는 것도 하나의 방법이 아닐까 하는 생각까지 들었지만, 이런 생각은 잠깐일 뿐이었다. 그가 깨닫지 못하는 사이에 도박꾼들과 구경꾼들이 다시 주위에 모여들고 있었다. 그 원은 곧, 정말 회전목마처럼 미친 듯한 속도로 돌면서, 도박꾼들과 구경꾼들의 얼굴을 하나로 이어 누런 띠를 이루었다. 그는 마구 베팅을 해대고 딴 돈을 부주의하게 긁어모으는 자신을 바라보는 시선을 느끼고 있었다. 그들은 입을 딱 벌리고 놀란 채로 어떤 질투, 그러니까 *진정한* 질투에 휘말려 있는 것이다. 지금 그는 그들과 얼마나 벌리 떨어져 있는 존재인가! 그는 다시 산으로 올라가고, 원무를 추고 있는 낯익은 얼굴들은 이제 저기 낮은 곳에 있으며, 구름으로 덮인 산의 정상에는 예의 그 수정궁이 보이는 것이다. 그는 제로에 걸었는데, 이번에는 딴 돈의 거의 절반을 날렸다. 그리고 붉은 패에 걸어서 다시 잃자, 주위의 모든 것이 곧바로 어두워졌다. 그를 둘러싸고 있는 얼굴들에는 억눌려 있던 즐거움이 이제 희미하게 나타나고 있었다. 회전목마는 관성을 따라 돌아갈 뿐이며, 그는 다시 산에서 떨어져서 뼈아픈 상처를 입었다. 그는 이제 부여잡을 것이라고는 아무것도 없음을 느꼈다. 추락에 대한 자기의 모든 합리화 따위는 아무런 가치도 없었다. 이런 생각을 꾸며낸 것은 다만 상처가 덜 아프도록 하려는 자기 위안일 뿐이며, 자기 자신과 다른 사람들에게 그 상처를 보여주기는 하되 어떤 위대한 관념만이 지닐 수 있는 자기 희생적인 후광을 두르려는 것일 뿐이었다. 하지만 누군들 편리하게 '이론'을 만들어 자기 자신을 기만하지 않을 것인가. 그것으로써 우리는 우리에게 부여된 충격들을 일종의 숙명으로 바꾸어 완화시키고, 또 그렇게 해서 우리의 실패와 나약함을 정당화하는 것이다. 어쩌면 여기에, 도스토예프스키가 유형지에서 겪었던 소위 '정신적 변화'[65]의 비밀이 숨겨져 있는 것은 아닐까? 그의 병적인 자존심은 그가 그곳에서 겪었던 그런 모욕들과 결코 타협할 수 없게 만들었다. 그렇다면 출구는 하나뿐이다. 이 모든 모욕을 당연한 것으로 여기는 것 말이다. 그는 한 편지에서 이렇게 적은 적이 있다.

"나는 십자가를 지고 있으므로 이 모욕은 당연한 것이다."

하지만 이렇게 생각하기 위해서 그는, 이 고통의 원인이 된 과거의 생각이 잘못된 것이며, 심지어는 죄악인 것으로 여겨야만 했다. 물론 무의식적으로지만, 그는 정말로 그렇게 생각하게 된다. 인간의 영혼이 가진 자기 보호 본능은, 특히 그리 강하지 않은 정신을 가진 영혼은, 자신을 위해 '이론'을 만들어낸다. 어떤 죄수가 정말 실행에 옮겼듯 저 넓적한 얼굴의 간수 크리브초프의 따귀를 갈긴다거나, 자신을 모욕한 자에게 복수하는 것은 불가능하다. 그가 만든 합리화는 이제 이성의 논증을 거스를 뿐만 아니라, 그것을 근본적으로 왜곡하고 변조했다. 하지만 아주 가끔씩 제 삶의 극단적인 순간에, 그 기억들은 다시 돌아오곤 했다. 마치 어둠 속에서 모든 윤곽을 짓밟고 없애는 강력한 번개처럼, 유형지에서의 삶과 노역의 풍경들이 무자비한 빛 속에

65) 단순화하면, 사회 제도의 변혁에서 종교적 구원으로의 관심 이동.

환히 드러났다. 그러면 그는 몸서리를 치면서, 그를 모욕하던 자와 정신적 결투를 시작하지만, 여기에서도 그는 패배자일 뿐이었다. 그의 정신을 구원해 주는 것은 오로지 죄의식뿐인데, 그는 카지노에서 겪었던 낯선 사내와의 사건에서도 이 죄의식에 사로잡혔던 것이다. 파나예프나 그 일파들과의 논쟁 때도 그랬지만, 이곳에서 때로 투르게네프의 환심을 사기 위해 그를 치켜세울 때에도 그는 이런 느낌에 사로잡히곤 했다. 이런 것은 자신의 자존심과 위엄을 보호하기 위해 무심코, 진시하게, 무의식적으로 행해지는 것이다. 그나마 이 '결투'는 머릿속의 정신적인 영역에서만 일어났으므로 조금은 단순한 것이긴 했다. 하지만 심지어 여기서도 짓밟힌 자존심에 대한 상상은 그를 그냥 놓아두지 않았다.

창밖은 회색의 더러운 눈으로 덮여 있었다. '이조리 공장'이라는 네온사인이 작고 붉은 뱀처럼 글자를 이루어 도드라져 보였다. '이조리'는 레닌그라드 근교의 별장들이 모여 있는 지역 이름인데, 대체로 이곳에는 금발에 무표정하고 창백한 얼굴의 핀란드인들이 모여 산다. 하지만 나는 이 근방을 지날 때마다 나도 모르게 "내가 이조리 근방을 지나가고 있을 때……."라는 푸슈킨[66]의 시구를 먼저 떠올리곤 했다. 이런 것은 일종의 습관같이 거의 무의식적으로

66) 알렉산드르 세르게예비치 푸슈킨(1799~1837). 러시아의 국민 시인. 『예브게니 오네긴』, 『벨킨 이야기』 등의 작품이 있음.

일어났다. 뒤이어서 푸슈킨이 이곳에서 포자르스키 커틀릿을 먹었다는 생각이 떠오르는데, 아마도 이것은 '이조리'라는 단어와 '포자르스키'라는 단어가 가진 묘한 화음 때문일 것이다. 아마도 그는 이곳에서 정말 포자르스키 커틀릿을 먹으면서 우편 마차를 기다리거나, 역참지기의 딸과[67] 가볍게 노닥거렸을는지도 모른다. 페테르부르크를 향해 뻗은 간선도로를 따라서, 짙어지는 어둠 속으로 눈보라가 낮게 휘몰아치고 있다. 그러면 문득 종이 울리고, 마부는 활기차게 달리는 말들에 채찍질을 해대고, 썰매를 단 삼두마차는 눈발을 부수면서 달려간다. 그 썰매는 가죽 휘장 안에 푸슈킨을 태운 채 페테르부르크를 향해 질주하고 있을지도 모른다. 그가 기분이 홍겨운 이유는 아마 포도주 탓인지도 모르고, 아니면 역참지기 딸의 미모 때문일는지도 모르고, 그도 아니면 페테르부르크에서 참석할 무도회에 대한 기대 때문인지도 모른다. 혹은 그가 전날 밤에 꼬드긴 사교계 미녀와 다음번에 만나기로 한 약속 때문일 수도 있다. 그의 머리에서 시구와 시상이 저절로 떠오른다. 이 시들은 이후 판본을 반복해 가며 재출간될 것이며, 수많은 푸슈킨 연구가들은 이 시행들의 리듬과 운율을 분석할 것이고, 문학 토론회에서는 화가 나거나 기진맥진할 때까지 쓰인 날짜가 정확히 언제인지, 지배적인 모티프와 대상은 무엇인지 따위에 대해 논쟁을 해댈 것이다. 푸슈킨. 푸슈

67) 우편마차나 역참지기의 딸 이야기는 푸슈킨의 단편 「역참지기」에 나오는 내용.

킨. 그는 러시아인들의 마음과 영혼에 들어앉아 있다. 이 아프리카계 사내는 거뭇한 곱슬머리에 툭 튀어나온 푸른 눈을 가지고 있었는데, '푸슈킨의 머리 빛깔'에 대한 논쟁은 지금까지도 수그러들지 않고 있었다. 나이가 찬 후의 푸슈킨은 곱슬머리에 하관이 빠른 모습을 하고 있으며, 게다가 듬성듬성한 구레나룻까지 기르고 있어서 얼굴은 그리 말쑥한 인상이 아니다. 그래서 모이카의 푸슈킨 박물관에 걸려 있는 그의 초상화를 보고 있으면, 꽤나 피곤해 보이는 그 창백한 얼굴과 젖은 이마에 들러붙은 머리 다발 탓인지, 사로잡힌 짐승 같다는 생각이 들 정도다. 이 초상화는 아마도 생애의 말년, 결투를 앞둔 어느 마지막 나날에 그려진 초상화일 것이다. 푸슈킨은 결국 냉정하고 타산적인 아내 때문에 죽은 셈이다. 그녀는 남자 하인 앞이나, 혹은 남편의 시를 금화 50닢 이상에 팔기 위해 자기가 내실로 불러들인 서점 주인 앞에서, 코르셋의 끈을 묶으면서도 전혀 창피해하지 않는 여자였다. 푸슈킨. 푸슈킨. 그는 냉소적이면서도 다혈질인 돈 주앙이었으며, 키슈노프 호텔방에서 벌거벗은 몸으로 권총을 쏴대고도 붉은 모자를 쓴 채 도시를 활보하던 결투광이었다. 그는 속물적인 플레이보이나 사무원처럼 새끼손톱을 잔뜩 기르고 다녔으며, 아내의 저 완벽하게 생긴 귀에까지밖에 닿지 않는 작은 키에도 불구하고 매년 그녀를 임신시켰다. 또 그럼에도 불구하고 그는 지독하게 그녀를 질투했다는데, 이것은 제법 근거가 있는 얘기였다. 만일 내가 화가였더라면 '죽음과 결혼하는 푸슈킨'이라는 제목의 그림을 그렸을 것이다. 푸슈킨의 초상은 가능한 한 아주 사실적으로 그리고, 그의 아내 곤차로바[68]는 반대로 기괴하게 그리는데, 팔과 다리, 머리나 상반신 등 몸의 각 부분들을 비틀린 선으로 희미하게 묘사해야 한다. 이 미묘한 선들은 인간의 신체 비율에 대한 우리의 고정관념을 완전히 왜곡시키는 것이어야 한다. 얼마 전에 실제로 나는 한 여류 화가의 집에서 이와 비슷한 그림을 본 적이 있었다. 그 화가는 이런 방식으로 여자의 몸을 그리는 데 몰두하고 있던 모더니스트로, 그녀의 그림들은 대개 악마적인 사탄의 충동을 묘사하려는 것 같았다. 손과 발을 나타낸 선은 기이한 몸과 머리를 겹으로 감싸고 있고, 그 끝은 마치 촉수(觸手) 모양을 하고 있거나 다만 서로 얽혀 있어서, 화가 자신이 지시봉을 손에 들고 지리학 강사처럼 이게 등온선이고 이게 등압선이라는 식으로 설명해 주어야만 분간할 수 있을 정도였다. 결혼식에서 곤차로바는 사실적으로 그려진 푸슈킨의 목을 저 무서운 선들 중 하나로 휘감고 있는 게 좋을 것이다. 푸슈킨이 문어 다리에 잡혀 있는 듯이 보이도록 말이다. 물론 이런 설정은 상당히 단순한 것이지만, 나는 그 화가의 작업실을 방문한 이후로 이런 그림에 대한 생각에 여러 번 사로잡혔다. 두 번째로 화실을 방문했을 때 나는 그녀에게 내 생각을 슬쩍 얘기해 보았지만, 그녀는 푸슈킨에게서는 별다른 영감을 얻지 못했다고 대답했는데, 이 대답은 이상하게도 나를 매

68) 나탈리야 곤차로바. 푸슈킨의 부인으로, 미모 때문에 황제의 관심까지 받게 된 여자. 푸슈킨은 결국 아내 곤차로바 때문에 단테스와의 결투에서 사망.

우 기쁘게 했다. 푸슈킨을 자기 우상으로 생각하지 않는 사람을 거의 처음으로 만났기 때문이다. 특히 여자들, 그 중에서도 여류 시인들은 다 그를 숭배하기 마련인데, 가령 마리나 츠베타예바[69]는 그를 가리켜 "남편들의 공포, 아내들의 즐거움"이라고 적은 것으로도 모자라, 책 한 권 분량의 시를 그에게 헌정할 만큼 안팎으로 그에게 몰두했다. 그녀뿐만 아니라 벨라 아흐마둘리나[70] 역시 몽환적인 시를 그에게 헌정했다. 하지만 아마도 도스토예프스키처럼 열정적이고 광적인 푸슈킨 숭배자는 찾아보기 어려울 것이다. 그에게 푸슈킨은 스타브로긴처럼 닿을 수 없는 정반대의 꿈이었다. 도스토예프스키는 그를 정신적 조화의 화신이라고 생각했으며, (아마도 실제의 푸슈킨은 그렇지 않았을지도 모르지만) 고귀한 명예의 상징이라고 생각했다. (도스토예프스키는, 푸슈킨이 마린스키 극장에서 오를로프 백작[71] 같은 자에게 충성을 바치며 경의를 표했다는 사실을 알고 있었을까?) 또 그는 푸슈킨이 개성과 신의의 화신이며, (데카브리스트[72]들이 푸슈킨을 그리 믿지 않았으며 신뢰하지 못할 수다꾼으로 생각하고 있었던 것을 도스토예프스키는 알고 있었을까?) 나아가, 언제나 성공하고야 마는 냉정한 플레이보이라고 생각

69) 마리나 이바노브나 츠베타예바(1892~1941). 러시아 여류시인으로 『이별』 등의 시집이 있음.

70) 벨라 아흐마토브나 아흐마둘리나(1937~). 러시아 여류시인으로 『현악기』 등의 시집이 있음.

71) 알렉산드르 표도로비치 오를로프. 헌병대장을 역임한 당시의 권력자.

72) 개혁적인 젊은 장교들을 중심으로 1812년 봉기를 모의했던 그룹.

했다.(이것은 실제로 논쟁의 여지가 없이 확실하기 때문에 덧붙일 것이 없다.) 하지만 아마도 이 두 사람이 정반대인 이유는 다른 데 있는지도 모른다. 소설가 도스토예프스키는 그의 시대에 가장 열정적인 시인이자 낭만주의자라고 할 수 있겠지만, 반면에 시인 푸슈킨은 그의 시대에 가장 냉철한 사실주의자였던 것이다. 그러나 중요한 것은 그들이 다른 시대를 살았다는 사실이며, 그 덕분에 도스토예프스키는 시인 푸슈킨의 자극적인 비평을 피할 수 있었다. 아마 그들이 한 시대에 살았더라면, 푸슈킨은 의심의 여지없이 도스토예프스키의 문학적 주적(主敵)이었을 것이며, 어쩌면 그를 반대하는 진영의 가장 첨단에 섰을지도 모른다.

돈을 거의 다 잃은 후에, 남은 푼돈 얼마를 가지고 그 옆의 도박 홀로 간 페쟈는 거기서 놀랍게도 도박을 하고 있는 안나 그리고리예브나를 발견했다. 처음에 그는 잘못 본 줄 알았지만, 꽃이 달린 보라색 모자를 쓰고 있는 사람은 확실히 바로 그녀였으며, 그녀 옆에는 연미복을 입은 낯선 사내들과 부인 몇몇이 서 있었다. 그는 테이블을 향해 사람들을 밀치면서 그녀에게 다가갔다. 그녀는 분명히 방금 베팅을 한 모양이었는지, 긴장한 표정을 하고는 빠르게 빙빙 돌고 있는 원반에서 눈을 떼지 않았다. 그는 그녀의 손을 잡았다. 차가웠다. 그녀는 그를 보고는 몸을 흠칫 떨며 창백해졌지만, 그는 뜻밖에 놀랄 만큼 즐겁고 우스운 느낌이 들었다. '노름꾼 아내'라는 소설 제목이 그의 뇌리를 스쳤고, 동시에 그녀에 대한 연민과 애처로움으로 뒤범

벅된 낯익은 느낌이 그를 사로잡았다. 그녀는 그들이 처한 상황을 어떻게든 빠져나오기 위해서 이런 짓을 했던 것이다. 그는 그녀의 손을 잡고 테이블의 한쪽으로 끌고 갔다. 그녀의 눈에는 부끄러움과 억울함이 뒤섞인 눈물이 배어 있었지만, 언제나처럼 그를 똑바로 마주 노려보고 있었다.

"이 불쌍한 사람아."

그는 부드럽게 그녀의 손을 쓰다듬었다.

그들은 카지노에서 나와 산으로 향해 나 있는 샛길을 말없이 걸었다. 그녀는 그의 팔에 기댔고, 그는 때때로 그녀의 눈을 바라보면서 걸었는데, 지금 그 눈에는 눈물이 마르고 미소가 번져 있었다. 그는 몇 번이고 같은 말을 반복했다.

"노름꾼 아내라니! 쯧쯧."

이 말은 그녀에게도 유쾌하고 즐겁게 들렸다. 그들은 관목이 자라 있는 언덕길로 나가 알테스 성으로 향한 산자락을 천천히 오르기 시작했다. 그들이 위쪽으로 나 있는 계단참에 이르렀을 때, 페쟈는 신바람을 내면서 춤을 추기 시작했다. 삐딱하게 닳아버린 신발 뒤축을 평평하게 해야 한다면서 특이한 스텝을 밟았다. 그리고 다시 길을 올라 성 근처에 다다르자, 그는 길을 따라 놓여 있는 벤치와 벤치 사이가 몇 보나 되는지를 세기 시작했다. 다음 벤치에 다가가면서 그는 자기 보폭을 넓히거나 종종걸음이 될 만큼 좁히기도 했는데, 걸음 수를 정해 놓고 반드시 그 수에 맞추려는 것이었다. 그는 이 숫자가 딱 맞지 않으면 나쁜 징조라고 생각하고 있었지만, 안나 그리고리예브나는 그냥 그가 바보 같은 장난을 하고 있다고 생각했다. 벤치 사이를 걸음으로 재고 나더니, 그는 갑자기 무릎 하나를 꿇고 마치 누군가를 맞이하는 듯한 배우 같은 포즈를 취했다. 다가오는 마차 소리를 듣고 이런 포즈를 취한 것인데, 그것 역시 타고 있는 사람이 누구인가에 따라 '운수'를 따져 보는 동작이었다. 하지만 알고 보니 마차는 텅 비어 있었고, 마부 하나만 앞자리에 앉아서 거의 졸다시피 하며 마차를 몰고 있었다. 페쟈와 안나 그리고리예브나는 오랫동안 웃었다.

그들은 좁고 구불구불한 계단을 올라서 성에서 제일 높은 곳에 있는 작은 광장에 닿았다. 안나 그리고리예브나는 피로를 느끼고 벤치에 앉았는데, 앉고 보니 라인 강과 바덴바덴의 아름다운 풍경이 눈에 들어왔다. 하지만 페쟈는 광장의 끝으로 뛰어가면서 소리쳤다.

"잘 있어, 아냐, 난 지금 뛰어내릴 거야!"

저 멀리 아래쪽에 푸른 라인 강이 그림처럼 흐르고 있었고, 고딕식 교회와 뾰족한 기와지붕, 짙고 푸른 정원과 공원 같은 바덴바덴의 풍경이 펼쳐져 있었다. 그곳 멀리, 붉은 벽돌 교회 왼편에 펼쳐져 있는 녹음 한가운데에, 장난감처럼 보이는 흰 건물이 바로 카지노 건물이었다. 그곳에서는 노란 샹들리에 불빛 아래 담배 연기가 흘러 다니고 있으며, 베팅으로 돈을 잃고 또 손을 뻗어 탐욕스럽게 돈을 긁어모으는 사람들이 있을 것이다. 그 노름꾼들은 모두 인형극의 꼭두각시에 불과했다. 누군가 보이지 않는 곳에서 보이지 않는 실로 그들을 조종하면, 연미복을 입은 꼭

두각시들은 부자연스럽게 움직이기 시작한다. 누렇게 번들거리는 얼굴을 하고는 어쩐지 조종당하고 있다는 느낌을 받게 되는 것이다. 이 모든 것은 지금 광장에서 그가 바라보고 있는 저 넓디넓은 공간과는 대체 얼마나 다른가. 제비들은 그와 비슷한 고도에서 날아다니고, 성 위로 솟아 있는 더 높은 암벽 근처에는 아마 산독수리이거나 매인지도 모를 더 큰 새들이 공중에 떠 있었다. 또 그 위로는 검푸른 하늘이 우주의 어둠을 지나와 지금 막 별들을 띄워놓은 듯 어두워지고 있었다. 그는 그가 서 있는 작은 광장에서 뛰어올라 저 검푸른 하늘 높은 곳을 떠돌다가, 아예 그 하늘과 결합하여 다른 세계에 닿고 싶었다. 그 세계에는 아마도 갓 잉태되었거나 갓 태어났거나, 아니면 이제 막 황금기를 통과하고 있는 인류가 살고 있는지도 모른다. 안나 그리고리예브나는 곁에 서서 창백한 얼굴로 그의 손을 꼭 잡고 있었다. 그는 그녀를 벤치로 데려가서, 그녀 앞에 무릎을 꿇고 앉아 손에 키스를 하기 시작했다. 그가 어떻게 그녀와 미샤나 소냐라는 이름으로 이제 태어날 아이를 두고 몸을 던질 수 있겠는가. 또 그녀를 이토록 높은 곳까지 데려와 놓고 수수께끼 같은 비명을 질러 놀라게 할 수 있겠는가.

돌아오는 길에 그들은 우체국에 들러서 편지가 있나 알아보았다. 안나 그리고리예브나 앞으로 그녀의 동생 바냐가 보낸 편지가 와 있었고, 거기에는 100루블이 들어 있었다. 이제 그들은 주인에게 빚을 갚을 수 있었기에 더 이상 피하면서 지내지 않아도 되었다. 또 브로치와 귀고리와 약혼반지와 물건들을 되찾고, 드디어 이 끔찍한 곳을 떠날 수 있었다. 그들은 다음 날 이곳을 뜨기로 하고 집으로 돌아왔다. 안나 그리고리예브나는 짐을 정리하기 시작했으며, 페쟈는 브로치와 귀고리와 약혼반지를 되찾아 오기 위해 돈을 환전하러 갔다. 하지만 안나 그리고리예브나가 가방을 거의 다 싸놓고 페쟈를 마중 나갔을 때, 그녀는 시뇽[73]이 없어졌다는 것을 깨달았다. 그녀는 어제만 해도 머리에 시뇽을 하고 있었고, 바로 오늘 카지노에 가면서 그걸 풀어놓았다는 것을 기억해 냈다. 아마 추잡한 하녀 마리가 훔쳐 갔거나 일부러 숨겨 놓았을 것이다. 실은 예전에도 바지가 없어진 일이 있었다. 여기저기를 온통 뒤져서 결국 나중에 바지를 찾은 곳은 장롱 서랍의 맨 아래 구석이었다. 거기다 감추어둔 것은 의심의 여지없이 마리였을 텐데, 지금 이 방자한 마리는 그녀와 페쟈가 테레사에게만 과일을 준 것에 대한 복수로 시뇽을 숨겨놓았을 것이다. 벌써 두 번째였다. 그녀는 마리를 불렀다. 하지만 마리는 시뇽을 어젯밤에나 보았을 뿐이며, 아마도 안나 그리고리예브나 자신이 잃어버렸을 것이라고 대답했다. 안나 그리고리예브나가 다리미를 빌려달라고 하자, 마리는 지금 다림질 중이어서 곤란하다고 대꾸했다. 안나 그리고리예브나는 꾹 참았다.

마침 이때 페쟈가 창백한 얼굴을 하고 나타났다. 그는 습관처럼 무릎을 꿇고는 안나 그리고리예브나가 브로치와

73) 뒷머리에서 목덜미에 내리는 서양 가발.

귀고리와 반지를 되찾아 오라고 준 돈을 다 잃었다고 말했다. 남은 돈이라도 건져야 했다. 안나 그리고리예브나는 어디서 그런 힘이 났는지 모를 정도의 힘으로 페자를 바닥에서 일으켜서는, 더 이상 그를 믿을 수 없으니 지금 당장 바이스만 씨네 가게로 함께 가자고 말했다. 페자는 당연히 이를 받아들였다. 그들은 바덴바덴의 저녁 거리를 뛰다시피 걸어서 바이스만 씨네 가게로 갔다. 주인을 만나지 못할까 봐 걱정했지만, 다행히 그는 가게에 있었고, 그들은 그에게서 옷과 귀고리와 브로치, 반지 등을 되찾아 천천히 집을 향해 걸었다. 하지만 안나 그리고리예브나는 아직도 시농에 대한 생각에 사로잡혀 있었다.

집으로 돌아오자 페자는 다시 무릎을 꿇었다. 그는 10프랑만, 꼭 10프랑만 달라고 청하면서 이번이 마지막이라고 덧붙였다. 그는 이제 이곳을 떠나면 더 이상 기회가 없기 때문에, 이 마지막 기회에 적은 돈이라도 꼭 따야 한다고 말했다. 그러니까 더도 말고 10프랑만, 그가 청하는 꼭 그 액수만 달라고 했다. 중요한 것은 1프랑도 잃지 않고 조금이라도 따 오는 것이며, 그래야 그는 평화로운 마음으로 이곳을 떠날 수 있다는 것이었다. 이 마지막 약속이 이루어지고, 마지막 베팅이 성공해야만 겨우 이등변삼각형 모양을 이루게 되는 것이다. 이 삼각형은 밑각이 날카롭고 꼭지각은 뭉툭할 것이지만, 어쨌든 정점은 정점인 것이다. 이렇게라도 하지 않으면 모든 것은 그저 평범하고 아무것도 이루지 못하는 선분에 불과할 것이다.

10프랑을 받자 그는 넘어질 듯이 문턱을 뛰어나가서 어두운 거리를 내달렸다. 서두르고 흥분한 탓에 헐떡이면서 그는 텅 빈 리히텐탈러 거리를 지나 카지노 건물로 달려갔다. 그 시간에 안나 그리고리예브나는 그릇 세 개와 컵과 받침 접시를 넣기 위해 가방을 다시 정리하고, 또 시농을 찾는 데 몰두했다.

페쟈는 살구가 든 커다란 봉지를 등 뒤에 감춘 채, 짐짓 고개를 숙이고 돌아왔다. 첫 베팅에서 돈을 따고 다음에 높은 패에 걸어서 다시 땄을 때, 그는 더 이상 베팅하지 않고 그것으로 끝냈다. 그의 눈은 평화와 기쁨으로 반짝였다. 그는 안나 그리고리예브나의 말에도 별로 주의를 기울이지 않았는데, 그녀는 시농을 잃어버려서 마리를 의심하고 있으며, 마리는 무례한 아이라는 등의 얘기를 하고 있었다. 그는 살구를 잘 씻어 접시에 올려놓고는 안나 그리고리예브나에게 권했지만, 그녀는 웬일인지 살구를 거절하고는 장롱 서랍을 열면서 다시 그 잃어버린 시농을 찾기 시작했다. 그는 갑자기 가슴에 괴로운 통증 비슷한 것과 함께 무서운 분노가 밀려오는 것을 느꼈다. 그녀는 하필이 기쁜 순간을, 그의 삶과 그의 승리를, 작고 하잘것없긴 하지만 승리는 승리인 이것을, 이런 식으로 망쳐야 한단 말인가. 잃어버린 시농 같은 것 때문에, 그는 지금 존재의 기쁨을 전혀 만끽할 수 없었다. 가게들이 이미 문을 다 닫았기 때문에 그는 살구를 사기 위해 일부러 바덴바덴의 반대편까지 달려가야 했으며, 그리고 막 가게를 닫으려는 어떤 독일인에게 아픈 아내에게 사다 줘야 하노라고 독일어로 설득까지 해가면서 겨우 구해 온 것이었다.

"사랑하는 내 아픈 아내를 위해서랍니다."

그는 독일인을 감동시키기 위해 이런 말로 자신을 비하하기까지 했다. 그런데 그녀는 심지어 이렇게 늦은 시간에 이것들을 어디서 구했느냐고 묻지도 않은 채, 내내 그놈의 시농만 찾고 있었다. 그는 다시 소리를 지르기 시작했다. 그녀는 속이 좁고 언제나 그의 모든 것을 망쳐놓는 데다가, 시농 따위는 늙은 여편네들이나 걸치는 거라고 외쳤다. 그녀는 찾기를 그만두고 똑바로 서서 그를 쳐다보았다. 눈을 치뜨고 노려보는 그녀의 눈에는 눈물뿐만 아니라 비난과 어떤 호소가 깃들어 있었으며, 심지어는 무언가를 결정한 자의 차가운 절망감까지 스며 있었다.

"난 내일 아침 일찍 혼자 떠나겠어요. 당신은 당신 마음대로 하세요."

그녀는 낯설게 변한 목소리로 이렇게 말했다. 그리고 가방 쪽으로 가서 몸을 숙이고 그의 물건들을 내놓기 시작했다. 옷, 속옷, 수건 등을 그의 침대 위에 내놓으면서도, 그녀의 자세는 추호의 회의도 없는 것처럼 보였다. 그녀가 그런 모습을 보인 것은 처음이었다. 그가 모르는 전혀 낯선 사람 같았다. 피곤에 지쳐 거의 녹초가 된 얼굴을 한 이 젊은 여자가 대체 어떻게 그와 지금까지 한방을 썼는지 이해가 안 될 정도였다. 아니, 아마도 모든 게 꿈은 아닌가 싶은 생각까지 들었다. 정말 이 여자가 그의 아이, 아니 '그들의 아이'의 어머니가 될 여자란 말인가. 이 여자가 오늘 겨우 몇 시간 전에 그가 낭떠러지 끝에 서 있었을 때, 그에게 다가와서 그의 손을 꼭 잡고는 부드러운 목소리로 막 뛰어내리기라도 할 듯한 그를 그 위태로운 곳에서 끌어내 준 여자, 그를 그토록 사랑하던 그 여자란 말인가. 그녀는 침착하게 그의 물건들을 내놓고는 가방을 다시 꾸리고 있었다. 그는 그녀가 떠나고 난 후 이 방 두 개짜리 집칸에 혼자 남아 있는 광경을 잠시 떠올렸다. 빈약한 가구들이 있고, 위층 어딘가에서 아이들이 울어대는 소리로 귀가 먹먹할 것이며, 정원 너머 대장간에서 들려오는 망치질 소리가 요란할 것이다. 그는 밖에서 돌아와 텅 빈 방으로 들어올 것이고, 아무도 그가 돌아온 것을 반기지 않을 것이며, 아무도 그에게 차를 가져다주려고 서두르지 않을 것이다. 그가 잘 자라고 말하기 위해 그녀의 침대에 다가가 이부자리를 만져보아도, 침대는 텅 비어 있을 것이다.

그녀는 계속 물건들을 챙기더니, 아예 그의 시선을 무시하고는 장롱 쪽으로 가버렸다.

"아냐, 당신 미쳤소?"

그는 소리치면서 무릎을 꿇고는 그녀에게 기어가 손을 잡고 입술을 갖다 댔다. 그녀는 여전히 침착한 자세로 그의 손에서 제 손을 빼냈는데, 그 침착함은 정말 놀라울 정도였다. 그는 벌떡 일어나서 그녀의 얼굴을 자기 쪽으로 돌려 눈을 바라보려고 했다. 그 순간 뜻밖에, 그는 발아래 마룻바닥이 흔들리는 것을 느꼈다. 그는 손으로 그녀의 얼굴을 잡았다고 생각했는데, 보려고 했던 그녀의 얼굴 대신에 그가 본 것은 뭔가 이상하게 흘러가는 흰 반점 같은 것이었다. 이 반점은 처음에는 희더니 빠르게 커지면서 연두색에서 푸른색으로, 급기야는 검푸른색으로 변해 갔다. 그것은 그가 오늘 낭떠러지 끝에 서서 보았던 그 하늘빛 같았다. 그것은 밤하늘이었고, 밤하늘에는 별들이 빛나고 있었다. 하지만 그 별들은 어쩐지 태양처럼 거대해졌고, 또 그 태양들은 똑바로 쳐다보아도 눈이 부시지 않았다. 모든 별들은 주위에 황금빛 광휘를 두르고 있었다. 지구에서 멀어지면서 그는 이제 자유롭게 별들 사이를 날고 있었다. 그가 별들 중 하나로 다가가려고 하자, 거대한 별을 감싸고 있는 황금빛의 광휘가 서서히 사라졌다. 이제 그의 시야에는 돌멩이들이 널려 있는 텅 빈 황무지가 나타났다. 지평선 같은 것도 전혀 보이지 않을 만큼 한량없이 텅 빈 그 황야에는 돌 더미와 암석들이 폐허가 된 고도(古都)의 흐릿한 흔적을 이루고 있을 뿐이었다. 인간의 두개골과 뼈가 여기저기 흩어져 있었다. 이상한 냄새가 문득 그 죽음의 황무지를 흘러 다녔는데, 그건 뇌우가 지나간 후의 오존 냄새 같았다. 그는 가볍게 힘들이지 않고 오늘 성의 작은 광장에서 본 새처럼 더 날아갔지만, 다가간 모든 별에서 그는 똑같은 풍경만 볼 수 있을 뿐이었다. 지난 생의 흔적들. 과거의 문명. 모든 것은 죽어 있었다. 거대한 별들은 뜻밖에 크기가 줄어들기 시작했는데, 그러더니 검은 하늘을 배경으로 환하고 노란 보름달이 나타났다. 이 달에서 방패 같은 것이 서서히 나타났는데, 거기에는 옛 교회 슬라브어 문자로 다음과 같이 씌어 있었다.

그렇다. 그러하다.

방패는 방패에 쓰인 글자와 더불어 빛났으며, 온 하늘은 동쪽에서 서쪽으로 서서히 움직이고 있었는데, 이것은 의

심할 바 없이 러시아의 메시아적 운명을 가리키는 것이었다. 그는 이 방패를 따라서 가볍게 날아갔다. 자기 몸의 감각을 다 잃고는, 범접할 수 없으되 이제 몸의 한 부분이 되어가는 무엇인가와 결합했다.

그는 그녀의 침대와 벽 사이의 바닥에 쓰러지다시피 앉아 있었다. 안나 그리고리예브나가 그의 무거운 몸을 힘겹게 끌어다 놓고 머리에 베개를 받친 것이었다. 그의 경련은 끝났지만, 입술에는 거품이 물려 있었다. 그녀가 거품을 닦아내자, 그는 천천히 눈을 뜨고 흐리멍텅한 눈으로 그녀를 쳐다보았다.

"Comme ça……."

그는 왠지 프랑스어로 말했다.

"나 여기 있어요, 페자. 여기, 당신 곁에."

그녀는 그의 곁에 앉아서 땀이 흐르는 차가운 이마를 뺨에 꼭 갖다 댔다.

"나 여기 있어요, 당신 옆에."

그녀는 반복했다. 그 말은 부드럽고 슬픈 한숨처럼 새어 나왔다.

기차는 오후 2시에 바덴바덴을 떠났다. 그러나 시뇽 없이 떠날 수는 없는 노릇이어서, 아침부터 기운을 내 시뇽을 찾느라 온통 난리를 피웠다. 안나 그리고리예브나와 페자는 마리와 테레사를 불러서 차례로 심문했다. 페자는 발작 이후에는 특히 기분이 좋지 않았기 때문에, 쉽게 화를 내고 심지어 소리를 지르기까지 했다. 아침에 깨어나 아직 눈도 뜨지 않은 그는 눈앞에 떠오르는, 썩어버린 정점을 가진 삼각형을 불쾌한 기분으로 바라보았다. 온 힘을 다해서 그는 이것이 뭘 뜻하는지를 기억해 내려고 노력했다. 마침내 그는 그것이 잃어버린 시농이라는 사실을 깨달았다. 그렇다, 바로 그것이 이 삼각형을 미완성으로 만들었다. 그들은 이 사라진 시농 때문에 이곳에서 떠날 수 없었던 것이다. 마리와 테레사가 구석구석을 찾아보았으며, 테레사가 나간 후에도 마리는 안나 그리고리예브나와 함께 페쟈의 침대를 뒤졌다. 그리고 결국, 페쟈의 침대 아래에서 시농을 찾아냈다. 페쟈는 자기가 오늘 아침에 보았을 때는 없었으며, 지금에야 그것이 나타났다는 것은 마리가 시농을 몰래 거기에 숨겨두었기 때문이라고 주장했다. 마리는 눈물을 흘리면서 주인한테 달려갔다. 주인 여자는 문을 박차고 들어와, 자기는 도둑년을 하녀로 두지 않았으며, 마리는 정직한 사람이라고 소리 지르면서 제 넓은 가슴을 쳐댔다. 안나 그리고리예브나는 그녀를 '테나르디에르 부인'이라고 명명했었는데, 그것은 빅토르 위고 소설에 등장하는 여자 이름이었다. 그녀는 커다란 웃음소리에 남성적인 성격을 가진, 한마디로 사람 같지 않은 여자였다. 하지만 페쟈에게는 자기 가슴을 치면서 격렬하게 소리를 질러대는 이 여자가 어쩐지 아주 익숙한 인물처럼 느껴졌다. 아, 하고 그는 탄성을 질렀다. 그녀는 『죄와 벌』의 카테리나 이바노브나[74]였

74) 『죄와 벌』의 여주인공인 소냐의 어머니. 히스테리컬한 발작에 시달리는 여자.

다. 그녀가 남편의 추도식에서 얼굴과 뺨에 붉은 반점을 띤 채, 폐병을 앓고 있는 그 떨리는 가슴으로, 자신이 귀족 출신임을 격렬한 어조로 주장하는 장면이 떠올랐다. 참석한 사람들 모두는 그녀를 비웃고 있었다. 특히 우둔하고 거만한 독일 여자인 집주인 아말리야 이바노브나는 경멸적으로 코웃음을 쳐댔다. 그는 카테리나 이바노브나의 모습을 여전히 정확하게 떠올리고 있었다. 비록 그 역할이 뒤집히긴 했지만, 지금 눈앞에 펼쳐진 이 스캔들은 얼마나 소설적인가. 작년 11월부터 그는 아무것도 쓰지 않았는데, 우선은 결혼을 했기 때문이고, 무엇보다도 그의 머리에서 모든 것을 몰아낸 도박 때문이었다. 그래서 그는 벨린스키에 대한 논문조차 진지하게 쓸 수 없었다.

하지만 이런 생각들은 그의 머릿속을 그저 스치듯 지나갔을 뿐이다. 이제 주인 여자의 목소리는 문밖에서 들렸고 시뇽 사건은 이것으로 끝난 것이다. 그는 손으로 턱을 괴고 눈을 감은 채 책상에 앉았다. 마음속의 눈앞에 예의 그 부식되어 정점이 훼손된 삼각형이 다시 떠올랐다. 그는 어제 두 번 베팅해서 돈을 땄는데, 세 번째 베팅을 했어야만 했다. 이 삼각형은 확실히 홀수 번호에, 특히 3에 걸어야 완성될 수 있었을 것이다. 기차가 떠나기까지는 아직 두 시간이 남아 있었다. 이 시간이면 대단한 돈을 딸 수 있는데도 쓸데없이 책상에 이렇게 앉아서 마지막 가능성, 마지막 찬스를 잃고 있었다. 지금 이 시간에, 전혀 멀지 않은 그곳, 리히텐탈러 거리가 끝나는 곳의 하얀색 이층 첨탑 건물 안에는, 무거운 녹색 커튼이 드리워진 높은 창문 안으로 녹색 커버가 덮인 테이블이 놓여 있을 것이다. 자욱한 담배 연기 사이로 비치는 샹들리에 불빛 아래로, 코인 더미는 마치 자욱한 향에 감싸인 교회의 성상(聖像)처럼 황금빛으로 빛나고 있을 것이다. 그는 안나 그리고리예브나에게 맹세했다. 이것이 마지막이며, 자기는 구경만 할 것이지만, '만일의 경우'에 대비해서 제발 1굴덴만 달라고 말했다. 돈을 받아서 그는 카지노로 달려갔다. 그동안 안나 그리고리예브나는 짐 때문에 많은 돈을 지불하지 않기 위해서 모든 책들을 자신의 검은 옷과 페쟈의 외투 안에 쌌다. 이렇게 하면 작은 수하물로 취급되어 객차 안으로 들고 들어갈 수 있을 것이다. 장롱 서랍과 침대 같은 곳에 뭔가 놓고 가는 게 없는지도 다시 살펴보아야 했다. 페쟈는 금방 돌아와서 그녀 앞에 무릎을 꿇고 말했다. 돈을 다 잃었으며, 게다가 약혼반지를 또 저당 잡혔기 때문에 자신이 속물이라고 말했다. 이젠 떠날 여비까지 부족했으므로, 그들은 함께 가까운 골목에 있는 모페르트의 가게로 달려가서 귀고리를 저당 잡혔다.

하지만 코인 더미는 여전히 저 내밀한 신전의 불빛 속에 빛나고 있었다. 기차가 떠나기 한 시간 반 전, 페쟈는 또 5프랑을 주머니에 넣고 카지노로 달려갔다. 조금 전 돈을 다 잃고 반지까지 저당 잡혔을 때, 그는 지나치게 흥분한 상태로, 행운의 숫자 7을 기대하면서 역시 홀수인 일곱 번째 판에서 제로에 베팅했었다. 하지만 모두 잃었다. 딜러는 그가 건 돈을 긁어모아 제 코인 더미에 합쳐버렸고, 손으로 코인 더미들을 평평하게 만들어 정점을 없애버렸다. 지금 그는 다만 딜러 곁에 놓여 있는 코인 더미를, 그 코인 더미가 산의 정상을 완성하는 것을 다시 한 번 보고 싶을 뿐이었다. 노름꾼들과 구경꾼들 뒤에 까치발로 서서, 그는 사람들의 머리 사이로 딜러 곁에 쌓여 있는 코인 더미를 기웃거렸다. 코인 더미는 게임이 진행되면서 줄어들기도 하고 늘어나기도 했다. 그는 손에 5프랑을 꼭 쥔 채, 두근거리는 가슴으로, 이 더미가 정확하게 정점을 이루는 순간을 기다렸다. 그는 그때야말로 틀림없이 그의 삶에서 결정적인 순간이라고 느꼈다. 딜러는 이따금 패배한 이들의 코인을 쓸어 모아 제 앞의 무더기에 합쳤다. 더미가 커다랗게 되어 곧 무너질 것처럼 보였고, 드디어 이 무더기의 꼭대기에 원뿔 비슷한 것이 만들어졌다. 그는 게임 테이블 쪽으로 단번에 밀고 들어갔다. 그는 자기가 무엇을 하고 있는지 의식하지도 못한 채, 딜러가 베팅을 제안하자마자 5프랑 전부를 걸어버렸다. 그는 다시 홀수에 베팅했다. 원반이 미친 듯이 돌다가 곧 제로에서 멈췄으며, 환호와 탄식이 동시에 여기저기서 터져 나왔다. 몇몇 노름꾼은 큰 액수를 챙겼고, 잃은 사람들은 수중의 돈을 몽땅 날리기도 했다. 그는 고개를 숙인 채 사람들 사이를 뚫고 카지노를 나왔다. 마지막 코인이 날아감과 동시에 그의 마지막 희망도 함께 무너졌다. 그는 뭔가를 잡아보려고 노력도 하지 않은 채 산밑으로 굴러떨어졌으며, 이제 이것으로 다시는 되돌릴 수 없게 되었다.

그가 숨을 몰아쉬며 창백한 얼굴로 집에 돌아왔을 때, 안나 그리고리예브나는 11굴덴을 요구하는 주인집 여자와 다투고 있었다. 주인 여자는 또 흥분해서 제 가슴을 때려대고 있었다. 그녀는 안나 그리고리예브나와 페쟈가 돈을 더 내야 한다면서 봉사료와 장작 값을 요구했다. 안나 그리고리예브나는 그녀에게 2굴덴을 내밀었지만, 주인 여자는 적다며 거절했다. 안나 그리고리예브나가 1굴덴을 더 주자, 그녀는 다시 주먹으로 제 가슴을 치면서, 이렇게 부정직한 사람들은 처음 받아보았노라고 소리쳤다. 그녀가 가버리자 페쟈는 마부를 부르러 나갔는데, 페쟈가 사라지자마자 집주인은 다시 돌아와서 깨진 꽃병 값으로 18크로이체를 요구했다. 이때 페쟈가 마차를 불러왔는데, 감기에 걸릴까 봐 걱정될 만큼 온몸이 땀으로 흠뻑 젖어 있었다. 주인 여자는 자기 가슴을 쳐대면서 방에 들이닥쳤다 나갔다 하면서 계속 돈을 요구했다. 페쟈가 마차를 불러오면서 사 온 흰 빵과 반 파운드의 햄을 급하게 먹은 후에, 그들은 방을 나와 계단을 내려갔다. 주인 여자는 그들을 뒤따라 나왔지만, 마당에 서 있던 마리는 그들 쪽으로는 고개도 돌리지 않았다. 이 못된 아이는, 그들이 과일도 주고 잔돈도 주고 그랬는데도 인사 한마디도 하려 하지 않았던 것이다. 거리에서 기다리고 있는 마차 곁에서, 그들은 잠을 못 잘 만큼 시끄럽게 굴던 그 대장간 집의 끔찍한 아이들을 만났다. 그들이 마차에 올라타자, 창문가에 주인 여자와 마리의 모습이 보였다. 주인 여자는 그들에게 뭔가 위협하듯 소리쳤는데, 지금 당장 돌이라도 던질 듯한 기세였다.

마차가 움직이고, 말발굽이 또각또각 포장도로에 울리기 시작했다. 그들은 낯익은 바덴바덴 거리를 지나갔다. 흰 아카시아가 피어 있고, 이 더운 늦여름의 오후에도 덧문이 닫혀 있는 낮익은 기와지붕 집들이 이어졌다. 페자는 등을 구부리고 앉아 있었다. 저당 잡혔다가 되찾아 온 이미 꽤 해어진 그 검은 베를린 프록코트를 입은 채, 책을 싼 꾸러미를 쥐고 있었다. 안나 그리고리예브나는 보라색 드레스에 숄을 걸치고 있었는데, 이 숄 역시 저당 잡혔다가 되찾아 온 것으로 드레스의 기운 자리를 겨우 가려주고 있었다. 그녀는 베일을 내린 모자를, 그리고 페자는 그 검은 모자를 쓰고 있었다. 그는 바닥에 내려놓은 짐들을 발로 지탱하면서, 자주 모자를 벗고 땀을 닦았다. 그리고 지금 지나가는 낮익은 집과 거리를, 밤나무가 심겨 있는 리히텐탈러 거리를, 멍하니 바라보았다. 안나 그리고리예브나는 그들이 이곳에서 대단히 오래, 거의 영원을 산 듯한 느낌이 들었다. 도대체 이곳에서의 삶 외에 다른 어떤 삶도 없었던 것 같았다. 그녀는 내내 이곳을 떠나는 데 방해가 되는 어떤 일이 또 일어날까 봐 걱정했다. 그녀는 도시 어디서나 보이는 시청 시계탑을 자주 바라보았다. 다행히도 그들은 정시에 도착했다. 짐꾼이 그들의 가방을 객실로 옮기는 동안, 페자는 표를 끊으러 달려갔다. 기차는 연기를 뿜으며 막 출발하려 하고 있었다. 수하물로 분류된 책 꾸러미는 안나 그리고리예브나의 옆자리에 놓여 있었다. 바로 그 순간 하녀 테레사가 나타났다. 주위를 둘러보면서 플랫폼을 달려오는 그녀를 보자 안나 그리고리예브나는 가슴이 덜컥 내려앉았다. 그들이 결국 이곳을 떠나지 못하도록 또 무언가가 방해할 것만 같았다. 안나 그리고리예브나를 발견하자 테레사는 숨을 몰아쉬더니 뭔가 빠르게 지껄이기 시작했다. 안나 그리고리예브나가 방문 열쇠를 가져왔다는 것이었다. 안도의 한숨을 내쉬면서 그녀는 손가방을 헤집어 열쇠를 찾아냈다. 사실 그녀는 아파트 열쇠를 챙기고 보는 나쁜 습관을 가지고 있었던 것이다. 그녀는 열쇠를 주면서 테레사에게 약간의 돈을 쥐어주었고, 테레사는 감사의 인사를 하고 작별을 고했다. 테레사는 바덴바덴에서 만난 사람들 가운데 제일 좋은 사람이었는데, 고분고분하고 말을 잘 들어주었지만 그 대신 일은 서툴러서 언제나 말썽이 나곤 했다.

객실은 더웠다. 그러나 기차가 드디어 움직이기 시작하자 조금 시원해졌다. 창문 너머로 기와지붕에 붉은 벽돌을 한 집들이 흘러갔으며, 멀리 녹음으로 덮인 산이 보였다. 그 산들 중 하나의 암벽 아래로 알테스 성과 노이에스 성이 보인다. 이제 그들은 다시는 돌아올 일이 없는 이곳을 떠나는 것이다. 그녀는 처음 그들이 이곳에 도착했을 때처럼, 이 작은 도시와 도시를 감싸고 있는 산들의 아름다운 풍경과 멀리서 푸른 물결로 반짝이는 라인 강을 바라보았다. 그녀는 잠시 우울해졌다.

“어디서든 떠난다는 것은 곧 하나의 죽음과 같네.”라고 츠베타예바는 썼다. 가령 나는, 머무를 때는 아주 불쾌했던 곳이라도 떠날 때는 언제나 우울한 느낌을 갖게 된다. 아마도 다시는 이곳으로 돌아오지 못하리라는 것을 알기 때문일 것이다.

페쟈는 어디선가 붉은 포도를 겨우 찾아냈다. 안나 그리고리예브나와 페쟈는 기차 안에서 그 맛있는 포도를 먹었는데, 페쟈가 너무 조금 사 온 것이 아쉬울 정도였다. 창 너머로 낯익은 슈바르츠발트와 튜링거발트가 다가왔다. 기차를 갈아타는 사람들이 쉼 없이 왕래했으며, 옆자리의 사람들도 다른 사람들로 바뀌었다. 두 노인과 쇠지팡이를 든 부인이 탔다. 그 부인은 바젤로 가는 모양이었는데, 엄격한 표정을 하고 있는 그 중년 부인을 보고 안나 그리고리예브나는 무슨 이유에서인지 그녀가 시집가기를 갈망하고 있는 여자라는 결론을 내렸다. 그리고 젊은 독일 청년이 탔는데, 안나 그리고리예브나의 발을 밟고는 아주 예의 바르게 미안하다고 사과했다. 좀 말수가 많은 듯했다. 말없이 좌석에 몸을 깊이 묻고 있던 페쟈는 호의라고는 기대할 수 없는 화난 시선으로 안나 그리고리예브나와 그 독일 청년을 노려보았다. 그리고 상복을 입은 부인이 탔다. 부인은 러시아에도 '여권' 같은 것이 있는지 흥미로워하더니, 안나 그리고리예브나를 독일 여자로 착각하는 것이었다. 안나 그리고리예브나는 결례를 넘어 모욕까지 느꼈다. 그 외에도 갓 결혼한 듯한 젊은 독일 부부 한 쌍이 올라탔다.

어느 역에서 페쟈는 샌드위치를 사러 내렸다. 그는 잔돈이 없었기 때문에 10프랑짜리를 냈는데, 점원은 잔돈을 거슬러 주면서 페쟈에게 1프랑을 덜 건네주었다. 페쟈는 그에게 1프랑이 모자란다고 말했지만, 점원은 못 들은 체하면서 다른 손님에게 주의를 돌렸다. 이때 세 번째 기적이 울렸다. 안나 그리고리예브나는 문 닫힌 객실에 앉아 있었고, 차표는 페쟈가 가지고 있었다. 세 번째 기적 소리를 들은 페쟈는 온 힘을 다해 1프랑을 내놓으라고 기적 소리보다 더 크게 소리쳤다. 페쟈는 간신히 객실로 돌아왔지만, 그의 머리는 곤두서 있었고 얼굴은 붉었다. 그는 흥분한 채로, 말수가 많은 듯한 그 독일 청년에게 이야기하기 시작했다. 그는 큰 목소리로, 어디에도 독일처럼 사기꾼이 많은 곳은 없다고 결론을 내렸다. 아직 객실에 남아 있던 두 노파는 그건 사실이 아니라고 큰 소리로 반박하면서 떠들어댔지만, 독일 청년은 점잖게 동의했다. 페쟈는 샌드위치 사건에다, 또 이 독일 놈이 안나 그리고리예브나에게 뻔하게 알랑거리는 것도 다 자기에 대한 일종의 보복이라고 생각하고 있었다. 창밖으로는 라인 강이 그 푸른 물과 흐르는 물 사이사이의 돌들과 더불어 드넓게 펼쳐졌다. 안나 그리고리예브나는 오래된 친구처럼 라인 강을 바라보았다.

다음 날 아침 그들은 바젤에 도착했다. 역은 많은 사람들로 혼잡했는데, 안나 그리고리예브나와 페쟈는 그들이 짐을 기다려야 하는지 말아야 하는지 알 수 없었다. 말수 많은 그 독일 청년이 어느새 다시 옆에 나타나서 짐은 제네바로 직접 운송될 것이라고 말해 주었다. 안나 그리고리예브나와 페쟈는 마치 예판친의 집에 나타난 미슈킨 공작처럼 책 꾸러미를 손에 든 채로,[75] 영국 여자의 발을 밟아가면서 작은 합승 마차에 올라탔다. 하지만 페쟈는 꾸러미를 안나 그리고리예브나에게 맡기더니 다시 역으로 달려갔다. 혹시 그들의 짐이 도착해 있는 것은 아닌지 확인하러

75) 미슈킨과 예판친은 소설 『백치』에 나오는 인물들.

간 것이다. 그는 몇 분 후 돌아와서 다시 영국 여자의 발을 밟으며 마차에 올라탔다. 마차는 대도시의 거리를 달리며 넓은 강을 가로지르고 있는 다리를 지나갔다. 안나 그리고리예브나는 이 강 역시 라인 강이라는 것을 알고는 놀란 표정을 지었다. 다리 난간 옆에는 취한 노인 두셋이 서서 손을 휘저으며 무언가 논쟁을 벌이고 있었는데, 이 풍경은 안나 그리고리예브나에게 스위스가 자유로운 나라라는 느낌을 주었다. 도스토예프스키 부부는 호텔 '골데넨 코르프'에 도착했다. 호텔의 웨이터도 짐꾼도 모두 취해 있었다. 안나 그리고리예브나와 페자를 영국 여자와 한 가족으로 오인하더니 모두 한방에서 묵으라고 요구할 정도였다. 짐을 대충 풀어놓고 난 도스토예프스키 부부는 도시를 구경하러 나갔다. 주로 사원과 지방 박물관을 돌아보았지만, 날은 어두웠고 그림들은 잘 보이지 않았으며, 특히 사원은 컴컴했다. 비록 조명이 좀 있기는 했지만 박물관도 마찬가지였다. 박물관의 그림들은 하나를 제외하고는 도스토예프스키 부부의 주의를 별로 끌지 못했다. 그 그림은 홀바인이 젊은 시절에 그린 것으로, 안나 그리고리예브나의 기록에 따르면 「예수 그리스도의 죽음」이라고 되어 있지만, 이 그림의 진짜 제목은 「그리스도의 시신」이었다. 세로로 긴 장방형 모양의 이 그림은 고통받고 죽어가는 그리스도를 낭만주의적 기법으로 묘사한 보통 그림들과는 달리, 흰 천 위에 늘어진 시체의 모습을 마치 영안실의 시신처럼 묘사하고 있다. 긴 코, 고통으로 훼손된 몸, 게다가 얼굴과 비율이 맞지 않는 커다란 발에는 이미 부패의 징후까지 나타나 있었다. 안나 그리고리예브나는 공포에 질린 채 이 그림을 바라보았지만, 페쟈는 황홀한 표정을 짓고 있었다. 벽 옆에 의자가 있다는 것을 알아챈 그는 단호하고 빠른 걸음으로 다가갔다. 의자를 홀의 중앙쯤에 가져다 놓은 그는 그 위에 올라가 빨려 들어갈 듯이 그림에 몰입했다. 이것이 고로호바야 거리에 있는 로고진[76]의 집 문 바로 위에 수평으로 길게 걸려 있게 되는 그 그림이었다. 그렇다. 이 그림은 바로 그곳에 걸려 있어야만 했다. 미슈킨 공작도 스위스에서 이 그림을 보게 되는데, 이 인물은 지금 의자 위에 서서 그림을 보고 있는 사람과 똑같은 생각, 즉 '이런 그림은 신앙까지 빼앗을 수 있다.'는 말을 할 수밖에 없었던 것이다. 물론 그때 도스토예프스키가 로고진의 형상을 떠올리고 있던 것은 아니었다. 작고 타오르는 눈빛을 지닌 상인 로고진은 오만하되 이미 무너져가고 있는 한 여자에 대한 욕망으로 타오르는 인물이었다. 도스토예프스키의 영원한 여주인공인 이 여자는 그의 감각을 병적으로 자극했는데 바로 그 때문에 그 욕망은 결코 만족되지 않았다. 미슈킨 공작이라는 인물 역시 도스토예프스키에게 아직 떠오르지 않은 때였다. 절반은 그리스도이며 절반은 돈 키호테인 이 슬픈 모습의 기사는 지금 의자 위에서 있는 사람처럼 간질병 때문에 고통받는다. 도스토예프스키는 다른 많은 인물들의 모습과 그가 앞으로 쓸 그 장

76) 로고진은 『백치』에 나오는 인물. 27세의 귀족으로 정열적인 성품을 가지고 있음.

편소설의 주인공에게 붙여줄 이름들을 아직 떠올리지도 않았으며, 아마도 인물들에 대한 대체적인 윤곽도 잡지 않았을 것이다. 또 사건이나 장면들 역시 마찬가지였다. 하지만 왠지 이 그림만은 명료하고 세세하게 그의 뇌리에 각인되었다. 이 그림은 포화된 용액에서 건져 올린 첫번째 수정(水晶)처럼 그 소설의 모티프가 되었다. 그 외에 아직 짙은 안개 속에 싸여 있는 나머지는 이 그림으로부터 자연스럽게 이루어질 것이다. 그는 새로운 힘에 의해 그림 속으로 빠져 들었다. 몇 번인가 그림이 희미해지면서 거의 흩어져 버릴 것 같더니, 그림이 있는 자리에 낯익은 얼굴들이 나타나기 시작했다. 튀어나온 눈에 번뜩이는 시선을 한 그 불그스레하고 평평한 얼굴이 나타났다. 또 원무를 추는 얼굴들이 나타났는데, 그들은 산 정상에 빙 둘러서서 그를 손가락질하고 시시덕거리면서 서로 눈을 맞췄다. 그는 이미 의자에서 내려오고 싶을 지경이었지만, 다음 순간에 그들 모두가 사라져버리자 다시 죽은 그리스도의 얼굴과 몸을 명료하게 바라보았다. 이런 그림은 신앙도 잃어버리게 만든다고 누군가 중얼거렸다. 이 생각이 장편소설의 중심이 된 것은 확실하다. 그 순간 안개 속에서 불명료한 어떤 사물들과 장면들과 이미지들이 떠오르기 시작했다. 번뜩이는 칼이 있고, 한 농부가 다른 사람을 칼로 찌르면서 하늘을 우러러 중얼거리고 있다. 신이시여, 예수 그리스도의 이름으로 저를 용서하소서. 또 한 군인은 주석으로 만든 십자가를 은제 십자가로 속여 팔고 있으며, 평범한 농부 아낙은 제 아이의 미소를 처음 보고는 신께 기도하고 있다. 소설 속의 어떤 풍경들이 다시 그의 시야를 지나갔다. 두 주인공 사이에서 이루어지는 십자가의 교환.[77] 페테르부르크의 하늘에 몰려온 뇌우를 동반한 구름 때문에 텅 비어 버린 여름 정원. 페테르부르크 리체이나야 거리 근처 한 싸구려 호텔의 어두운 복도. 그 복도 어디에선가 다시 번뜩이는 칼. 그리고 살인을 저지르는 자의 작고 타오르는 눈과 짧은 시선. 마지막으로, 쓰러지는 오만한 여자의 희디흰 가슴을 파고 들어가면서 어둠 속에 다시 번뜩이는 칼.[78]

직원이 다가와 의자 위에 서 있는 그에게 손을 내밀었으며, 옆에서는 안나 그리고리예브나가 남편의 이상한 행동을 사과하고 있었다. 벌금을 물게 될까 봐 두려운 것이었다. 그는 몽유병자처럼 의자에서 얌전히 내려왔는데, 마치 지금 강제로 내려오고 있다는 것조차 의식하지 못하는 듯했다.

그는 안나 그리고리예브나와 함께 박물관을 돌아 나와 마차들이 달리고 있는 거리를 걸어갔다. 길가에는 창에 판유리를 끼운 커다란 집들이 있었고, 맞은편에는 어디론가 바삐 가느라 아무것도 의식하지 못하는 사람들이 있었다. 이제 그는 그 산의 정상에 서 있었다. 이전에 그곳은 그가 닿지 못할 곳으로 여겨졌으며, 그 정상에 서면 이 행성의 거의 모든 풍경들, 즉 도시와 강과 시골과 바다와 교회들이 모두 눈 아래에 보일 거라고 생각했었다. 또 이 행성에

---

77) 『백치』에서 두 주인공 미슈킨과 로고진이 십자가를 교환하여 의형제를 맺는 장면.

78) 이상은 『백치』에 나오는 장면들. 마지막은 로고진이 아름답고 오만한 여주인공 나스타샤를 살해하는 장면.

서 헛되이 꼬물거리고 있는 사람들과, 비극으로 가득한 삶의 모순 같은 것들이 다 시야에 보일 것이라고 생각했었다. 이미 그는 정상을 향해 올라가는 내내 고집스럽게 올려다보았던 그 수정궁에 와 있는 것인지도 몰랐다. 그들은 호텔 '골데넨 코르프'로 돌아가서 식사를 하고 다시 저녁에 도시를 산책하러 나갔다. 그리고 밤이 되자 수평선 너머 먼 곳까지 헤엄쳐 갔다. 그들의 움직임과 호흡은 율동적이었으며, 물속에 잠겼다가 다시 힘차게 물을 박차고 나오곤 했다. 그러면서도 그는 맞은편에서 밀려오는 물에 한 번도 밀려나지 않았다.

성에가 낀 창문 바깥에는 레닌그라드의 모스크바 역 플랫폼을 물들이고 있는 불빛들이 안개 속으로 점점이 밀려들었다. 승객들은 서두르지 않고 가방과 짐을 들고 출구 쪽으로 나갔다. 승강구로 난 문이 열리고, 차가운 증기가 객실 안으로 밀려 들어왔다. 기차가 멈춘 것이다. 나는 가방을 들고 다른 사람들 뒤를 따라 플랫폼에 내린 후, 도착하고 배웅하느라 분주한 사람들 사이를 천천히 걸어갔다. 차가운 연기 사이로 희미하게 빛나는 역사 건물이 보였다. 이웃한 플랫폼 쪽에는 하키 스틱이 삐져나와 있는 커다란 파란색 스포츠 가방을 잔뜩 실은 밴(van)이 서 있었다. 모스크바의 '지나모' 팀이 오늘 레닌그라드의 '제니트'[79] 팀

79) 지나모는 '발전기', 제니트는 '절정'. 둘 다 러시아 아이스하키 팀 이름.

과 경기를 한 후, 야간열차 '붉은 화살' 호를 타고 모스크바로 돌아가는 길이었다.

모스크바 역 앞의 광장은 거의 텅 비어 있었다. 도착한 사람들은 대부분 지하철 쪽으로 사라졌고, 나머지 사람들은 광장 왼편의 전차 정류장 쪽으로 걸어갔다. 리고프스키 거리에는 피곤에 지친 사람들만이 남아 이따금 역사 건물로 다가오는 택시를 잡으려 하고 있었다. 녹색 등을 단 택시들이 서면 그 주위에서는 매번 싸움이 일어난다. 벌써 자정이 가까워졌기 때문이다. 가로등과 광장의 탐조등 불빛 속에, 조금씩 흩날리며 내리는 눈발들이 보였다. 차가운 공기는 코로 스며들고, 발 밑에는 사각거리는 눈이 깔려 있었다. 광장에서는 거의 텅 빈 네프스키 거리가 똑바로 보이는데, 두 줄로 도열해 있는 가로등 불빛이 서서히 하나로 모여서 차가운 밤 안개의 끝 어딘가로 사라진다. 움직이는 불빛들도 간혹 있긴 하지만, 아마도 마지막 트롤리 버스일 것이었다. 나는 광장을 에둘러서 먼저 리고프스키 거리를 가로질렀다. 전차 정류장 너머의 어둠 속으로는 열을 이루어 서 있는 가로등 불빛만 겨우 보였으며, 리고프스키 거리의 한쪽 쿠즈네치니 시장 옆에는 평범하게 생긴 회색빛 페테르부르크 주택이 서 있었다. 이 집은 그가 생애의 마지막을 보낸 곳이다. 그가 그 집의 가죽 소파에 누워서 죽음을 맞이하고 있을 때, 그의 머리 위에는 생일날 친구들 중 누군가가 선물해 준 「시스틴의 마돈나」가 걸려 있었다. 문학 연구자들이 『죄와 벌』의 '안티테제'라고 설명하는 부닌[80]의 단편 「굽은 귀」에서, 주인공이 화장한 여자와 함께 마차를 타고 달려간 그 어둡고 악명 높은 곳도 이 근방이었다. 나는 광장과 이어져 있는 네프스키 거리를 건너서, 옛날에는 즈나멘스카야 거리라고 불렸던 보스타니아 거리로 나갔다. 도스토예프스키는 보스타니아 거리에 사는 마이코프를 방문하거나 혹은 네프스키 거리에 위치한 출판사나 인쇄소에 다녀오느라 이 거리를 자주 지나 다녔다. 얼마간 거주하던 슬리브찬스키 거리에 있는 집으로 돌아오거나, 역시 한때 거주하던 그리스 정교회 근처 스트루빈스키 거리에 있는 집으로 돌아오기 위해서였다.

레닌그라드에 도착하면, 나는 항상 친한 아주머니의 집에서 묵는다. 그녀는 전쟁 이전부터 즈나멘스카야 거리에 살고 있었다. 눈이 발아래서 사각거렸고, 가방은 그리 무겁게 느껴지지 않았으므로, 나는 천천히 걸어가면서 밤의 차가운 공기를 만족스럽게 들이마셨다. 네프스키 거리와 마찬가지로 곧게 늘어선 가로등들이 먼 곳 어딘가에서 하나로 모여 사라지는 불빛의 선을 바라보며 걸었다. 전차가 쇳소리를 내면서 모퉁이를 돌아 지나가는 동안 나는 교차로에 멈추어 섰다. 전차는 두세 개 정도의 객차로 연결되어 있었는데, 성에가 낀 창문들 사이로 밤 승객들의 고독한 그림자가 희미하게 보였다. 아주머니가 살고 있는 집은 바로 교차로 건너에 있었다. 나는 낯익은 구식 현관으로 들어갔다. 이곳에서는 언제나 고양이 냄새가 났고, 석조

80) 이반 알렉산드로비치 부닌(1870~1953). 러시아의 소설가. 1933년 노벨문학상을 수상함.

바닥에는 깨진 유리잔 조각들이 널려 있게 마련인데, 두셋이나 혹은 누군가 혼자서라도 마셔댄 게 틀림없었다. 나는 3층으로 올라갔다. 경사진 돌계단에는 여기저기 부서지고 뭉개진 흔적이 있었고, 한두 개 정도의 백열전구가 희미하게 빛나고 있을 뿐이었다. 노후해서 거뭇한 높은 문 앞에서 나는 낡은 손잡이를 돌려 초인종을 울렸다. 문 너머에 아무런 기척이 없어서, 나는 다시 초인종을 울렸다. 최근 들어 길다 야코블레브나는 청력이 나빠졌다. 드디어 문 뒤에서 조용한 발소리가 들리고 잠긴 문을 여는 소리가 들렸다. 높다란 문의 현관에는 키가 작고 나이 든 여자 길다 야코블레브나가 실내복 차림에 그 주름 많은 얼굴로 서 있었는데, 그녀의 뺨에는 보조개가 있었고 머릿결은 검은빛이었다. 내가 기억하는 한 그녀는 정기적으로 머리에 염색을 하고 있었다. 그래서인지 내게 그녀는 결코 노인네처럼 보이지 않았고 그냥 길랴[81]로 보였다. 한 도시에서 살던 어린 시절부터 내 어머니의 가장 친한 친구였던 그녀를 나는 그렇게 불렀다. 나는 그녀의 부드럽고 주름 많은 뺨에 키스했으며, 그녀는 금방 답례로 키스를 돌려주었다.

"기차로 왔니? 난 기차가 늦을 거라고 생각했는데. 벌써 역에 전화해 봤거든. 모스크바는 날씨가 어떻지?"

그녀는 빠르게 말하면서 내 대답은 듣지도 않고 안으로 빗장을 걸고는 내 뒤를 따라 방으로 들어왔다. 나는 주인인 양 벌써 방에 들어가 있었다.

---

81) 길다의 애칭.

"내 벌써 잠자리 봐뒀지. 팬케이크 구워줄까? 아니면 차가운 게 좋니? 엘리세예프스카야 가게에서 사 온 만두도 있단다. 엄마는 아직도 다이어트 중이시냐? 치킨 한 조각 먹어보렴. 이건 안나 드미트리예브나가 만든 거란다. 내일은 네가 좋아하는 경단 넣은 수프를 할 거야. 주 요리는 송아지 커틀릿이고. 어제 벌써 내가 시장을 봐왔지. 모스크바에서는 시장 같은 데도 좀 가고 그러니?"

작고 둥근 식탁에는 음식이 가득 차려져 있고, 낡고 헐었지만 깔끔하게 정돈된 소파에는 눈처럼 흰 베개 위에 쿠션이 놓여 있었다.

"길레치카,[82] 이 추위에 뭐 하러 시장까지 봐 오셨어요. 그냥 잠자리만 마련해 주셔도 되는데. 정말 이 무거운 매트리스를 직접 까신 거예요?"

나는 짐짓 그녀를 비난하는 체했고, 그녀는 날카로운 톤으로 나를 뿌리치며 과장된 어조로 말했다.

"얘, 그만 해둬라."

그녀와 나는 둘 다 즐거웠다. 나는 가방을 열고 길랴가 아주 좋아하는 초콜릿 세트와 바나나를 꺼냈고, 그녀는 "너 미쳤니!"라고 말하면서 아직 완전히 익지도 않은 바나나를 바라보았다. 이런 것은 내가 올 때마다 반복되는 풍경이었다. 내 어머니는 길랴를, 당신 스스로 즐겨 표현하듯이 '제 손바닥 보듯' 잘 알고 있었다. 그래서 어머니는 내가 초콜릿이나 바나나를 들고 길랴에게 갈 때마다 초콜

82) 역시 길다의 애칭.

릿이든 바나나든 '작은 타냐'나 '큰 타냐', 아니면 다른 누구에게로 넘어갈 것이라고 내게 주지시켰다. '작은 타냐'는 길랴의 오랜 친구인 엘자의 손녀인데, 길랴의 말에 따르면, 엘자는 그녀가 과거에 신세를 많이 진 친구로 후에 암으로 죽었다고 한다. 그리고 '큰 타냐'는 길랴 조카의 딸이다. 길랴의 조카는 아내와 헤어졌는데, 길랴는 그 이혼에 자기도 책임을 느끼고 있었다. 왜냐하면 조카의 아내는 길랴의 옛 상사의 조카여서 길랴는 그 결혼을 대단한 열의를 갖고 성사시켰던 것이다.

초콜릿이나 바나나는 그런 식으로 길랴가 보살피고 있는 친척이나 아는 사람들에게로 넘어갈 것이었다. 정확하게 말해서 바나나 중 조금은 길랴가 자신을 위해 남겨두겠지만, 초콜릿 상자는 그녀를 치료했던 의사에게 선물로 주곤 했다. 나는 수건을 꺼내 들고, 이웃 사람들이 깨지 않도록 뒤꿈치를 들고 걸어서 욕실로 들어갔다. 넓고 큰 방처럼 생긴 욕실에는 낡은 가구들과 빨래통이 들어가 있어서 정작 욕조가 차지하고 있는 공간은 그리 넓지 않았다. 욕실용 커튼 뒤에는 내의들이 걸려 있었고, 여러 개의 빨랫줄들이 이리저리 가로지르고 있어서 마치 무대 뒤의 어수선한 풍경처럼 보였다.

길랴의 옆방에는 중년의 자매인 카야 마르코브나와 칠랴 마르코브나가 살고 있었다. 둘 다 뚱뚱했고 머리를 붉은빛으로 염색해서, 나로서는 누가 누군지 구분을 잘 못할 정도였다. 그들에게는 자주 찾아오는 자매가 하나 더 있었는데, 그녀는 변두리 어딘가에 살고 있었다. 그들은 소스를 뿌린 당근 요리나 커틀릿, 잘게 간 생선 요리를 잘했고, 계피 향이 나는 만두라든가 스트루델 과자를 잘 구웠다. 그리고 카야와 칠랴 두 자매 중 한 명은 료라라는 딸이 있었다. 료라는 매우 뚱뚱하고, 이미 좋은 시절은 다 지나간 노처녀여서 결혼을 못 할까 봐 안달하고 있었다. 하지만 그런 조바심을 도도하게 잘 숨기고는, 행운이 오기를 기다리면서 응급실 간호사로 일하고 있었다. 그녀는 잠을 자거나 집에 없거나 둘 중 하나였다. 열린 문으로 그녀의 방을 들여다볼 기회도 꽤 있었는데, 언제나 이런저런 이유들로 담요도 깔려 있지 않은 침대와 커다란 솜 베개에다, 부수의하게 내팽개쳐져 있는 푸른 솜이불 따위가 보이곤 했다. 그리고 안나 드미트리예브나라는 깡마른 노파가 있었다. 한창때는 꽤나 아름답고 균형 잡힌 몸매였을 테지만, 지금은 머리를 흔들고 손을 떨면서 길랴를 도와 집안일이나 하고 있었다. 예전에는 자기 남편과 함께 이 집의 소유주였지만, 백위군 장교였던 그녀의 남편은 오래전에 총살당했다. 지금은 텔레비전이 종일 꺼질 줄 모르는 방구석에 틀어박혀서, 하루 내내 '벨로모르'[83]나 피우고, 보드카는 절대로 거절하는 법이 없이, 소비에트 권력의 완고한 지지자로 살아가고 있었다. 이런 것들 때문에 길랴는 진저리를 치면서, 안나 드미트리예브나가 어쩌지 못할 백치라고 생각했다.

욕실로 들어가는 나를 보더니, 내가 매일 샤워를 해야

83) 가장 싼 러시아제 담배.

직성이 풀리는 성격임을 잘 아는 길랴는 물을 데우라고 권했다. 그녀는 낮에 안나 드미트리예브나가 창고에서 장작을 꺼내 마당에 내다 두었다고 했다. 하지만 나는 아무래도 이런 늦은 시간에 장작을 땔 수는 없었기 때문에 곧바로 사양했다.

저녁을 먹은 후에 나는 소파에 누웠다. 내게는 좀 짧다 싶게 발이 나왔고, 머리에 받친 소파 쿠션은 좀 높아 거치적거렸지만, 쿠션을 치우면 머리가 너무 낮아졌다. 나는 누운 채로 길랴가 꼼꼼히 챙겨준 이불을 덮고는, 혁명 전에 출간된 낡은 도스토예프스키 작품집을 손에 잡히는 대로 아무 데나 펼쳐 읽었다. 회색빛과 암청색 표지에 금박 글자가 새겨진 이 작품집은 다른 오래된 판본들과 마찬가지로 선반에 꽂혀 있었다. 레닌그라드 봉쇄 시절[84]에도 잃어버리지 않은 책들과, 이제 아무에게도 필요하지 않은 비뇨기과 관련 서적들이 그 검은색 선반에 꽂혀 있었다. 선반들은 옆방의 벽을 따라 세워져 있었는데, 그 방에서는 길랴가 지금 막 잠자리에 들었을 것이다. 그녀는 모쟈의 책들을 거의 경건하다고 할 만한 자세로 보존하고 있었다. 마찬가지로 생일이나 기일이 되거나, 또는 그런 날이 아니어도 그녀는 그의 무덤에 다녀오곤 했다. 모쟈는 이십 년도 더 전에 길랴의 침대 위에서 죽은 그녀의 남편이다. 그는 어느 날, 길랴가 '그 여자'라고 부르는 탓에 지금도 이

---

84) 제2차 세계 대전 때 레닌그라드가 독일군에 의해 포위 공격을 받았던 시기.

름을 알 수 없는 한 여자와 함께 집으로 돌아왔다고 한다. '그 여자'는 집을 나가지 않고 길랴의 침대 맞은편에 있는 모쟈의 소파에서 밤을 지새웠다. 두 칸이 연결돼 있는 이 방에는 복도로 나 있는 두 번째 문이 있어서, 이 여자는 길랴를 방해하지 않고 드나들 수 있었다. 길랴는 그들에게 방을 완전히 내주고는, 내가 보통 묵곤 하는, 식당으로 쓰는 작고 좁은 방에 기거하면서 찌그러진 침대용 소파에서 자곤 했다.

모이세이 에른스토비치가 그의 원래 이름이었는데, 길랴가 그를 모쟈라는 이름으로 불렀으므로 우리 가족도 그렇게 불렀다. 확실히 독일풍인 이 이름은 모이세이-모제스-모쟈, 이런 식으로 변하게 된 것이리라. 실제로 그는 혁명 이전에 독일 어딘가에서 공부를 한 적이 있었는데, 유대인들이 다 그렇듯 그 역시 고등교육을 받고 싶어 했다. '에른스트'라는 이름으로 보아, 아마도 그의 아버지 역시 독일 쪽과 관련이 있었음에 틀림없다. 모쟈는 의젓한 사내로 키가 상당히 컸고, 진짜 독일인처럼 꼼꼼했으며, 완전히 대머리였고, 약간의 콧수염과 냉소적인 검은 눈에 짙은 눈썹을 가지고 있었다. 그는 비뇨기과 교수이자 개업의였으며, 젊었을 때는 체스에 뛰어나서 '마스터' 칭호를 받을 정도였다. 하지만 검소한 게 지나쳐서 인색하다는 말을 듣기도 했다. 그는 오래전부터 길랴에게서 마음이 떠났었던 것 같다. 여기에는 내가 처음에 말했던 나의 이모, 안나 그리고 리예브나의 『일기』를 가져왔던 그 이모도 연루되어 있었다. 사정이 어떠했든지 간에 젊은 시절에 모쟈와 길랴, 그리고 이모는 셋이 놀러 가서 한방에서 지냈다고 우리 가족들은 얘기하곤 했다. 내 어머니는 그래서 길랴를 마조히스트라고 불렀다. 1937년에 모자는 당국에 체포되어 수감되었다. 그때는 누군가 뒤를 보아준 덕분에 곧 풀려날 수 있었는데, 길랴는 그가 어떻게 해서 잡히게 되었는지, 그의 유형 생활은 어땠는지, 그리고 그가 어떻게 돌아오게 되었는지 등등을 흥미진진한 묘사를 섞어 얘기해 주곤 했다. 그녀의 이야기는 이랬다. 밤늦게 갑자기 초인종이 울렸다. 그녀는 문을 열러 나가면서 이번에는 자기를 잡으러 온 것이라고 생각했다. 하지만 벨을 누른 사람은 모쟈였다. 그녀는 눈을 의심하면서 그에게 달려들었으며, 그녀의 막역한 친구 엘자도 마찬가지였다. 그녀에게는 헌신적인 친구였던 엘자는 모쟈가 갇혀 있을 때도 그녀와 내내 같이 살아주었으며, 나중에는 길랴에게서 이름을 따 자기 딸을 길다라고 명명하기까지 했다. 그러니까 엘자는 이 집안과는 인연이 깊은 친구인 셈이다. 비뇨기과 의사이긴 했지만 그녀의 유방암을 처음으로 진단한 사람도 모쟈였다.

모쟈가 집으로 데리고 온 여자, 길랴가 '그 여자'라고 불렀던 여자는 조교수도 연구원도 아닌 그의 학과 조교였다. 그는 몇 번인가 오랜 기간 동안 아예 그녀에게로 가서 살기도 했는데, 그럴 때면 길랴는 레닌그라드를 떠나 우리에게 와 있곤 했다. 길랴와 내 어머니는 이 상황에 대해 오랫동안 얘기를 나누었다. 뒤에 모쟈가 우리 집을 찾아왔을 때, 어머니는 그에게 일장 연설을 늘어놓았으며, 모쟈는 이렇게 대꾸했다.

"당신은 아직 길랴를 잘 모릅니다."

모쟈의 이 말은 자주 우리 가족들에게서 회자되었다. 어머니는 분개하면서였지만 이모는 철학적인 어조로 그의 말을 반복했다. 이모는 인생을 폭넓게 바라보면서 "사람은 강물과 같다."는 톨스토이의 경구를 입에 올리기를 좋아했다. 길랴와 '그 여자'를 왔다 갔다 하던 그 시기에 모쟈는 두 번의 뇌경색을 당했다. 세 번째 뇌경색 이후에 그는 죽음을 맞기 위해서 집으로 돌아왔다. 하지만 그 여자는 그를 버리지 않았고, 길랴 역시 그들 둘을 위해 먹을 것을 준비했다. 모쟈의 죽음이 닥쳐온 그날, 그 여자는 집을 나가서 저녁 무렵까지 돌아오지 않았다. 모쟈는 밤이 되자 병세가 악화되어 숨조차 쉬기 힘들어졌다. 그는 일어나서 방을 몇 걸음 걸어보겠다고 길랴에게 도움을 청했다. 그 스스로는 좀 나아진 듯 느꼈던 것이다. 길랴는 그를 일으켰으며, 그는 그녀에게 의지한 채 자기 책상 쪽으로 몇 걸음을 옮겼다. 그 책상 위에는 지금까지도 그의 책과 사진이 놓여 있는데, 사진 속의 그는 꼼꼼한 콧수염과 형형한 눈빛 때문인지 독일인 교수를 연상시켰다. 그의 삶의 이 마지막 몇 분 동안, 그와 길랴는 지난날처럼 단둘이서 집에 있었다. 그 순간 길랴에게는 '그 여자' 같은 것은 없었던 듯 느껴졌다. 그녀의 삶에서 이 마지막 시절은 그저 악몽일 뿐이었고, 지금 그녀는 아픈 남편이 방에서 걷는 것을 돕고 있을 뿐이었다. 이 모든 것은 너무 자연스러워서 다르게는 생각할 수 없을 것 같았다. 하지만 더 나빠진 그는 침대까지 데려다 달라고 청했다. 길랴는 그가 눕는 것을 돕고 그의 이마에 흐르는 식은땀을 닦아냈다. 결국 숨이 멈추었고, 길랴는 그들 둘의 방에 있는 그녀의 침대 위에서 직접 그의 눈을 감겼다. 그때 '그 여자'는 없었다. 대체 무슨 권리로 그 여자가 이곳에서 지냈는지, 무슨 권리로 길랴의 시중을 받았는지 알 수 없었다. 길랴는 모쟈를 화나게 하지 않기 위해서 여자를 쫓아내지 않았을 뿐이다. 어쨌든 그는, 합법적인 남편이 당연히 그래야 하듯이, 그녀의 품에서 죽었다. 이 사실은 과부로 지낸 그 후의 세월 동안, 그녀에게 약간의 위안이 되었던 것 같다. 그래서 그녀는 그가 자기 품에서 어떻게 죽었는지 얘기하는 걸 좋아했다.

녹색 갓이 씌워진 구식의 탁상 램프 역시 모쟈의 것으로, 그 시절 이후에도 이 램프는 그의 방 책상 위에 내내 세워져 있었다. 램프의 불빛은 내가 읽고 있는 책을 겨우 밝히고 있었다. 이 램프는 길랴가 직접 내게 가져와서 식탁 끝에 놓아주었지만, 불빛이 책까지 닿지 않아서 내가 소파 머리맡의 의자에 책 몇 권을 쌓고 그 위에 옮겨둔 것이다. 램프가 제대로 고정이 되지 않아서, 나는 램프가 바닥에 떨어져 녹색 갓이 깨질까 봐 걱정이 되었다. 그렇더라도 길랴가 뭐라고 하지는 않겠지만 말이다.

둥근 불빛은 책 위에서 미세하게 흔들렸다. 오래되고 튼튼한 집이긴 했지만, 전차가 거리를 지나갈 때면 아주 조금씩 떨리고 흔들렸던 것이다. 옆방에서는 길랴가 잠들기 위해 술을 마시는 소리가 희미하게 들렸다. 곧 침대 곁의 불을 끄기 위해 스위치를 내리는 소리가 들릴 것이다.

"너 아직도 도스토예프스키한테 빠져 있는 거니?"

그녀는 내게 이렇게 묻고는 대답도 기다리지 않고 덧붙여 말하곤 했다.

"브로드스키 씨네 집에서는 그런 얘긴 아예 말거라."

브로드스키는 예전에 그녀의 상관이었던 사람이다. 그녀는 오래전에 일을 그만둔 이후에도 그와 그의 집안과는 돈독한 관계를 유지하고 있었다. 특히 그의 아내인 도라 아브라모브나와 친했는데, 그녀는 깡마르고 에너지가 넘치는 여자였다. 그녀는 많은 가족들을 돌보아야 했을 뿐만 아니라 브로드스키가 과장으로 있는 부서의 행정 및 연구 업무까지 보고 있었다. 브로드스키는 유대인 축제를 관리하는 일을 맡고 있었으며, 이미 여러 해 동안 유대교의 율법을 따르면서 이스라엘로의 이주를 계획하고 있었다. 하지만 그의 아들들이 정부 부처의 비밀 부서에서 일하고 있다는 사실이 문제였다. 그 자신은 학자로서 그의 이름이 불필요하게 세간에 거론되는 것을 꺼리는 사람이었다.

저녁 무렵, 나는 짧고 부서진 소파에 누워 있었다. 길랴의 집 근처를 돌아가는 야간 전차의 삐걱거리는 소리가 잦아들고 있었다. 눈 쌓인 밤거리를 따라 회오리바람이 이리저리 돌아다니는 소리도 들렸다. 회오리바람은 텅 빈 채 빠르게 달리는 차량들이 있는 곳에서는 언제나 생기는 법이다. 차들은 먼 곳, 차가운 밤안개 속에 늘어선 가로등들이 하나로 모여드는 소실점을 향해 달려갔고, 나는 가볍게 흔들리는 둥근 빛 안에서 페이지를 넘겼다. 녹색 갓을 쓴 램프의 빛이 내가 읽고 있는 도스토예프스키의 책을 비추고 있었다. 도스토예프스키 전집 중 마지막에서 두 번째 권에는 『작가의 일기』가 실려 있었다. 1877년인가 1878년인가에 쓰인 이 책에서 나는 그가 유대인들에 대해 쓴 글을 발견했다. 제목은 '유대인 문제'로 되어 있었는데, 나는 이런 제목의 글을 발견하고도 그리 놀라지는 않았다. 그는 유대인과 유대인 여자와 유대인 아이들과 유대인들의 모든 것을 어디든 한 군데에 모아 쓰고 싶었을 것이다. 실제로 그는 이런 얘기들을 소설 여기저기에 많이 흩뜨려 놓았다. 언제나 젠체하지만 공포에 질려 비명을 질러대는 『악령』의 랼신도 유대인이었으며, 콧대가 높으면서도 겁쟁이인 『죽음의 집의 기록』의 이사이 포미치는 같은 수형자들에게 엄청난 이자를 받고 돈놀이를 하는 뻔뻔스러운 자이다. 또 『죄와 벌』에서 소방관으로 나오는 자는 이렇게 묘사된다.

"영원히 투덜거리는 듯 비탄에 젖은 얼굴을 하고 있었는데, 유대인이라는 종족의 얼굴에는 예외없이 그렇게 언짢은 낙인이 찍혀 있는 것이다."

이 인물의 우스꽝스러운 러시아어 발음은 소설에서 뭔가 특별하고도 섬세한 만족감을 유발시켰다. 또 유대인의 모습은,(『카라마조프 가의 형제들』에서 리자 호흘라코바의 이야기에 나오듯) 가련한 어린아이를 못 박아 벽에 매달고는 그 손가락을 자르면서 아이들의 고통을 즐기는 자들로 묘사된다. 무엇보다도 유대인들은 자주, 익명의 고리대금업자나 소상인이나 좀스러운 사기꾼들로 묘사되거나, 심지어는 제대로 묘사조차 되지 않은 채 그저 유대인이라고만 이름 붙여지기도 했다. 또 유대인은 가장 저급하고 속물적인 인간

성을 지닌 자의 대명사처럼 쓰였다. 이런 소설들을 쓴 사람이 결국 어느 지면에서든 이 주제에 대해 자신의 이론을 제시하려 했다는 것은 전혀 놀라운 일이 아니다. 하지만 그의 글에는 특별히 이론이라 할 만한 것은 없었고, (오늘날에도 사라지지 않고 있는) 아주 진부한 반유대적인 주장과 그 신화만이 있을 뿐이었다. 예를 들어 유대인들이 팔레스타인으로 금과 보석을 빼돌렸다든가, 전 세계를 그 탐욕스러운 발톱으로 휘어잡으려 한다든가 하는 세계 유대주의 말이다. 또 러시아 사람들을 가차 없이 착취하고 알코올중독자로 만들려고 한다는 유모론까지 끼어든다. 그래서 러시아인들은 유대인들에게 평등한 권리를 부여할 수 없으며, 그렇지 않으면 유대인들이 러시아인들을 완전히 삼켜버리리라는 따위의 주장도 보였다. 나는 두근거리는 가슴으로, 이런 편견들과는 다른 무엇인가를 찾고 싶었다. 그러니까 인종주의자들에게서 들을 수 있는 견해들과는 다른, 뭔가 새로운 빛을 던져줄 만한 견해 말이다. 조금이라도 다른 방향, 모든 문제를 조금이라도 새로운 시선으로 보려는 시도 같은 것을 찾아보고 싶었다. 유대인들은 오직 자기 종교를 고백하는 것이 허용되기만 하면 그것으로 족한 민족이다. 내게 믿을 수 없을 만큼 이상하게 느껴진 것은, 소설에서는 인간의 고통에 대해 그토록 예민한 사람이, 학대받고 고통받는 사람들을 열정적으로 옹호하던 사람이, 지상의 모든 생명체들에게는 스스로 존재할 수 있는 권리가 있다고 거의 미친 듯이 설파하던 사람이, 잎새 하나와 풀잎 하나하나에 환희에 찬 송가를 바치던 사람이,

바로 그런 사람이, 수천 년간 쫓기고 있는 사람들에 대해서는 단 한마디의 옹호도 변호도 하지 않았다는 점이다. 정말 그는 눈이 멀었던 것일까. 아니면, 아마도 증오에 눈 멀었던 것은 아닐까. 그는 유대인들을 하나의 민족이라고 부르지 않고 '종족'이라고 명명했다. 이것은 마치 폴리네시아 섬 같은 곳의 야만인을 부르는 것 같다. 나를 비롯하여 내가 아는 수많은 사람들과 친구들이 이 '종족'에 속한 채로, 러시아 문학의 저 섬세한 문제들을 토론해 왔다. 이 '종족'에는 레오니드 그로스만, 돌리닌, 질베르슈테인, 로젠블륨, 키르포친, 코간, 프리들렌제르, 브레고바, 보르셰프스키, 고젠푸드, 밀리키나, 구스, 준젤로비치, 슈클로프스키, 벨킨, 베르그만, 소르키나 드보샤 리보브나 등과, 또 수많은 유대인 평론가들이 포함돼 있다. 이들은 도스토예프스키에 대해서라면 거의 독점적인 권위가 있는 사람들이다. 이들의 그 열광적이고 거의 경건하기까지 한 열정에는 뭔가 부자연스럽고 심지어는 수수께끼 같은 것이 숨어 있는 것처럼 보일 정도였다. 그들은 열정적으로 그의 일기, 기록, 초고, 편지, 심지어는 아주 사소한 전기적 사실까지도 뜯어본다. 그런 것은 지금도 마찬가지인데, 정작 도스토예프스키는 그네들이 속한 민족을 경멸하고 증오했던 것이다. 이 연구자들을 보면 어쩐지, 적대하고 있는 종족의 지도자를 잡아먹는 야만인들의 행위가 떠오를 수도 있겠지만, 도스토예프스키에 대해 유대인들이 느끼는 특이한 매혹은 그런 종류의 것이 아니다. 그들은 다만 그의 등 뒤로 숨고 싶은 것이다. 그들은 그를 일종의 '안전 통행증'으로 생각했는데, 그것은 마치 유대인 학살 시대에 유대인들이 기독교를 받아들이거나 문 앞에 모조 십자가를 거는 행위와 비슷한 것이다. 하지만 유대인들의 이런 열정은 러시아 문화나 러시아의 민족정신 전승과 관련된 문제에서도 예외가 아니다. 앞서 말했듯이 러시아인이 유대인을 경멸함에도 불구하고 말이다.

창 바깥에서는 이미 전차 소리가 들리지 않았다. 나는 오래전에 불을 끄고, 조심스럽게 모자의 램프를 식탁에 올려두었다. 옆방에서는 길랴의 코 고는 소리가 미세하게 들렸는데, 열 번씀 숨을 쉬면 한 번씩 작게 코를 고는 소리가 뒤따라 들렸다. 그것은 아주 작게 들려서, 코를 고는 것이 아니라 꿈속에서 흐느껴 우는 것 같았다. 내 다리는 소파 끝에 겨우 걸쳐져 있고, 창밖으로는 음울한 페테르부르크의 겨울밤이 깊어가고 있었다. 매우 늦은 밤이긴 했지만, 새벽에 닿으려면 아직 영원을 건너가야 할 것 같았다. 하지만 잠들어야 한다는 생각을 하지 않고 다만 눈을 감고 평화롭게 누워 있으면, 곧 날은 밝을 것이었다.

고독한 그림자 하나가 바덴바덴과 바젤 사이에 있는 어느 철도역사의 눈 쌓인 플랫폼을 달리고 있었다. 좁은 체크 무늬 바지에 검은 실크해트를 쓴 그는 샌드위치 때문에 호주머니가 튀어나온 데다 소맷자락이 펄럭거리는 검은색 베를린 프록코트를 입고 있었다. 그는 바보 같은 댄스 스텝을 밟듯 펄쩍 뛰어올랐다가 주저앉기를 반복했다. 그는 덜 받은 1프랑에 대해 소리치고 있었지만, 기차는 오래전에 떠난 뒤였다. 밤이 왔는데도, 그 사람은 계속 달렸고 달리면서 뛰거나 웅크리는 그의 모습은 환히 밝혀진 탐조등 불빛에 비추어지고 있었다. 마치 모든 것이 연극 무대에서 일어나는 것처럼, 불빛이 그를 집요하게 뒤쫓았다. 환한 조명 안에서 눈송이들이 천천히 돌아 내려 그의 얼굴과 수염을 흰 천처럼 덮었다. 플랫폼의 끝에 이르자, 이제 그는 서커스장으로 쓰이는 돔형 텐트 아래 드리워져 있는 로프 위를 걷고 있었다. 그의 얼굴을 덮은 흰 천은 할러퀸[85]의 마스크처럼 보였고, 그 아래로 그의 회색빛 구레나룻이 작은 다발을 이룬 채 삐져나와 있었다. 그는 머리의 실크해트를 벗어 조금 위로 던졌다가 공중에서 다시 잡고는 웅크렸다가 또 댄스 스텝을 밟기도 했다. 이 인물이 조명을 받으며 로프 위에서 추고 있는 춤을 사람들이 관람하고 있었다. 그 맨 앞 열에 앉아서 구경하고 있는 사람은 사자 갈기 같은 큰 머리에 잘 다듬어진 턱수염을 하고, 차갑게 반짝이는 손잡이 안경을 눈에 대고 있었다. 춤을 추면서 검은 실크해트로 저글링을 하는 할러퀸 마스크의 사내는 바로 그 첫 열에 앉아 있는 사람을 위해서 춤을 추고 있는 것이었다. 로프 위에 멈추어 선 채로 그는 마치 오페레타의 여주인공처럼 차례로 다리를 한쪽씩 들어 올리면서 실크해트를 서커스 천막의 둥근 천장에 닿을 듯이 높이 던졌다. 로프 위의 댄서는 꼭 떨어져 버릴 것 같았지만, 그를

85) harlequin. 팬터마임 극의 주인공으로 판탈롱의 하인이며 콜롬바인의 애인.

바라보고 있는 사람의 표정에는 여전히 변화가 없었다. 다만 손잡이 안경의 차가운 렌즈 뒤에 있는 열정적인 눈빛이 뭔가 고무된 듯 가끔씩 반짝였을 뿐이다. 춤추던 사람이 로프에서 떨어져 허공에서 절망적인 공중 선회를 하자, 큰 머리에 사자 갈기를 한 사내의 얼굴에는 가벼운 미소가 번졌다. 비록 조금은 거만하긴 했지만, 그 미소는 매력적이며 귀족적이었다. 그는 손잡이 안경을 내려놓고 웃으면서 격려의 박수를 보냈다. 로프에서 떨어진 사람은 다시 눈 덮인 플랫폼을 달리고 있었다. 하지만 이곳은 이미 바덴바덴과 바젤 사이의 역이 아니라, 모스크바와 페테르부르크 사이에 있는 트베리 역이었다. 프록코트의 뒷자락을 펼친 채로 플랫폼을 달리던 그는 몸을 좀 풀고 신선한 공기라도 마시기 위해 급행열차에서 잠시 내린 고관들을 열정적으로 붙잡았다. 그는 이 사람에게서 저 사람에게로 다니면서 그들의 팔을 붙들고는 눈을 맞추면서 비굴하게 굽실거리며 뭔가를 청하고 있었다. 하지만 고관들은 곧 일등석 객차로 다 사라져버렸고, 그는 다시 떠나는 기차의 뒤를 따라 달려갔다. 이제 플랫폼의 계단은 카지노 홀로 가는 계단으로 변했다. 그는 양탄자가 깔려 있는 대리석 계단을 따라 천천히 올라가서, 눈앞에서 왔다 갔다 하는 폴란드인들과 유대인들을 경멸적으로 바라보았다. 로스차일드[86]조차도 그에게는 아무것도 아니었는데, 그 이유는 몇 분 후면 그가 로스차일드보다 더 큰 부자가 되어 있을지도 모르기 때문

86) 유대인 부자의 대명사.

이었다. 그 유대인 수전노는 고리대금업으로 수백만을 긁어모았지만, 그는 이 수백만을 몇 번의 행운으로 단번에 모아버리는 상상을 하고 있었다. 그에게는 수백만이라는 액수가 중요한 것이 아니라 그 생각 자체가 중요한 것이었다. 그는 가련하고 탐욕스러운 어릿광대에 불과한 구경꾼들과 도박꾼들을 부주의하게 밀치고 들어갔다. 건전하지 못한 욕망 때문에 누렇게 떠 메마른 그네들의 얼굴을 그는 거만하게 바라보았다. 그는 첫판에서 오십만을 땄고, 다음 번에는 백만을 땄다. 그때 누군가 그의 팔을 아프게 당겼다. 빨래통처럼 평평한 얼굴에 튀어나온 귀를 가진 사내가 그를 거만하게 쳐다보았는데, 불룩한 그 사내의 눈이 그를 내려다보자 그는 갑자기 바닥에 주저앉았다. 그리고 네 발로 기어 출구 쪽으로 가서는 계단마다 부딪히며 굴러 떨어졌다. 그는 아픔도 느끼지 못했으며, 실크해트도 이미 잃어버린 뒤였다. 그는 역사 입구에 걸려 있는 커다란 거울로 가서 매무새를 가다듬었지만, 이제 거울 속의 그는 이사이 포미치로 모습이 바뀌어 있었다. 이사이 포미치는 옷도 입지 않은 채로, 가슴은 닭처럼 툭 튀어나온 빈약한 모습을 하고 있었다. 그가 뒤로 물러서면, 이사이 포미치도 뒤로 물러섰다. 그는 이사이 포미치를 향해 주머니에 불룩하게 넣어놓았던 샌드위치를 던졌다. 덜 받은 잔돈 때문에 그를 채권자처럼 격렬한 목소리로 소리쳐 대게 만들었던 그 샌드위치였다. 기차의 기적 소리가 멀어졌지만, 그가 이사이 포미치에게 샌드위치를 던져대면 댈수록 그의 바싹 마른 모습은 점점 더 확실하고 생생하게 드러났다.

내가 꿈에서 깼을 때, 밖은 아직 어두웠다. 복도로 난 문에서 향긋한 담배 연기가 흘러들었다. 이것은 안나 드미트리에브나가 피우는 것으로, 그녀는 보통 아침 6시에 일어나자마자 자기 방에서 첫 번째 '벨로모르'를 피웠다. 그리고 조심스럽게 출입문을 여닫는 소리가 들렸는데, 아마 료라가 당직을 서러 가거나 야간 당직 후에 집으로 돌아오는 것이리라. 맞은편 집에는 거의 모든 창문에 불이 들어와 있고, 커튼 너머로는 막 일어나서 서둘러 일터로 가려는 사람들의 그림자가 어른거렸고, 부엌에서는 주부들이 분주해 보였다. 그리고 그 아래로 아침 넘의 선차 한 대가 회전하면서 삐걱이는 소리가 들렸다. 천천히 사그라지는 소리와 함께 집 곁을 스쳐가는 전차는 가로등이 잇닿아 소실점으로 모여드는 저 먼 곳, 어두운 거리가 한량없이 뻗어 있는 어딘가를 향해 가는 것이다. 그 진동 때문에 마치 부둣가에 정박해 있는 배처럼 집이 흔들렸다. 옆방에서는 길랴가 미세하게 코 고는 소리가 들렸다.

내가 다시 잠에서 깼을 때 밖은 이미 환했다. 조금은 흐린 듯했는데, 창밖으로는 눈송이가 천천히 원을 그리며 내렸고, 복도에서는 길랴의 조심스러운 발소리와 목소리가 들려왔다. 그녀는 아마도 안나 드미트리에브나에게 뭔가 집안일에 대해 얘기하는 중인 것 같았다. 의자 아래쪽을 더듬어서 시계를 보았다. 10시 반. 늦은 겨울, 페테르부르크의 아침이었다. 나는 운동복을 입고 창문께로 다가섰다. 아래로는 눈에 덮인 전차와 버스가 기어가고 있었다. 전차는 세 량이 이어져 있었고, 버스 역시 뭔가 특별해 보였는데, 관광 버스나 장거리를 운행하는 버스와 비슷했다. 반대편 보도로는 사람들이 부지런히 걷고 있었는데, 대개 목도리를 두르고 낡고 해진 모피 외투를 입은 채 손에는 가방을 든 주부들이었다. 길랴가 사는 집과 마찬가지로, 맞은편의 낡고 오래된 집의 창문들에도 여기저기서 유리가 반짝였다. 페테르부르크의 한겨울에는 오늘처럼 환한 낮이 드물다. 늦은 시간에 여명이 나타나는가 싶으면 곧 이른 어스름으로 바뀌어버리기 때문이다. 길랴가 실내복 차림에 양말도 신지 않은 채 슬리퍼를 신고 방으로 들어왔다. 그녀의 다리는 하얗고, 종아리는 단단했다. 젊은 시절에 그녀는 아마도 모자를 내내 먹여 살렸을 것이다.

"잘 잤니? ……뭐 먹을래? ……샤워부터 하고 싶겠지? ……모스크바에서는 몇 시에 일어났니……?"

그녀는 내가 답할 겨를도 없이 질문을 퍼붓고는, 마찬가지로 내 대답은 듣지도 않았다. 나는 욕실로 가면서 우연찮게 조금 열려 있는 문을 통해 료라의 방을 보았는데, 침대에는 푹신한 베개와 이불이 놓여 있었다. 료라는 야간 당직 후에 이 이불에 잠겨 푹 잘 수 있을 것이다. 운동복이 내게 잘 맞았으므로, 혹시 복도에서 그녀를 만날 수 있을까 싶어 나는 천천히 세수를 했다. 부엌에서는 볶는 것도 아니고 굽는 것도 아닌 듯한 냄새가 나서 식욕을 자극했다. 또 칠랴나 카야가 아닌 누군가의 목소리가 들렸다. 아마도 안나 드미트리에브나가 그들과 함께 있는 것 같았다. 길랴의 집 부엌은 네 명이 써도 좋을 만큼 널찍했으며, 구석 끝에는 검은 계단으로 나 있는 문이 있었다. 이

문은 밤이면 커다란 자물쇠로 잠겼는데, 그것은 아마 『죄와 벌』의 전당포 노파네 문에 달린 자물쇠와 비슷할 것이다.

나는 길랴와 함께 아침 식사를 했다. 식탁에는 고급스러운 식기들이 놓여 있었고, 빵은 얇게 잘려 있었으며, 접시에는 치즈와 햄이 차려져 있었다. 길랴는 이런저런 음식을 분주하게 내게 옮겨주었고, 안나 드미트리예브나는 입에 담배를 문 채 부엌을 들락거렸다. 최근 몇 년 동안 심하게 허리가 굽은 그녀는 수전증이 있는 손에 흰 프라이팬을 들고는 나를 위해 특별히 크림 오믈렛을 만들고 커피를 끓여주었다.

"길다 야코블레브나가 자네를 꽤나 기다렸지."

그녀가 담배 때문에 목이 잠긴 낮은 목소리로 내게 말하면서, 식탁을 차리느라 분주한 길랴를 능청스럽게 쳐다보았다.

"이 추운 날에, 나를 못 믿어서 직접 시장에 가서는 소고기를 사오더구먼."

그녀는 머리를 흔들면서 짐짓 더 비난하는 체했다.

"아이고, 그만둬요, 안나 드미트리예브나! 시장은 맨날 다니는걸. 얘야, 조린 감자와 찐 감자 중 어떤 거 줄까?"

"조린 감자지요, 물론."

내가 답하자, 길랴는 내밀하게 감춘 내 뜻이라도 알아낸 듯 특별한 의미를 담은 어조로 "그럴 줄 알았지."라고 받았다. 안나 드미트리예브나는 머리를 위아래로 흔들면서, 사람 좋은 얼굴에 길랴에 대한 정이 듬뿍 담긴 미소를 짓고 있었다. 거기에는 어떻게 해도 흔들리지 않는 믿음 같은 것이 배어 있었다. 여전히 담배를 입에 문 그녀는 빈 접시를 거두어 천천히 부엌을 나갔다.

아침 식사를 한 후, 나는 모쟈의 옛 소파에 앉아서 길랴와 오랫동안 이야기를 나누었다. 길랴는 내 근황과 다른 아는 사람들 소식을 물었고, 그녀의 옛 상사와 그 상사의 조카딸과 그녀의 조카와의 관계에 대해 얘기했다. 그녀의 조카는 상사의 조카딸과 이혼한 후에 새로 가정을 꾸렸다고 한다. 길랴는 비록 새 질부가 특별히 마음에 들지 않았던 것은 아니지만, 그쪽 집으로는 발이 잘 가지 않고 또 자신의 집에 들이지도 않는다고 했다. 게다가 이 새 질부는 조카의 첫 아내, 그러니까 길랴 상사의 조카딸에게 가까운 친구이기도 했다. 그녀는 말 그대로 자기 집에 처박혀서 나다니지 않고, 그에게만 목매달았다고 한다. 그때 로냐(길랴 조카의 첫 아내 이름이다.)는 아무것도 눈치 채지 못했다. 자기 친구가 제 남편에게 매달리고 있는 것을 문자 그대로 모든 사람들이 보았는데도, 어떻게 그녀만 눈치를 채지 못했는지 놀라울 뿐이었다. 이 대목에 이르자 한때는 갈색이었다가 지금은 빛바랜 길랴의 선량한 눈이 화난 듯 반짝였고, 목소리는 딱딱해졌고, 억양과 단어도 바뀌었다. "그 녀석이", "고년이"라고 말할 때는, 마치 점프라도 했다가 지껄이는 사람이나, 혹은 유대어로 소리치는 사람 같았다. 사실 유대어는 언젠가 키예프 근방에 살 때 그녀의 부모가 썼을뿐더러, 실은 그녀도 그곳에서 태어났던 것이다. 하지만 더 흥미로운 건, 그녀가 레닌그라드 봉쇄 시기에 대해 말할 때였다. 그 시절에 그들은 고양이나

개를 잡아먹은 적도 있었고, 모자가 가지고 있던 아름다운 옷감 두 필을 그녀가 빵 조각과 바꿔버린 적도 있다고 했다. 그때 모자는 거의 서 있을 수 없을 만큼 쇠약했으며, 그녀가 바꿔 온 빵과 두 조각의 말고기 커틀릿을 먹고 나서야 힘을 얻었다고 했다. 그 말고기는 특별히 학자들을 위해 배급된 것이었는데, 그녀가 하루 종일 줄을 서서 기다린 끝에 얻어 올 수 있었다. 그때 그녀는 직장으로 다니던 학교가 페트로그라드[87] 방면에 있었기 때문에, 매일 하루에 두 번씩은 네프스키 거리와 키로프스키 다리를 지나가야 했다. 그곳에서 사람들은 얼어붙은 시체들을 작은 썰매에 실어 옮기곤 했으며, 바로 그녀의 눈앞에서 사람들이 쓰러져서 그 자리에서 얼어 죽기도 했다. 그 시신들은 거두어지기도 했고 그냥 인도나 찻길에 널린 채 봄까지 방치되기도 했다고 한다.

우리가 가장 친근한 어조로 대화하는 시간은 보통 저녁 무렵, 식사가 끝난 후였다. 그럴 때면 창밖은 곧 비가 올 듯 흐려지기도 했지만, 눈 내린 밤이었으므로 실제로 캄캄해지지는 않았다. 거리의 가로등들은 부질없이 밤새도록 밝혀져 있기도 했다. 밤이 왔다는 것은 오직 거리의 전차 소리가 잦아들었다는 것으로만 알 수 있었는데, 기나긴 겨울 저녁의 그런 대화는 특히 편안하게 느껴졌다. 새벽이 올 기미는 아직 없었고, 창밖으로는 눈보라 때문에 거리의

87) 페테르부르크의 20세기 초(1914~1924) 명칭. 1924년에서 1991년까지는 레닌그라드로 불림.

가로등들이 거의 보이지 않았다. 어디선가 아래쪽 모퉁이에서는 전차가 먹먹한 쇳소리를 내면서 움직이는 소리가 들렸다. 천장 아래에서는 실로 짠 램프 갓이 흔들렸고, 작은 책상에 놓여 있는 탁상 램프 불빛이 거기까지 드리워졌다. 낡은 여성용 탁자에 새겨진 무늬는 오래되어 거무스름하게 변색되어 있었다.

나는 모자의 소파에 몸을 반쯤 눕히고 있고, 길랴는 옆에 앉아서 자세하고도 유창하게 이야기를 들려주었다. 그녀에게는 과거를 아주 꼼꼼히 기억하는 재능이 있었다. 그 시절에 유명한 화학자였던 그녀의 첫 번째 상사가 어떻게 잡혀 들어갔는지, 그 상사가, 국가에 필요한 학자들을 모아놓고 일을 시키는 특별 수용소로 어떻게 보내졌는지, 또 그 후 전쟁 바로 전에, 그가 로맹 롤랑[88] 같은 이의 도움으로 어떻게 수용소에서 풀려났는지 등등에 대한 이야기들 말이다. 로맹 롤랑은 그를 위해 스탈린에게까지 전달될 정도로 열심히 청원을 했다고 하는데, 저명한 화학자인 그 상사는 몇 개월이 지난 뒤 다시 잡혀 들어가서는, 흔적도 없이 사라져버렸다고 했다. 그리고 그녀는 모자의 체포 이야기로 넘어갔다. 모자는 유대인과 비슷한 성을 가졌다는 이유로 심문을 당했는데, 그 잔혹함은 레닌그라드 밖에까지 알려질 정도였다고 한다. 어느 날 모자가 풀려나 늦은 밤에 집으로 돌아왔을 때, 그녀는 그를 보고 망연해질 수

88) 로맹 롤랑(1866~1944). 프랑스의 소설가, 극작가. 1915년 노벨문학상 수상.

밖에 없었다. 모자가 수감돼 있던 그 지독한 시절을 함께 지내던 친구 엘자 역시 같은 표정이었다고 한다.

다시 어둠이 내리고 있었다. 겨울의 짧은 낮이 끝나는 것이다. 그리고 우리가 식사할 때면, 또 담배를 입에 문 안나 드미트리예브나가 떨리는 손에 수프 그릇이나 프라이팬, 접시를 든 채 다시 부엌을 들락거렸다. 길랴는 별 도움도 안 되면서 거의 식사를 하지 못할 정도로 그녀를 돕느라 분주했다.

"길다 야코블레브나, 왜 손님을 두고 왔다 갔다 하는 거야? 그렇게 기다린 손님인데."

안나 드미트리예브나가 선량하게 비아냥거리면서 머리를 흔들었고, 동시에 그 신실한 시선으로 길랴를 바라보았다. 식사가 끝날 무렵, 카야 마르코브나나 칠랴 마르코브나 둘 중 하나가 잔칫날이기라도 한 듯 특별한 속을 넣은 특제 만두를 들고 와서는, 낡은 부엌의 흰 대리석 판 위에 놓아두고 다급히 사라졌다.

저녁때, 손님을 치르느라 피곤해진 길랴는 모자의 옛 소파에 기대 누웠다. 나는 그녀에게 좀 돌아다니다 오겠다고 말했다.

"저녁때는 뭐 먹고 싶니?"

깜빡 깬 길랴가 물었지만, 몇 분 후에 조용히 숨소리를 내면서 작고 부드럽게 코를 골기 시작했다.

거리는 얼어붙어 있었고, 발밑에서는 눈이 사각거렸고, 신호등 아래로는 전차들의 행렬이 지나갔다. 가로등과 흰 눈의 환한 빛을 받으며 사람들의 그림자가 전차와 버스 정류장에 몰려 있거나 인도를 왕래하고 있었다. 사내들 몇몇은 주당 패 서넛이 모이길 기다리는 듯 모퉁이의 상점 앞에 서 있었다. 상점에 가까운 곳까지 가면 그들의 행색을 볼 수 있었는데, 겉으로 보기에도 창백하고 핼쑥한 얼굴을 하고 있었다. 그들은 등에 석회 가루를 묻히면서 건물 벽에 기대고 서 있다가, 어쩔 수 없다는 듯이 천천히 인도 쪽으로 내려와 누워버렸다. 적십자 마크를 단 특별 호송차가 그들을 모아 태우고 갈 때까지 그렇게 기다리는 것이었다. 나는 네프스키 거리 쪽으로 걸어갔다. 먼 곳에서 보기에도 그곳은 축제가 열리고 있는 강변처럼 벌써 불을 밝히고 있었다. 하긴 네프스키 거리는 정말 네바 강 어딘가로 흘러 들어가는 강처럼 보이기도 했다. 곧고 넓은 이 거리는 네프스키 지역 전체를 두 부분으로 나누는 네바 강의 지류 같기도 하다. 한쪽 지역은 예전에 귀족들이 살던 곳인데, 이곳은 옛 세르기예프스카야 거리, 나제주진스카야 거리, 바세이나야 거리, 키로치나야 거리, 보스크레센스키 거리로 이루어져 있다. 이 구역의 건물들은 흠잡을 데 없이 곧고 엄격하다. 여기에는 예술 광장도 있는데, 이 광장을 둘러싸고 있는 건축물들은 믿을 수 없을 만큼 조화로워서 차라리 부자연스럽게 느껴졌다. 또 마르스 광장은 슬프고 장중한 기운으로 사람을 사로잡았고, 그 옆에 면해 있는 인제네르니 성은 날카로운 첨탑과 내부 출입이 금지된 정원과 부속 건물들을 거느리고 있어서 무슨 무서운 비밀이라도 감추고 있는 듯이 보인다. 폰탄카 운하와 모이카 운하의 제방 곁으로는 약간 휜 선을 이루며 집들이 서 있는데, 대부분 뭔가를 기념하는 현판을 달고 있다. 길을 가다 보면 울긋불긋한 황금빛의 돔을 가진 '피의 구원 성당'이 갑자기 눈앞에 나타나곤 한다. 옛 밀리오나야 거리에는 귀족들이 살던 다층 건물들이 있는데, 이 건물들은 외벽이 석고 조상으로 장식되어 있고, 거울 같은 창문으로 되어 있다. 이렇게 강 주변에 가옥들을 짓는 방식은 영국식보다 앞선 형식인데, 독립되어 있는 것이 아니라 서로 연결되어 있는 이 집들은, 마치 해협처럼 놀랍도록 넓은 데다 수면이 볼록하게 올라와 있는 네바 강을 향해 서 있다. 이 거리는, 과거 러시아 제국의 심장부로 지금은 해체되어 박물관으로 쓰이고 있는 겨울 궁전과 궁전 강변으로 이어져 있다. 그리고 또 다른 구역이 있다. 이 지역은 예전에 서민들이 살던 곳으로 건물들이 똑바르게 키를 맞추고 있는 것은 아니다. 좁은 예카테리나 운하가 이리저리 휘면서 생긴 골목들이나 막다른 길들도 많다. 이 길들은 큰길, 중간 길, 작은 길로 나뉘어 있는 구(舊) 메샤스카야 거리나 스톨랴르니 거리들인데, 길 주변은 대개 4층이나 5층짜리 임대 주택들로 이루어져 있다. 거리는 온통 미로 같아서 문득 예카테리나 운하의 제방이 나타나기도 한다. 그래서 내가 사진으로 찍으려고 마음먹었던 길이나 집이 자꾸 헷갈렸는데, 이럴 때 조금만 흥분하면 길 찾기가 더 복잡해지곤 했다. 나는 '라스콜리니코프의 집'이라든가 '전당포 노파의 집'이라든가 '소냐의 집'이라든가 작가가 살았던 집을 찍기 위해 이곳을 헤매고 다녔다. 시간이 별로 없거나 레닌그라드의 날씨가 변덕스러울 때면, 목표로 한 대상을 찍지 못할지도 모른다는 생각에 쫓기곤 했다.

그는 유형에서 돌아온 후부터 안나 그리고리예브나를 만나기 전까지, 그의 삶에서 가장 어둡고 음산한 시기를 바로 이곳에서 보냈다. (한 선실에서 함께 여행하면서도 감히 건드릴 엄두조차 내지 못했던 그 여자가 베일을 늘어뜨린 채 찾아온 곳도 바로 이 예카테리나 운하의 구석진 집이었다.) 안나 그리고리예브나가 처음에 그를 찾아온 곳도, 예카테리나 운하를 가로지르는 이 미로 같은 거리에 널려 있는 집들 가운데 하나인 바로 이곳이었다. 속기를 잘하던 자기 동기생보다 이른 시간에 도착한 그녀는 좁고 어두운 2층 계단을 올라갔었다. 그녀는 얌전하게 눈을 내리깐 채로 그의 서재에 있는 둥근 책상을 바라보면서, 그의 소설 『도박꾼』을 속기로 받아쓰기 시작했다. 그녀는 자기를 향하는 그의 시선을 느꼈으며, 그녀의 주위를 돌며 걷는 그의 발소리를 들었다. 그가 가까이 오면 가슴이 얼어붙는 것 같았는데, 이런 것은 그가 그녀를 달콤하게 물어서 그의 아내로 삼기 전까지, 내내 그러했다.

내가 네프스키 거리로 나갔을 때, 거리는 정말 겨울 축제가 벌어지고 있는 강변처럼 보였다. 차가운 안개가 깔려 있는 네프스키 거리에는 울긋불긋한 수많은 불빛들이 얼음이 깔린 은빛의 길 표면에 계속 반사되어 흐르고 있었다. 거리의 양편, 정말 강변 같은 널찍한 인도로는 사람들이 무리 지어 다니고 있었다. 쇼윈도의 불빛이 그들을 비추거나, 또 상점이나 레스토랑의 열린 문틈으로 새어 나오는 차가운 증기가 그들을 감싸기도 했다. 이 모든 풍경들 위로는 화사한 천연색의 네온사인들이 춤을 추며 빛났고, 그 사이로 차가운 증기가 흘러 다녔다. 신호등이 바뀌면 얼어붙은 거리를 미끄러지던 불빛들이 순간적으로 멈추어 서고, 이번에는 인도를 따라 움직이던 사람들이 횡단보도를 건너 반대편 보도로 흘러갔다. 나는 그 거리를 지나 휘황한 불빛들이 잦아드는 옆길로 빠져나갔다. 그곳은 어둡고 고요했다. 다만 두 줄로 늘어선 가로등들이 먼 곳의 어두운 소실점으로 사라져갈 뿐이었다. 집들 가운데 한 곳에 걸려 있는 표시판을 보고, 나는 내가 과거에 니콜라예프스카야 거리로 불리던 마라트 거리를 걷고 있음을 알았다. 도스토예프스키는 네프스키 거리에서 멀지 않은 이곳 어딘가를 지나간 적이 있다. 아마도 내가 지금 지나가고 있는 곳 주변에서, 모피 외투를 입은 채 뒤따라온 취객에게 그는 아무런 이유 없이 주먹으로 목을 얻어맞았다. 그가 죽기 약 이 년 전의 일이었다. 그는 늘 그렇듯 늦은 오후의 산책을 마치고 집으로 돌아가는 길이었다. 그는 쓰러졌고, 그의 모자가 눈 쌓인 포도를 굴러갔다. 3월 말이었기 때문에 거리에는 아직 눈이 쌓여 있었다. 그의 주위에 사람들이 모여들어 그를 부축해서 일으켰는데, 얼굴에는 이미 피가 흐르고 있었다. 달려온 순경이 몇몇 증인들과 함께 취객을 경찰서로 데리고 갔다. 며칠 후 재판이 열려 가해자에게 벌금 16루블이 선고되었지만, 그는 재판에 참석해서 가해자에게 관용을 베풀어주기를 판사에게 청원했다. 또 그는 재판실 문 옆에서 가해자를 기다렸다가, 그가 나오자

16루블을 쥐어주었다.

이 시기에 그는 특히 슬라브족에 대해 많은 글을 쓰고 있었다. 특히 러시아 민족에게 부여된 신성한 임무, 즉 이성의 압제에서 유럽을 해방시켜야 한다는 임무를 강조하곤 했다. 신이 부여한 이러한 운명의 바탕에는 러시아의 민족정신과 성정이 지닌 특별하고 독자적인 성격이 깔려 있다고 그는 생각했다. 이런 주장을 할 때면 그는 하층민들이 쓰는 어휘들을 다양한 맥락과 다양한 뉘앙스로 사용하곤 했는데, 어떤 어휘들은 검열을 통과하기 어려운 것들이었다. 이런 어휘를 사용한 것은 다른 사람들을 모욕하거나 비난하기 위한 것이 아니라, 러시아인의 영혼 안에 존재하는 저 섬세하고 심오하며 심지어는 성스럽다고 할 수 있는 감각을 표현하기 위한 것이었다.

내가 걷는 인도에는 눈이 가득 쌓여 있었다. 홀로 산책하는 사람의 눈 밟는 소리는, 때때로 눈을 흩날리며 지나가는 자동차의 소음에 지워진다. 거리는 끝이 났지만, 나는 느낌이 시키는 대로 발길 닿는 곳을 따라 걸었다. 먼저 왼쪽으로 돌고, 다음에는 오른쪽으로, 그리고 다시 조용히 눈이 쌓여 있는 거리를 따라 곧게 걸었다. 거리에는 나란히 사오 층으로 되어 있는 주택들이 늘어서 있었는데, 창문에서는 탁한 빛이 새어 나오고 현관들은 우물처럼 깊고 어두웠다. 리고프카 거리와 끝까지 평행을 유지하고 옆길로 새지 않는 게 중요했다. 나는 문득 어둡고 낮은 2층짜리 건물에 닿았는데, 문은 닫혀 있었다. 내 오른쪽으로 어렴풋이 솟아 있는 희고 거대한 사원 건물의 돔은 이미 검은 하늘에 잠겨 있었다. 앞쪽은 쿠즈네치니 시장이, 오른쪽 뒤로는 블라디미르스카야 교회가 서 있었다. 나는 정확하게 원하는 곳에 닿은 것이다. 내 가슴은 기쁨과 불안이 뒤섞여 두근거리기 시작했다. 쿠즈네치니 시장의 왼편에서 바로 길을 건너면 반지하층이 있는 4층짜리 건물이 보인다. 반지하층이 있기 때문에 5층이라고도 할 수 있는 이 건물은, 모퉁이에 회색빛으로 서 있어서 어둠 속에서는 검게 보였다. 집의 모서리는 페테르부르크의 다른 집들과 마찬가지로 부드럽게 각이 져 있었다. 이 모서리면에도 창문과 발코니들이 위아래로 이어져 있으며, 그 맨 아래에 문이 달려 있는데, 이 문으로 들어가려면 계단을 내려가야 했다. 문은 반지하에 있는 현관으로 연결되어 있고 현관에는 옷 보관소가 있는데, 또 다른 문 옆의 계단참에는 표를 파는 여자가 앉아 있었다. 이 표는 검사하는 사람이 없기 때문에 그냥 기념으로 간직할 수도 있었다. 표를 파는 여자가 안내해 주는 박물관의 소박한 복도에는 작가의 초상화를 복제한 그림이 음침하게 걸려 있었다. 그의 서재에는 살티코프 시체드린에게서 빌려온 인용구가 붙어 있는 가구들과 네모난 금속 배지도 전시되어 있는데, 이 배지에는 이마가 좀 튀어나온 그의 얼굴이 양각되어 있었다. 계단 맞은편에는 커다란 전시실의 입구가 있어서, 이곳에서 강연회가 열리기도 하고 영화를 상영하기도 하고 배우가 그의 작품을 낭독하기도 했다. 2층과 3층에는 방들이 잇닿아 있었다. 복도는 아주 반들반들한 마루로 되어 있고, 교회에서처럼 연한 왁스 향이 났다. 이 방들은 그의 삶과 문학을 기념하는 전시실로 쓰이고 있었다. 그의 편지 복사본들과 작품 초판본, 초상화, 그와 가족과 당시 사람들을 찍은 사진, 당시 페테르부르크의 사건들이 담긴 신문 스크랩, 페테르부르크와 옴스크 감옥의 모습이 담긴 커다란 사진 사본 등이 유리로 된 진열장들과 벽에 배치되어 있었다. 또 그가 여행한 피렌체와 로마와 제네바의 사진도 있었으며, 그의 소설에 수록된 삽화들, 그의 작품을 무대에 올린 연극 장면을 찍은 사진, 그리고 그 외에도 많은 자료들이 전시되어 있었다.

거의 교회에서 느낄 수 있는 것과 같은 적막이 박물관을 감돌았다. 전시실을 둘러보고 있는 몇몇 커플들이 속삭이는 소리나, 여드름이 채 가시지 않은 젊은이가 혼자 진지하게 노트 장을 넘기며 무언가를 적고 있는 소리가 겨우 들리는 정도였다. 중년의 여자 직원이 스위치를 올려둔 탓에 환히 밝혀져 있는 램프가 메마르게 타닥거리는 소리도 끼어들었다. 아마도 방문객 중 하나가 조명이 필요한 위치에 들어갔을 것이고, 그래서 그녀는 뜨개질을 잠시 멈추고 불을 켰을 것이다. 하지만 때로 확신에 찬 어조로 무언가를 설명하는 커다란 목소리 때문에 박물관의 정적은 불현듯 깨지기도 했다. 이런 소리는 학교 학생들이 박물관 안내인과 함께 다가오고 있다는 뜻이다. 이런 그룹은 보통 정해져 있는 관람 순서와 안내인의 지시를 엄격히 따르게 마련이어서, 안내인의 생각에 별로 흥미롭지 않은 전시물들은 빠르게 지나치고, 상당히 의미 있다 싶은 전시물에서는 꽤 오래 머물곤 했다. 안내인에게서 조금 떨어져 있는 학생들은 서로가 팔을 잡은 채 이쪽저쪽을 히히거리며 구경했다. 안내인들은 보통 관리실과 연구실이 있는 3층에서 내려왔는데, 이들을 관리하는 관장은 아직 젊은 여성이었다. 발음하기 좋은 타타르식 이름과 유명한 장군의 성을 지니고 있는 그녀는, 실제로 그 장군의 아내로 둥근 얼굴과 길고 빛나는 검은 눈을 가진 아름다운 여자였다. 그녀는 항상 자기 사무실에서 이런저런 관청의 대표들을 만나느라 바빴으며, 때로는 그들에게 모종의 형이상학적인 질문을 던져서 놀라게 하거나, 건강 상태에 대해 예기치 않은 질문을 건네 상대를 당황스럽게 만들었다.

관장실 옆의 연구실은 박물관에서 근무하는 사람들의 방이었다. 연구실의 젊은 친구들은 유대인이 틀림없다고 생각될 만큼 지적인 얼굴을 하고 있는데, 그들은 최근의 문단 소식을 활발하게 교환하거나 누구에겐가 끊임없이 전화를 걸어댔다. 그리고 막 전화를 끊은 한 사람이 동료들에게 어느 유명 배우에 대한 일화를 얘기해 줄 때면 간간이 웃음이 피어나기도 했다. 이 배우는 도스토예프스키 작품 낭독을 위해 박물관 강당에 자주 등장했던 사람으로, (우연히도 그 역시 유대인이 쓰는 성을 지니고 있었다.) 그가 한낮에 욕조에 누워 있는데도, 전화가 오면 그의 아내는 꼭 그가 집에 없다고 대답한다는 것이었다. 동료 중의 누군가가 그가 아직 익사하지 않았는지 물어보라고 농담을 던지자 모두 웃음을 터뜨렸다. 그때 갑자기 관장이 들어오고, 그들은 그녀에게 이 이야기를 해주었다. 확실히 웃음이 나오려는 게 명백한데도, 그녀는 되레 아주 심각한 표정을 하고는 누구에겐가 아주 사무적인 질문을 던졌다. 그녀에게 돌아오는 대답은 그리 진지하지 않았는데, 이제 사람들은 짐짓 그녀가 좋아하는 형이상학적인 주제로 얘기를 옮기는 것이었다. 그녀가 늘상 하는 말이어서 모두가 뻔히 알고 있는 어떤 구절로 장난을 치면, 그녀는 화난 듯한 표정을 짓다가도 결국은 참지 못하고 그들과 함께 웃음을 터뜨리곤 했다.

3층은 그런 곳이었다. 만일 반지하를 하나의 층으로 셈한다면, 바로 이 3층에 그가 살던 방이 있다. 현관에 있는 특별한 받침대에는 우산이 세워져 있었다. 끝에 커다란 나무 손잡이가 달려 있고, 빛이 조금 바랜 검은색 방수포로 된 우산이었다. 아마도 그는 이 우산을 들고 산책을 나갔을 것이다. 옷걸이에는 매우 낡은 챙이 넓은 모자가 걸려 있었는데, 이게 정말 그의 것일까 하는 생각이 들기도 했다. 아마도 거실이었을 듯한 첫 번째 방에는 낡은 책장에 책들이 빽빽이 꽂혀 있었다. 두세 개의 작은 여성용 탁자에는 빛이 바랜 상감이 새겨져 있고 낮은 칸막이가 되어 있어서 길랴의 탁자와 그리 다르지 않아 보였다. 그중 하나에는 공책에서 뜯은 종이들이 전시되어 있었다. 아이가 쓴 것처럼 볼품없는 글씨체로 몇 개의 구절이 적힌 종이의 아래에는 '류바'[89]라고 서명되어 있었다. 벽에는 안나 그리고리예브나의 가족사진이 걸려 있었다. 혼자 찍은 것도 있었고, 그들의 아이들, 그러니까 류바와 페쟈와 함께 찍은 것도

89) 도스토예프스키의 딸 류보피 페도로브나의 애칭.

있었다. 그의 죽음 직후에 찍은 사진 중 하나에서 열한 살의 류바는 다 큰 아가씨처럼 보였는데, 특히 늘어뜨린 머리칼과 신발에 닿을 만큼 긴 옷이 두드러졌다. 아버지가 죽고 몇 년 후에 그녀는 어머니와 떨어져 따로 살게 된다. 그녀는 자기 집을 살롱 비슷한 것으로 만들고는 정말 제멋대로 살았다. 한번은 교회에서 처녀의 관이 나가는 것을 보고는, 안나 그리고리예브나가 이렇게 한탄했을 정도였다고 한다.

"쯧쯧, 내 딸자식이나 잡아가시지."

또 몇 년이 지난 후에 류보피 페도로브나는 해외로 나가서 완전히 방랑자 생활을 하게 되었다. 이것은 부분적으로는 그녀의 심각한 정신적 불균형, 심지어는 심리적 질병이라고 할 만한 것 때문이었다. 그래도 정기적으로 찾아오는 우울증세 사이사이에, 그녀는 아버지에 대한 회상록을 썼다. 하지만 도스토예프스키를 연구하는 사람들은 이 회상록을 그리 진지하게 다루지 않는다. 그녀가 제시한 사실들이 대부분 믿을 만한 것이 못 되고, 주장 자체가 피상적인데다 주관적인 것으로 여겨졌기 때문이다. 특히 도스토예프스키를 노르웨이계 사람으로 간주하려는 그녀의 시도는 일종의 강박관념이라고 할 정도였다. 게다가 서문을 쓴 고른펠트조차 이 회상록에 대해 부정적 의견을 내놓았다. 이 글에서 고른펠트는 도스토예프스키가 러시아 민족에 속하는지 안 속하는지 조금이라도 의심하는 것은 하느님의 저주를 받을 일이라고 주장하면서, 이를 거의 인신공격으로 받아들일 정도였다. 사진 속에서 아들 페쟈는 노력형이지만 좀 둔한 고등학교 학생으로 보였다. 어쩐지 퇴화한 듯한 그의 두상은 제 아버지의 두상을 악의적으로 희화화한 것처럼 생겼다. 다음으로 들어간 방은 안나 그리고리예브나가 쓰던 방이었다. 역시 사진들과 그림들이 벽에 걸려 있으며, 작은 작업용 책상도 있었다. 샛방처럼 생긴 다음 방은 별로 두드러진 것이 없고, 그 다음 방이 바로 책상이 놓여 있는 그의 서재였다. 책상에는 책과 원고가 놓여 있고, 종이함과 담배함이 있으며, 다 탄 초 두 개가 서 있고, 필기도구와 달력이 놓여 있었다. 달력은 그가 죽은 날에 멈춘 채 펼쳐져 있었다. 책상 옆에는 책들이 꽂혀 있는 작은 책장이 있는데, 『회상록』에서 안나 그리고리예브나가 말했듯이, 이 책장은 그에게 폐출혈을 불러오는 데 치명적인 역할을 했다. 어느 날 그가 책장 뒤로 굴러 들어간 펜홀더를 꺼내려고 손수 책장을 옮겼는데, 바로 그 순간 그의 폐출혈이 시작되었던 것이다.

출혈은 금방 멎었지만, 다음 날은 더 심하게 나타났다. 안나 그리고리예브나의 말에 따르면, 그날 표도르 미하일로비치는 자주 찾아오던 방문객 중 한 사람 때문에 격렬하게 화를 냈었다고 한다. 이 방문객은 사람은 좋았지만 지나치게 논쟁적인 게 흠이었다. 하지만 『회상록』에서 안나 그리고리예브나는 바로 이 날 페쟈의 친한 누이 베라 미하일로브나가 방문했었던 것에 대해서는 언급하지 않았다. 그녀는 상속 문제 때문에 일부러 모스크바에서 찾아왔었다. 그녀는 모스크바의 스타라야 바스만나야 거리에서 살고 있던 바로 그 누이로, 안나와 페쟈는 결혼 직후 마슬레

니차[90] 기간에 그녀의 가족을 방문한 적이 있었다. 그때 그들은 모스크바의 호텔 듀소에 머물렀었다. 그곳에서는 모스크바 교회의 눈 쌓인 돔과 엷게 눈이 덮여 있는 거리와 거리를 달리는 썰매와 삼두마차 등이 보였다. 가죽 덮개가 있는 썰매를 타고 그들은 모스크바 전역을 구경했는데, 모스크바를 잘 알고 있던 페쟈는 교회가 나올 때마다 멈추어 서서는, 마치 주인이라도 되는 듯이 그녀에게 교회를 구경시키곤 했다. 썰매에서 내리면서 그가 모자를 벗고 고개를 숙이며 성호를 그으면, 그녀도 따라서 성호를 긋고 고개를 숙였다. 베라 미하일로브나네 집에서는 그의 누이와 그 가족들 모두의 적의 어린 시선을 견뎌야만 했다. 그들은 페쟈에게 그들이 아는 어떤 친척을 신부감으로 소개하려고 했었다. 그녀는 그들의 시선과 완고한 비아냥 앞에서 짐짓 무심한 척 눈을 내리깔고는 치마의 주름을 다듬었지만, 의지와 달리 떨리는 손가락은 오히려 천을 구기고 있었다. 그녀는 바다로 휩쓸려 가지 않기 위해 부여잡은 구원의 돛대가 손에서 막 빠져나가려는 것을 느꼈다. 그녀는 이 모든 시선과 악의에 찬 뉘앙스들을 견뎌냈고, 그럴수록 더 강하게 돛을 움켜쥐었다. 모스크바 친척들과의 이 첫 만남을 그녀는 결코 잊지 못했다. 그들은 페테르부르크의 친척들과 별다를 바가 없었다. 도스토예프스키의 의붓아들 파샤는 언제나 불손한 웃음을 머금고 있었고, 도스토예프스키의 죽은 형 미하일의 아내 에밀리야 표도로브나는 그 작

90) 러시아 정교의 사육제 기간.

고 검고 날카로운 눈으로 그녀를 노려보았다. 그들 둘 다 애초부터 안나 그리고리예브나를 무슨 훼방꾼으로 여기면서 적대시했다. 게다가 에밀리야 표도로브나에게는 자기를 부양할 수 있는 다 큰 자식들이 있었는데도, 그들 둘은 평생 동안 그들을 돌볼 의무가 페쟈에게 있다고 생각했다. 파샤는 일할 생각은 안 하고 페쟈가 수모를 당하게 만드는 골칫덩이였다. 페쟈가 그에게 직업을 구해 주면, 매번 그는 페쟈의 얼굴에 먹칠을 하는 창피스러운 짓을 일삼았다. 그래도 페쟈는 그를 계속 도왔다. 처음에 그들이 해외로 떠나려고 할 때, 파샤와 에밀리야 표도로브나는 문자 그대로 물리적인 힘으로 그들을 놓아주지 않았다. 방에서 나가는 것을 막고는 돈을 요구했던 것이다. 그들은 페쟈의 하나뿐인 외투를 저당 잡혀서라도 돈을 내놓으라고 강권했다. 안나의 천사 같은 어머니가 안나와 페쟈에게 그랬던 것처럼 이 의붓아들과 형수에게도 돈을 쥐어주었고, 그런 후에야 그들은 겨우 함께 페테르부르크를 떠날 수 있었다. 해외에서 돌아온 후에도, 그들의 모든 재산은 죽은 그의 형이 담배 공장을 하다 망해서 진 빚 때문에 차압당하고 말았다. 페쟈는 그때 어음으로 1만 루블을 지불했는데, 그것들 중 일부는 가짜로 밝혀졌다. 이 때문에 형과 함께 시작했던 출판사는 치욕만 남기고 도산해 버렸으며, 페쟈 자신은 채무자로 감옥에 갈 뻔했다. 이제는 그녀 자신이 어떻게든 이 사태를 수습해야 했으므로, 스스로 거머리 같은 채권자들과 문제를 처리하기 시작했다. 물론 이때도 역시 어머니에게 손을 벌려야 했지만 말이다. 에밀리야 표도로브나와 파샤 외에도, 병자에다 알코올중독자인 페쟈의 형 니콜라이가 있었다. 그에게도 매달 50루블씩은 주어야 했다. 페쟈는 도대체 누구에게도 돈 주는 것을 거절하는 일이 없었다. 그는 하루에도 몇 번씩, 없는 이들이면 누구에게든 돈을 내주었다. 그래서 한번은 안나 그리고리예브나가 아이들과 함께 숄을 두른 채 페쟈가 다니는 스타라야루사의 길에 서 있었던 적도 있다.

"나리."

그녀는 페쟈가 지나갈 때 나란히 걸어가면서 말을 걸었다.

"남편은 아프고 아이들이 둘이나 딸렸습지요."

그러자 페쟈는 바로 동냥을 내주었다. 그제야 그녀가 웃음을 터뜨리자 그는 모욕을 당했다며 격렬하게 화를 냈으며, 함께 집으로 돌아가면서 소리소리 질렀다.

"이건 가난한 사람들이 내민 손에 돌을 놓는 것하고 똑같아. 경우는 거꾸로지만 말야. 게다가 이건 사람의 선의를 우롱하는 짓이야, 알아들어?"

지나가던 사람들이 그들을 쳐다볼 정도였지만, 안나 그리고리예브나는 자기가 잘못했다고는 조금도 생각하지 않았다. 그즈음 들어서 페쟈는 그놈의 자선 때문에 돈을 탕진하고 있었고, 자선을 받는 이들이 오히려 그를 비웃을 정도에 이르렀던 것이다. 여기에는 뭔가 부자연스럽고 병적인 것이 있었다. 마치 그는 이것으로 과거의 죄들을 보상받으려는 듯했으며, 제 안의 어떤 모순적인 감정, 아마도 모종의 본능 같은 것을 없애려고 애쓰는 듯했다. 그것은 광기 어린 참회라 할 만한 것이었다. 하지만 중요한 것은, 이리저리 돈을 내주면서도, 그는 안나 그리고리예브나가 겨우 집을 꾸려가고 있는 데다 아직도 갚지 못한 빚이 남아 있다는 것에 대해서는 하나도 신경을 쓰지 않는다는 것이었다. 안나 그리고리예브나는 남편의 책을 직접 소매로 파는 일을 시작했다. 주문자들에게 보낼 책을 포장하고 주소를 쓰고 계산을 하고 가사일까지 돌보느라 늦은 밤까지 일을 해야 했다. 그들에게는 나중에 뭔가 조금이라도 남겨주어야 할 아이들이 딸려 있었다. 길고 어두운 복도의 끝에 보이는 환한 등불처럼, 유일하게 남아 있는 희망이 있긴 했다. 그것은 모스크바에 살고 있는 그의 숙모 쿠마니나 부인이 남겨줄지도 모르는 유산이었다. 유언장에 따르면, 페쟈와 다른 친척들에게 1,500에이커에 달하는 랴잔 근처의 영지와 훌륭한 관목 숲이 주어져 있었다. 페쟈가 이것에 별로 흥미가 없는 듯 보였기 때문에, 안나 그리고리예브나는 이 유산이 그들의 미래와 무엇보다도 아이들의 미래를 보장해 줄 유일한 희망이라는 점을 그에게 열심히 설명했다. 그래서 그는 불현듯 이 유산이 실제로 존재하며, 이 정도 유산이라면 자기가 지주처럼 보일 수도 있고, 친구들과 지인들에게 자신의 영지를 보여주고 구경시켜 줄 수도 있다는 사실을 실감했다. 그리고 심지어는, 좀 허황된 생각이긴 했지만, 농촌의 실업가가 되어 있는 자신을 상상해 보기도 했다. 그 자신은 이런 유혹을 억누르려고 노력했지만 말이다.

그런 즈음에, 모스크바에서 살아온 그의 절친한 누이 베라 미하일로브나가 특별한 용건 때문에 페테르부르크를 방문하겠다고 알려왔다. 그 용건이란 페쟈가 누이들을 위해서 쿠마니나 숙모의 유산을 포기해 주었으면 하는 청이었다. 이 소식을 들었을 때, 안나 그리고리예브나는 길고 어두운 복도의 끝 어디에서인가 반짝이던 밝은 등불이 잦아들고 있음을 느꼈다. 페쟈는 친숙한 제 누이들에 대해 얘기하면서, 특히 베라 미하일로브나에 대해서는 그가 어린 시절부터 가장 많은 애정을 품었던 누이라고 말했다. 안나 그리고리예브나는 창백한 얼굴로 그를 낯설고 차갑게 바라보면서, 눈을 맞대고는 또박또박 한 마디 한 마디에 힘을 실어 대꾸했다.

"또 전 인류를 구원할 자선사업가가 나타나셨군요! 친척들 장단에 맞춰서 춤이나 추시지 그래요!"

그 역시 얼굴색이 변했다. 그러더니 급기야 안나 그리고리예브나와 며칠 간의 냉전이 시작되었고, 그녀와는 거의 한마디도 대화를 나누지 않았다.

페테르부르크의 겨울날 흐린 대낮에, 베라 미하일로브나가 페테르부르크에 도착해서 집으로 찾아왔다. 도스토예프스키는 식사를 하는 자리에서 안나 그리고리예브나가 그 자리에 있지도 않은 듯이 짐짓 누이에게만 관심을 쏟았다. 그리고 모스크바의 친척들과 아는 사람들에 대해서만 이런저런 질문을 하려고 노력하는 것이었다. 하지만 베라 미하일로브나는 건성으로 간단히 대답하고는 수프가 나오자마자 곧바로 용건으로 들어갔다. 그녀는 자기 말대로 하는 것이 그에게 이득이 될 거라고 설명했다. 그가 자기 몫의 영지를 거부한다면 이 몫을 돈으로 받게 될 것이며, 사실 여행이라는 것은 상당한 돈과 시간을 잡아먹는 일이어서, 그처럼 일이 많은 사람이 랴잔 지방까지 가는 것은 그리 간단한 일이 아니라는 것이었다. 그는 앉아서 아무런 대답도 없이, 수프에는 손도 대지 않고 고개를 숙인 채 손가락으로 빵 조각이나 둥글리고 있었다. 그는 안나 그리고리예브나의 간절한 시선을 느꼈다. 식사를 내왔을 때, 베라 미하일로브나는 갑자기 포크와 칼을 내려놓더니 면 손수건을 꺼내서 큰 소리로 코를 풀기 시작했다. 그리고 울음을 터뜨리면서 손수건을 눈에 갖다 댄 채 말했다. 만일 그가 동의하지 않는다면, 이것은 그가 누이들을 비인간적으로 대하는 증거라는 것이었다. 안나 그리고리예브나 쪽은 보지도 않았지만, 그는 여전히 그녀의 애타는 시선을 느끼고 있었다. 이 시선은 그를 괴롭게 하면서도 비웃으려는 것 같았다.

"제발, 모두들 날 가만 좀 놔둬요!"

결국 그는 김이 오르는 접시를 밀어젖히며 소리를 질렀다. 그는 옷에 냅킨을 매단 채로 의자에서 벌떡 일어나더니 빠른 걸음으로 자기 서재로 들어가 문을 쾅 닫고는 의자에 앉아서 머리를 감싸 쥐었다. 그의 심장은 망치질을 하는 것처럼 뛰었다. 식당이나 거실 쪽에서 낮은 목소리가 들리더니 점점 멀어졌는데, 아마 안나 그리고리예브나가 그의 누이를 바래다주는 듯했다. 누이와의 만남, 누이가 어렸을 때부터 좋아하던 음식을 어렵사리 구해 와서 준비한 가족 식사, 그런 것들이 모두 망쳐졌다. 그렇게 돼도 싼 것이다! 무언가 때려 부수고 내던져서 다 망가뜨리고 싶은 욕망이 끓어올랐을 때, 문득 손바닥에서 끈적끈적한 액체 같은 것이 느껴졌다. 방이 어두웠기 때문에, 떨리는 손으로 그는 탁자에 서 있던 초 두 개 중 하나에 불을 켰다. 그리고 격렬한 공포로 벌떡 일어섰다. 그의 두 손은 마치 방금 살인이라도 저지른 사람처럼 피로 범벅이 되어 있었다. 손을 닦고 싶었던 그는 무의식중에 손을 턱에 갖다 댔는데, 손바닥의 피는 더 흥건해질 뿐이었다. 마침 식사 때 썼던 풀 먹인 냅킨을 쥐자, 냅킨은 철도원의 신호용 깃발처럼 붉게 젖어 들었다. 그는 이런 일이 바로 자신에게 일어났다는 것이 아직 믿기지 않았으며, 무언가 돌이킬 수 없는 일이 일어났다는 것을 느꼈다. 그는 달려가서 문을 활짝 열고는 온 힘을 다해서 외쳤다.

"아냐!"

그의 목소리는 약하게 들려왔지만, 그녀는 집 안의 반대편 끝 현관에서 그 소리를 들었다. 거기서 그녀는 오늘 일에 대해 사과하면서 베라 미하일로브나를 막 배웅한 참이었다. 그녀는 아이들도 알아보지 못한 채 가구에 부딪히면서 방을 지나 뛰어왔는데, 직감적으로 뭔가 무서운 일이 일어났다는 것을 느끼고 있었다.

그의 생명은 겨우 이틀이 남아 있었다. 그 이틀 동안, 그는 소파에서 일어나지도 못했다. 검은 가죽으로 된 그 소파는, 지금은 그의 서재에 놓인 채 접근을 금지하는 띠가 둘러져 있다. 진품은 아니었지만, 도스토예프스키의 가족 중 누군가 박물관에 기증한 것이었다. 이 소파 위쪽에는 그의 생일날 친구 중 누군가가 선물한 「시스틴의 마돈나」 복제화가 걸려 있는데, 이것은 안나 그리고리예브나가 그의 서재에 걸어둔 것이다. 그를 돌보아온 의사가 도착해서 진찰을 시작하고는, 위급한 상태는 넘겼다고 진단했다. 하지만 의사가 떠나고 나서 환자는 곧 다시 출혈을 시작했으며, 잠깐 동안은 의식을 잃기까지 했다. 정신을 되찾은 그는 곁에 무릎을 꿇고 있던 안나 그리고리예브나에게, 사제에게 고백을 하고 성찬을 받고 싶다고 청했다. 사제는 곧 와주었다. 블라지미르스카야 교회가 집 바로 옆에 있었기 때문이다. 교회의 둥근 지붕은 밤하늘에 잠겨 있었다. 안나 그리고리예브나는 팔걸이의자에 앉은 채로 남편의 서재에서 거의 뜬눈으로 밤을 새우면서, 때때로 잠든 그에게 가서 이불을 제대로 덮어주고, 그의 이마를 매만졌다.

아침에 그는 좀 좋아진 듯하다고 말했다. 그래서 왕진 온 의사는 일주일 정도가 지나면 환자가 걸어 다닐 수도 있을 것이라는 희망을 피력했다. 성찬까지 받은 것은 너무 서두른 것이었다고 핀잔을 줄 정도였다. 맑은 겨울 아침이었다. 하지만 어쩐지 봄이 가까이 왔다는 느낌이 들었다. 서재의 창문을 통해 조금 보이는, 여름인 듯 푸른 담청색 하늘 때문일까. 아니면 창문 아래 골목에 장을 벌여놓은 상인들과 노점상들이 호객하는 소리 때문일까. 혹은 블라지미르스카야 교회에서 특이한 음색으로 울리는 종소리 때문인지도 몰랐다. 그 후 그는 연어 알과 흰 빵을 먹고 우유와 크랜베리 과일 주스를 마셨다. 크랜베리 주스는 그를 위해 안나 그리고리예브나의 어머니가 만들어 온 것이었다. 안나 그리고리예브나는 잠시 가게에 가서 그를 위해 포도를 골라 사 왔는데, 이 계절에는 쉽게 구할 수 있는 것이 아니었다. 계단을 뛰어 올라가면서 그녀는 문득 바덴바덴에서 그가 그녀를 위해 포도를 사 온 일이 떠올랐다. 알이 붉은 그 포도를 그들은 바덴바덴을 떠나는 열찻간에서 함께 먹었더랬다. 기차가 곧 떠날 채비를 하고 있는데도 또 샌드위치를 사러 플랫폼을 가로질러 뛰어가는 그의 모습도 떠올랐다.

그녀는 소파 옆에 앉아서 풀 먹인 냅킨을 환자의 턱 밑에 받쳐놓고, 포도가 담긴 접시를 들고 그의 입에 포도를 넣어주었다. 그녀에게는 그가 먹는 포도 한 알 한 알이 그에게 새로운 힘을 불어넣어 생명을 돌려주고 있는 것처럼 느껴졌다. 이날 하루 동안 많은 사람들이 방문했다. 잡지사 편집부와 검열국에서도 왔으며, 곧 있을 '푸슈킨의 밤'에 그가 낭독을 해주었으면 하고 청탁을 넣으러 온 사람도 있었으며, 또 그냥 문병을 온 사람들도 있었다. 그는 그녀에게 몇 개의 사무적인 메모를 받아 적게 하기도 했으며, 몇 번은 예전의 페쟈로 돌아가 화를 내기까지 해서, 그녀는 갑작스러운 그의 변덕을 들어주느라 부산을 떨었다. 하지만 이 기만적인 날도 곧 끝이 났다. 그녀는 아이들을 일찍 자리에 누이고 나서, 위층 사람들을 찾아가서 조용히 해달라고 청했다. 위층에서 나는 발소리 때문에 페쟈가 자주 신경질적이 되었던 것이다. 그녀는 일기에 속기로 약간의 내용을 적어놓고, 환자가 누워 있는 소파 옆의 바닥에 자신이 누울 요를 깔았다. 그녀가 이 일들을 다 끝냈을 때는 이미 밤이 되어 있었다. 이 집, 그리고 이 세상에서 보내는 그의 마지막 밤이었다. 그녀는 몇 번 잠이 깨서 촛불을 켜 들고 그의 얼굴을 들여다보았다. 얼굴이 창백하긴 했지만 평화롭게 고른 숨을 내쉬고 있었으므로, 그녀는 마음을 놓고는 다시 잠이 들었다. 아침에 그녀가 눈을 떴을 때, 그는 이미 잠에서 깬 채 고개를 돌려 그녀를 바라보고 있었다. 그의 시선에는 그녀의 가슴을 조이는 뭔가가 있었다.

"나는 오늘 죽을 거야, 아냐."

그는 그녀에게 시선을 두고 조용히 말했으며, 그녀는 그에게 다가가 손을 꼭 쥐고는 모든 것은 곧 지나갈 것이라고 말했다. 또 전혀 위험한 상태가 아니라는 의사들의 말을 전하면서 그를 안심시키려고 노력했다. 그러나 그는 그녀의 손을 밀어내면서, 큰 목소리를 낼 수 없었기 때문에 여전히 속삭이면서, 복음서를 가져다 달라고 청했다. 그가 유형을 살 때 데카브리스트들의 아내들이 선물해 준 이 복음서를, 그는 내내 간직하고 있었다. 책은 그가 여백에 표시해 둔 연필 자국들로 빼곡했다. 복음서를 아무 데나 펼친 그는, 보지도 않은 채 위에서 셋째 줄을 소리 내어 읽어달라고 청했고, 그녀는 읽었다.

"예수께서 그에게 대답하여 가로되, 고통을 참고 견디라. 그러면 우리에게 위대한 진리가 열리리라."

그가 말했다.

"봐, 고통을 참고 견디라. 즉, 나는 죽는 거야."

그는 책을 덮었다. 안나 그리고리예브나는 무릎을 꿇고 앉아서 다시 그의 손을 꼭 잡았다. 그는 그녀의 손을 입술로 가져와 키스했다. 그리고 곧 그는 잠이 들었고, 평온하고 고른 숨을 내쉬었다. 움직이면 그가 깰까 봐 그녀는 계속 무릎을 꿇고 있었다. 이미 늦은 아침이었다. 그는 차고 있던 시계를 보더니, 이를 닦고 옷을 입을 수 있도록 도와 달라고 말했다. 그가 머리를 빗으며 머리카락이 빠진 곳을 가리고 있을 때, 안나 그리고리예브나는 기력이 약해 무리라고 생각했는지 그의 손에서 빗을 빼앗아 머리를 빗겨주었다. 그는 화를 내면서 불평을 하기 시작했는데, 거의 소리를 지른다고 해도 좋을 정도였다. 왜 머리를 다른 방향으로 빗느냐는 것이었다. 그녀는 화를 내고 큰 소리를 치는 것이 그에게 해로운 것 같아 걱정하면서도, 한편으로는 원래 그랬던 것처럼 그가 이렇게 화를 낼 수 있다는 것이 기뻤다. 건강을 회복할 수도 있다는 희망이 일었다. 하지만 그녀의 도움을 받아 옷을 거의 다 입고 양말을 신었을 때, 그의 입술과 턱에서 다시 피가 흘러나왔다. 그녀는 지체 없이 그를 누이고, 수건으로 입술과 턱의 피를 닦아냈다. 그는 옷을 입은 채 검은 가죽 소파에 누워서 더는 일어나려고 하지 않았다. 하루 내내 방문객들이 끊이지 않았지만, 안나 그리고리예브나는 그들을 방에 들이지 않으려고 노력했다. 의사들이 와서 박동을 재고 숨소리를 체크했다. 그들은 현관까지 배웅 나온 안나 그리고리예브나의 초조한 시선에 애매하게 어깨를 으쓱하는 것으로 대답을 대신했다.

이른 아침부터 날은 흐렸다. 하루 종일 그의 서재 책상에는 그가 앉아서 일을 하다가 잠시 휴식을 취하려고 자리를 비운 듯, 여전히 두 개의 촛불이 타오르고 있었다. 안나 그리고리예브나는 환자 곁에 무릎을 꿇고 앉아 그의 손을 잡고는 내내 떨어지지 않았지만, 그는 이미 고개를 드는 것도 힘겨워하고 있었다. 밤인지 낮인지 구분이 되지 않는 이날, 파샤가 찾아왔다. 안나 그리고리예브나는 방문 저편에서 그가 공증에 대해서 누군가와 대화를 나누는 소리를 들었는데, 아마 환자도 그의 목소리를 들었는지 파샤가 엿보고 있다는 듯 열쇠 구멍 쪽을 가리키며 고개를 주억거렸다. 어쨌든 그는 파샤가 들어오도록 허락했다. 파샤는 발소리를 죽인 채 들어와 의붓아버지에게 다가가서 그의 손 쪽으로 몸을 기울였지만, 소파에 누운 환자는 손을 빼더니 고개를 흔들었다. 더 이상 파샤를 보고 싶지 않다는 뜻을 전하려는 것 같았다. 그리고 들릴 듯 말 듯한 목소리로, 이별을 할 수 있도록 아이들을 불러달라고 청했다. 안나 그리고리예브나는 아이들을 방으로 데려왔다. 안나 그리고리예브나가 아이들의 등을 밀자, 당황하고 놀란 아이들은 어머니를 따라 소파에 꼭 붙어서 그의 머리 근처에 무릎을 꿇었다. 그는 고개를 돌려서 아이들의 이마에 키스했다. 먼저 류바에게, 그리고 페쟈에게. 그 애들은 이제, 평생 동안 아버지의 까칠까칠한 턱수염을 기억할 것이다. 그는 손을 올려 그들에게 성호를 그어주었다. 아이들이 나가자 그는 눈을 감고 미동도 없이 누워 있었다. 그래서 안나 그리고리예브나는 갑자기 그가 숨을 쉬지 않는 것처럼 여겨졌다.

"당신, 자요?"

그녀는 그의 머리 위로 낮게 몸을 굽혀 조용하게 그를 불렀다. 그는 눈을 떴는데, 그녀는 그 눈빛에서 아침에 보았던 것과 같은 느낌을 받았다. 그것은 어떤 우수였다. 그녀는 그가 곧 죽게 될 것이라는 사실을 깨달았다. 고통스러운 울음이 그녀의 목젖까지 차올랐지만 그 앞에서 울음을 터뜨리지 않기 위해, 그녀는 서재를 나와 그녀의 방으로 가서 고개를 작업용 탁자에 떨어뜨린 채 눈물이 흘러나오도록 잠시 두었다. 언제나 단정하게 정리되어 있는 그녀의 머릿결이 탁자에 흘러내려 그녀의 손을 덮었다. 운다는 것이 어떤 것인지 잘 알지 못했기 때문에 그녀의 통곡은 언제나 발작적인 웃음이나 히스테리처럼 보였다. 아이들은 놀라서 그녀를 바라보고 있었고, 얼굴이 얽은 중년 여자인 식모 마리야는 수건을 둘러쓴 채 당황하여 문가에서 발을 동동 구르고 있었다. 현관과 응접실에서 억제된 목소리와 함께 기침 소리가 들려왔다. 친구들과 지인들, 방문객들이 집을 점점 메우고 있는 것이다. 어떤 사람들은 조심스럽게 그녀의 방문을 열어보고는 조용히 들어와서, 우는 여자에게서 조금 떨어진 곳에 선 채 무언가 소곤거리기도 했다. 눈물을 닦고 머리를 매만진 후에, 그녀는 달리다시피 빠르게 걸어서 그가 죽어가고 있는 방으로 건너갔다. 그녀가 어떻게 잠시라도 그를 혼자 둘 수 있단 말인가. 그는 여전히 등을 대고 누운 채로 눈을 뜨고는 마치 무언가를 읽어내려고 노력이라도 하듯이, 천장 어딘가를 바라보고 있었다. 때로 그는 무언가를 중얼거리기도 했지만, 그의 말은 맥락이 없었다.

"그들이 틀린 거야!(아마도 이것은 누이들을 두고 하는 말 같았다.) 바람을 막아줘.(아마도 안나 그리고리예브나에게 하는 말일 것이다.) 마리야는 난로를 잘 껐나? ……포도는 충분해? ……내가 당신을 망쳐놓은 거야…….”

안나 그리고리예브나는, 단편적이긴 했지만, 그리고로비치[91]의 방문 등과 함께 이 모든 것을 일기에 기록했다. 그가 죽고 난 바로 그날 저녁이었다. 그녀는 정신을 잃지는 않았으며, 요즘의 표현을 빌리자면, 사건들을 ‘콘트롤’하지 못할 정도는 아니었다. 그녀는 의사를 부르러 사람을 보냈고, 마부들에게 계산을 치렀고, 의사들의 지시에 따라 환자의 입에 넣을 얼음을 사러 마리야를 보냈으며, 파샤가 고집스럽게 집에 데려온 공증인을 집에 들어오지 못하도록 막았고, 방문객들에게 남편의 상태를 알렸으며, 심지어는 두세 장의 사무용지에 기록을 하기까지 했다.

저녁 7시 무렵이었다. 그녀는 그의 책상에서 사그라진 촛불을 새것으로 바꾸었다. 그의 입에서는 다시 출혈이 시작되었다. 그녀는 의자에 걸려 있던 수건으로 피를 닦아내고, 마리야의 도움을 받아서 그를 돌보아온 의사 코슐라코프와 폰 베르첼이 권한 대로 머리가 좀 높아지도록 머리 밑에 베개를 하나 더 받쳤다. 의사들 역시 옆에서 계속 그의 박동을 재고, 때로는 가슴에 청진기를 대보기도 하고, 의미심장한 표정으로 시선을 교환하기도 했다. 가슴에 상처를 입은 사람처럼 핏줄기가 다시 그의 입가에 나타났다. 안나 그리고리예브나가 피를 닦아냈지만, 수건을 떼어내자

91) 드미트리 바실리예비치 그리고로비치(1822~1899). 소설가. 대표작으로 『안톤 고레미치』 등이 있음.

전혀 닦아내지 않은 듯 그 자리에 다시 피가 흘러내렸다. 이렇게 다시 시작된 폐출혈은 멈추지 않았다. 약간의 피가 베개를 적셨다. 그녀는 다시 소파 곁에 무릎을 꿇고 앉아 그의 손을 잡고는 그에게 몸을 기울였다. 그것은 무덤가에서 자주 볼 수 있는, 슬픔에 잠긴 여자의 모습이었다. 누운 채 눈을 감은 그는 이제 그녀가 불러도 눈을 뜨지 않았다. 작은 목소리이긴 했지만 그녀는 그의 이름을 또박또박 반복해서 불렀다. 그는 의식을 잃은 것 같았다. 옆방에서는 방문객들이 소리 죽여 말하는 소리가 들려왔으며, 때때로 조심스럽게 초인종이 울리기도 했다. 부드럽게 그의 손을 쓰다듬을 때, 그녀는 문득 이런 생각이 들었다. 이것은 그가 흔히 겪던 그 발작이어서, 그저 아직 의식을 회복하지 못하고 있을 뿐이며, 이제 시간이 좀 지나면 다시 눈을 뜰 것이고, 그녀를 알아보고는 일으켜달라고 말할 것이라는 생각 말이다. 그리고 또 이것은 그저 꿈일 뿐이며, 그녀는 곧 깨어날 것이고, 그가 서재에서 왔다 갔다 하는 발소리가 들릴 것이며, 언제나 그랬듯 진한 차를 담은 유리잔이 그의 손에서 달그락거리는 소리가 들려올 것이라고 그녀는 생각했다. 그러나 옆방에서 들리는 다른 목소리들은 점점 더 커지고 분명해졌다. 사람들이 왔다 갔다 하는 소리가 들렸고, 모든 것이 더 또렷해지고 점점 더 가까워지는 것으로 보아, 방문객들이 그의 서재로 들어간 모양이었다. 그녀는 깜짝 놀란 채 이 모든 것이 실제로 일어나고 있으며, 자기가 죽어가는 남편 앞에 무릎을 꿇고 있다는 것을 실감했다. 그녀의 남편인 페쟈가, 그녀에게 매일 밤

'밤 인사'를 하러 왔던 바로 그가, 매년 여름이면 치료차 갔던 엠스에서 길고 열정적이되 조리 없는 편지를 쓰던 그가, 이제 죽어가고 있는 것이다. 자신의 문학 강연회 같은 데서, 그녀가 누군가와 말을 주고받거나 다른 남자들을 바라보기만 해도 그는 노골적으로 질투하곤 했었다. 그러면 그들은 따로따로 집으로 돌아가는 것이었지만, 그는 견디지 못하고 그녀를 뒤쫓아 와서는 용서를 빌었다. 그는 만일 그녀가 용서해 주지 않으면 길바닥에서 무릎을 꿇겠노라고 말하곤 했는데, 그러면 그녀는 그를 용서해 주었고 그들은 함께 집으로 돌아가곤 했다. 그럴 때면 그는 조심스럽게 팔을 둘러 그녀를 감싸 안은 채 그녀의 눈을 바라보고는, 잠시 그녀를 놓아두고 상점으로 달려가서 호두과자나 건포도, 캔디 같은 당과들을 사 오곤 했다. 그는 집에 도착해서 함께 차를 마셨고, 사 온 과자들을 그녀와 아이들 앞에 내어놓았다. 만일 그런 때 그녀가 감기에 걸려 재채기를 하면, 그는 화를 내면서 재채기를 멈추라고 소리지르고, 이 모습이 그녀를 웃게 만들었으며, 결국은 그도 역시 웃게 되는 것이다.

문병 온 사람들이 방으로 들어왔다. 그들은 서재 반대편에 경건하게 반원으로 모여서는 그가 누워 있는 소파에는 접근할 엄두도 내지 않았다. 그러나 이제 슬픔 자체가 되어버린 여자는 무릎을 꿇고 이 내방객들의 숨소리를 제 것처럼 느끼고 있었다. 무슨 엄격한 불문율이 있기에 이 사람들은 남편 위에서 그를 바라보고 서 있을 수 있는 권리를 얻은 것일까. 그들 앞에서 우는 것을 스스로 용납할 수 없었던 그녀는 죽어가는 이의 손에 힘없이 머리를 내려뜨리고 있었다. 누군가 그녀에게 일어나서 조금이라도 휴식을 취하라고 설득했으며, 누군가는 그녀에게 말없이 의자를 받쳐주고는 조심스럽게 일으켜주기도 했다. 서재의 창문에는 책상에 세워놓은 두 개의 촛불이 흔들리며 비치고 있었다. 그리고 창문에는 환자가 누워 있는 소파와 그 위에서 아기를 안은 채 구름 속에 떠 있는 「시스틴의 마돈나」가 반사되고 있었다. 창밖은 페테르부르크의 겨울밤이었다. 아마도 그 밤에는, 지금처럼 거리에 눈이 쌓여 있었을 것이며, 밤의 구름이 흐르고 있었을 것이며, 구름 속으로 블라지미르스카야 교회의 둥근 지붕이 잠겨 있었을 것이다. 안나 그리고리예브나는 누군가 조심스럽게 다가오는 발소리를 들었다. 그녀의 어머니였다. 그녀는 견디지 못하고 어머니의 가슴에 머리를 묻고 울음을 터뜨렸으며, 어머니 역시 견디지 못하고 울기 시작했다. 죽어가는 사람 옆에는 의사인 코슐라코프가 서 있었는데, 그는 몸을 낮추어 점점 박동이 약해져 가는 손을 잡고는, 마치 무언가 상황을 바꿀 수 있기라도 한 것처럼 자신의 커다란 은시계를 쳐다보았다. 촛불 빛이 죽어가는 사람의 얼굴 위에 떨어졌다. 만일 눈과 턱 주위에 검게 보이는 어두운 그림자가 없었다면, 그의 얼굴은 거의 베개의 색깔과 비슷할 만큼 흰빛으로 보일 것이다. 그는 아침에 안나 그리고리예브나가 갈아입혀 준 옷을 입은 채 누워 있었다. 마치 방금 치명적인 상처를 입은 사람처럼, 그의 가슴은 경련을 하듯이 오르락내리락하고 있었다. 끊임없이 부글거리는 소리가 들렸고, 이 소리가 목까지 올라와 입과 코를 통해서 핏빛 거품으로 터져 나왔다. 소파 옆에 다시 무릎을 꿇고 앉은 안나 그리고리예브나는 문득 그가 방금 전에 발작을 일으킨 것이라는 생각이 다시 들었다. 발작 후에는 항상 입에 거품을 물었고, 가슴에서는 뭔가 부글거리는 소리가 났었다. 이 모든 것은 곧 지나갈 것이며, 이제 눈을 뜨고는 그녀를 부를 것이다. 하지만 방문객들은 방의 거의 반을 차지한 채 원형극장처럼 반원을 이루어 서 있었고, 말릴 수도 없이 천천히 다가서고 있었다. 참관자들의 맨 앞에는 키가 크고 머리가 하얗게 센 그리고로비치가 서 있었다. 그는 바로 얼마 전에 도스토예프스키가 '프랑스 꼬마'라는 별명으로 비아냥거렸던 사람이었다. 어느 문학 낭독회에서 그리고로비치가 안나 그리고리예브나의 손에 키스하는 것을 보았기 때문이었는데, 이것은 그가 삶의 막바지에 벌였던 질투 사건들 중 하나였다. 원래부터도 그리고로비치를 특별히 좋아한 것은 아니었지만, 그는 이 사건 이후로는 악의에 차 독살스럽게 그를 평했으며, 그를 거짓말쟁이라고 부르면서 그의 모임에는 전혀 나가지 않았다. 하지만 이런 것은 뒤늦게 덧붙여진 이야기이거나 모호한 추측에 불과한 것인지도 모른다. 아주 오래전 파나예프 파들이 그를 모함했을 때, 그와 함께 지내면서 보호자 역할을 하고 거의 은인이 되어주었던 사람이 바로 이 그리고로비치였고, 네크라소프에게 『가난한 사람들』을 전해 준 것도 그였다. 하지만 나중에 파나예프의 회고록을 통해 확실히 알려진 사실은 다음과 같다. 사교적인 성격의 그리고로비치가 파나예프 파 사람들, 즉 투르게네프, 네크라소프, 벨린스키 등에게 『가난한 사람들』의 저자가 내뱉은 충동적이고 거친 불평을 전달하기도 했다는 것이다. 그는 그 시절에 도스토예프스키의 후원자이자 거의 동거인이라고 할 정도였지만, 한편으로는 파나예프 파 사람들이 그에 대해 신랄하게 비웃으며 했던 말들을 또 그에게 전해 주어서, 적의에 불을 지르기도 했던 것이다. 그리고로비치의 어머니는 배우인가 무희인가였는데, 실제로 프랑스 여자였고, 그래서인지 젊은 그리고로비치는 키가 크고 다리가 길며 조금은 탕아였다. 그는 언제나 무도회를 열고 리드하는 사람이었다. 그럴 때면 가장 미묘하고 어려운 스텝을 아주 가볍게 밟으면서 4인조 무도곡을 추는 쌍들을 이끌 줄 알았고, 파트너 앞에서는 매우 우아하면서도 뛰어난 솜씨로 한쪽 무릎을 꿇는 기술도 알고 있었다. 지금도 그가 방문객들을 지휘하고 있다고 해도 좋을 정도였다. 조금 오른쪽으로 움직여서 사람들을 자기 뒤로 옮겨 오도록 한다든가, 거의 발끝으로 서다시피 한 채 슬슬 소파 쪽으로 다가가서, 그 신호를 따라 사람들도 앞으로 이동하도록 하는 것이었다. 물론 안나 그리고리예브나는 이런 것들을 그저 느끼고 있을 뿐이었다. 그녀는 소파 옆에 무릎을 꿇고 앉아서 환자의 얼굴 위로 낮게 고개를 숙이고 있었기 때문에, 뒤에서 벌어지는 풍경을 볼 수 없었다. 그녀는 오직 느끼고 추측한 것을 기록했다. 그녀가 일기에 단편적으로 남긴 사실로 미루어보면, 그리고로비치는 그날 찾아와서는 일을 끝까지 돌보아 주지 않고 떠났던 것 같다. 세련되고 사교적인 그리고로비치가, 무엇보다 그의 옛 친구이기도 한 사람이, 어째서 그랬던 것일까?

안나 그리고리예브나의 어머니는 의자에 앉은 채, 소파 머리맡에 무릎을 꿇고 있는 딸의 어깨에 팔을 올렸다. 때때로 그녀는 딸을 두고 나가서 아이들을 돌보기도 했다. 벌써 사흘째 아이들을 돌보는 사람이 없었다. 그녀가 나갈 때면 방 안을 메운 사람들은 정중하게 길을 터주었다. 이제 창밖은 페테르부르크 특유의 어두운 밤이었다. 창문에는 오직 아이를 안고 구름 속에 떠 있는 마돈나가 비칠 뿐, 언제나 그녀를 숭배하는 성자들은 보이지 않았다. 다가선 사람들이 책상에서 타고 있는 촛불을 막고 있어서, 촛불 빛이 더 이상 창문에 비치지 않기 때문이었다. 의사 코슐라코프는 때로 소파로 몸을 기울여서 아주 약해지고 불규칙적으로 되어버린 환자의 박동을 측정했지만, 그것은 확실히 예의를 차리기 위한 것 이상은 아니었다. 의사 체레프닌이 도착해서 다른 의사들과 합세했지만, 그가 코슐라코프의 것과 같은 은줄 달린 은시계를 외투 주머니에서 꺼내 맥을 짚었을 때는, 이미 박동이 거의 느껴지지 않을 정도였다. 다만 남아 있는 것은 그를 이 세상과 겨우 연결시켜 주고 있는 아주 가늘고 미세한 실뿐이었다. 그리고 그 실은 일 분 일 초가 지날수록 가늘어지고 있었다. 그는 이제 화산의 분화구 같은 저 깊고 바닥 없는 심연으로 돌이킬 수 없이 빠져 들어가고 있었다. 그는 지금 세상에서 가장 높은 산을 오르고 있는 것처럼 느껴졌다. 그 산은 그가 올라가 보았거나 오르려 했었던 다른 어떤 산보다 높았지만, 놀랍게 가벼운 걸음으로 그는 이 곧게 뻗은 환한 크리스털 길을 가고 있었다. 그는 산을 타는 것이 아닌 듯 가볍게 오르막과 내리막을 탔는데, 내리막에서는 마치 보이지 않는 날개를 달고 날아 내려오는 듯했다. 길 끝에 있는 산의 정상에는 환한 태양이 빛났고, 햇살은 그가 미끄러지듯 오르고 있는 크리스털 길에 반사되었다. 그가 정상에 도달했을 때, 태양은 순간 그를 눈멀게 했다. 그는 이전에 오르려 했던 산들이 얼마나 낮고 보잘것없는 것이었는지를 실감했다. 그 산들은 모두 애처로운 언덕에 불과했다. 이 거대한 산의 정상에 서자 그의 눈앞에는 지상의 모든 것이 살아가는 일의 덧없음과 더불어 펼쳐졌다. 그리고 온 우주가 그 환하고 거대한 별들과 함께 나타나고, 그 순간 그는 저 머나먼 별들의 무서운 비밀을 깨달았다. 그러나 또 바로 그 순간, 태양은 사그라들었으며, 그는 무섭고 바닥 없는 어둠 속으로 빠져 들었다.

사람들이 주위를 가득 메웠다. 마치 이제 절정을 지나 대단원으로 치닫는 연극이 상연되는 극장처럼, 아주 작은 숨소리와 낮은 속삭임이 사람들 사이를 흘러 다닐 뿐이었다. 환자의 가슴에 청진기를 대고 있던 의사 체레프닌이 그의 심장 박동이 멈추었음을 확인했다. 후에 이 청진기는 가족의 유물로 보관된다. 안나 그리고리예브나에 따르면, 이것은 저녁 8시 38분의 일이었다. 이 장면을 지켜본 작가 마르코비치는 신문에 그의 최후에 대한 글을 쓰기도 했는데, 이 글에는 임종 시각이 8시 36분으로 되어 있었다. 사람들은 상황에 맞추어 슬픈 얼굴을 하고는 천천히 흩어졌다.

그들의 표정은 현관 근처에 다다르자 약간은 활기라고 할 만한 것으로 변했고, 속삭이던 목소리 역시 조금씩 세속적이거나 사업과 관련된 대화로 바뀌었다. 이런 분위기를 이끈 것은 물론 그리고로비치였는데, 그는 계단에서 자기가 고안한 스텝을 보여주고는, 돌아가는 사람들에게 자기를 따라해 보도록 권하기까지 했다.

손님들이 떠난 후, 모든 방의 불이 무슨 축제 날처럼 켜졌다. 문은 모두 거의 열린 채였다. 시신을 닦고 있을 즈음 뜻밖에 안나 그리고리예브나의 남동생이 도착했다. 그는 아침에 모스크바를 떠나 레닌그라드로 왔기 때문에 그의 병세에 대해서는 아무것도 모르고 있었다. 다만 계단참에서 긴 농민 외투를 입은 사람들이 서서 나누고 있는 대화를 들었는데, 그들은 죽은 작가를 위해 관을 주문했다는 얘기를 하고 있었다. 그는 무서운 생각이 들었다. 잠시 후 안나 그리고리예브나는 동생의 어깨에 얼굴을 묻고 울음을 터뜨렸다. 시신을 닦고 있을 때 수보린[92]이 극장에서 바로 도착했는데, 그는 극장에서 스트레페토바 부인과 함께 위고의 드라마를 보고 있던 중이었다. 그는 희디흰 시신을 보고 놀라움을 금치 못했다. 저 몸은 이제 거죽으로만 남아서, 지금은 짚 위에 엎드려진 채 누워 있었다. 그러고 보면 이 육체의 옛 주인은 유형지에 있을 때에도 수많은 날들을 이 짚 위에 누워 보냈을 것이다.

---

92) 알렉세이 세르게예비치 수보린(1833~1911). 당시 영향력 있던 편집인 겸 출판인.

밤 12시쯤, 모든 것이 준비되었다. 죽은 이들이 대개 그러하듯 고인은 엄격하면서도 평화로운 표정으로 방에 비스듬히 놓인 책상 위에 안치되어 있었다. 그 표정은 다음 날 아침, 물감과 이젤을 들고 온 크람스코이가 그림으로 남기게 된다. 그의 머리 위에 있는 성상 아래에는 램프가 밝혀져 있고, 가슴에 십자로 겹쳐놓은 손 위에는 촛불이 놓였다. 새벽 4,5시까지 모든 방은 불이 켜져 있었다.

지금 내가 맞은편에 서서 바라보고 있는 그 집은 마치 이제는 아무도 살고 있지 않은 듯 어두웠다. 건물 모퉁이의 창문만이 가냘픈 빛을 깜빡이면서 희미하게 반짝이고 있었다. 그는 대개 모퉁이 집을 얻어 살곤 했는데, 그 모서리는 마치 그가 오르려고 했던 정상을 상징하는 것처럼 빛났다. 아마도 밤의 축제인 듯 빛나는 저 머나먼 네프스키 거리의 불빛이 반사되는 것일 터였다. 잠에 빠진 쿠즈네치니 시장을 거울로 비추듯 커다란 창들은 어두웠고, 블라지미르스카야 교회의 격자창들도 어두운 빛깔을 띠고 있었다. 그 창이 있는 방은 아마 지금은 창고나 저장고로 쓰이고 있을 것이다.

교차로의 바람이 사방에서 불어와 눈을 흩날리고 눈보라를 일으켰다. 나는 건물 가까이 다가가서 건물 모퉁이에 걸려 있는 현판을 읽었다. 도스토예프스키 거리. 하지만 나는 어쩐지 이 거리를 이름이 바뀌기 이전에 불리던 그대로 '얌스카야 거리'라고 생각하고 싶었다. 나는 건물 곁을 지나서, 흐릿한 가로등 불빛이 드문드문 이어져 곧은 띠를 이루고 있는 얌스카야 거리를 걸었다. 가로등들은 어슷비슷하게 생긴 집들을 지나 먼 곳으로 사라져가고 있었다. 아마도 집들은 모두 4층이거나 5층짜리의 지루한 모양일 것이고, 그 집들의 깊고 어두운 통로로 들어가면 전형적인 페테르부르크 식 안마당이 나올 것이다. 나는 그 시절을 느껴보기 위해 그런 마당 중 하나에 들어가 보았다. 네 면이 다 건물 벽으로 되어 있는 마당에서 반대편의 깊고 검은 통로를 또 지나가면, 역시 텅 비고 네모난 다음 마당으로 갈 수 있었다. 그리고 이곳에도 또 다음 마당으로 난 통로가 있었다. 나는 인적이 드물고 눈이 쌓여 있는 얌스카야 거리를 걸었다. 인도를 따라 쌓여 있는 눈 더미 주위로 눈보라가 흩날렸고, 눈의 흰빛에 반사되어 내 장화는 흰 펠트화처럼 제 그림자를 눈길에 드리우고 있었다. 두터운 벽으로 만들어진 집들에는, 조용히 어둠에 싸여 있거나 탁하게 빛나는 창문이 달려 있는데, 마치 전구가 반쯤만 타고 있거나, 전쟁 중에 그랬듯 기름 램프를 태우고 있는 것처럼 보였다. 집들 중 어느 현관 근처에는 이렇게 쓰인 현판이 단단히 박혀 있었다.

"난방 중이니 문을 꼭 닫으시오."

나는 봉쇄 시기의 레닌그라드를 떠올렸다. 나는 신문이나 책, 그리고 길랴와 같은 목격자들의 체험담을 통해서 그 시절을 상상할 수 있을 뿐이었다. 아마도 이 도시는 지금도 온기가 모자라는 모양이었다. 아니면 그 무서운 겨울에 대한 기억을 아직도 지우지 못했거나.

얌스카야 거리는 교차로도 없이 또 다른 거리로 곧게 이어져 있었다. 그 거리에도 눈이 쌓여 있었고 가로등들은 먼 곳으로 이어져 사라져가고 있었다. 그런데 나는 이곳에서 무엇을 해야 하는가? 어째서 나는, 이상하게도, 나와 나 같은 '종족'의 인간을 경멸하던 이 사람의 삶에 매혹되고 이끌리는 것인가. 그가 즐겨 썼던 표현대로 "의식적으로", "뻔히 알면서도" 말이다. 어째서 나는 마치 도둑처럼, 야음을 틈타 이 황량하고 인적 없는 눈 쌓인 거리를 걷는 것일까. 어째서 나는 쿠즈네치니 시장에 있는 그 작은 박물관이나 그와 관련된 다른 장소들을 방문하는 것일까. 마치 이곳에 떨어진 것이 우연인 듯이, 마치 이 모든 것이 그리 흥미로운 것은 아니라는 듯이, 이 모든 것을 사소한 것으로 생각하려고 노력하면서 말이다. 어젯밤 길랴의 집에서 나는 그가 유대인 이사이 포미치로 변하는 꿈을 꾸었다. 그것은 내 욕망을 '합리화' 하려는 내 무의식의 애처로운 노력은 아닌가. 거리의 가로등 불빛이 여전히 내 장화에 반사되고 있었다. 이 거리는 돌아가기 힘들 만큼 낯선 곳까지, 지나치게 멀리까지, 나를 이끌어 왔다. 샛길 중 하나로 들어선 지 얼마 안 되어, 나는 구원인 듯 곧 리고프카 거리와 전차를 발견했다. 이 샛길은 아마도 스베치노이 소로(小路)로 불릴 터인데, 이곳을 지나면 보로바야 거리가 나올 것이다. 소로와 거리의 이름들은 백 년도 더 된 오래된 것들이어서, 아마도 그는 여러 번 이곳을 지나갔을 것이다. 이 두 거리가 만나는 곳에는 낡은 예배당, 아니면 교회로 쓰던 건물이 서 있고, 이들은 희게 빛나는 눈으로 덮여 있었다. 리고프카 거리가 가까워서인지, 아니면 흰 눈빛 때문인지 거리는 아주 환했다. 한 가족이 예배당 혹은 교회였던 건물 곁을 지나가고 있었다. 허름한 옷을 입은 부모와 역시 허름한 외투를 입은 예닐곱 살쯤 된 딸은 핀란드인들처럼 얼굴이 흰 편이었다. 아버지는 다리를 절면서 조금 뒤에서 아이와 아내를 따라가고 있었는데, 그들 셋이 갑자기 눈 더미 속에 쓰러졌다. 그러더니 먼저 소녀가 눈을 털어내면서 일어서서는, 아직 일어나지 못하고 있는 부모들에게 열심히 뭐라고 지껄이기 시작했다. 그들이 일어나 다시 걷기 시작했을 때, 나는 소녀의 어머니 역시 다리를 절고 있는 것을 보았다. 소녀는 안내인처럼 앞에서 걸었는데, 어쩌면 제 부모가 창피한 것인지도 모른다. 스베치노이 거리의 가로등 불빛 속으로 천천히 눈송이들이 흩날리고 있었다. 나는 리고프카 거리를 향해 걸었다. 내 뒤쪽으로 조금은 어둡고 눈 덮인 거리가 한량없이 뻗어 있었다. 낮게 부는 바람에 눈발이 흩날리고, 고요하고 평범한 집들은 길게 이어져 있는데, 그중에서도 가장 어두운 집이 저기 저 모퉁이에 말없이 서 있었다.

몇 분 후 나는 길랴의 집으로 가는 전차에 몸을 실었으며, 삼십 분 후에는 벌써 모쟈의 옛 소파에 앉아서 길랴와 대화를 나누고 있었다. 그녀는 나에게 레닌그라드 봉쇄 시기에 대해, 모쟈에 대해, 1937년에 대해 이야기했다. 창밖으로는 페테르부르크의 겨울밤이 아득하고, 거리 저 아래편으로는 전차가 굉음을 내며 지나갔다. 모쟈의 램프가 흔들리고, 집도 정박한 배처럼 흔들렸다.

옮긴이의 말

지난 여름을 나는 모스크바와 페테르부르크에서 보냈다. 번역 원고를 손질하면서 도스토예프스키와 치프킨의 여정을 따라 도시를 돌아다녔다. 모스크바에서 기차를 타고 페테르부르크에 도착한 자정 무렵에는 비가 내리고 있었다. 치프킨의 화자가 도착한 바로 그 역이었다. 나는 치프킨의 여정을 따라 도스토예프스키가 『죄와 벌』을 쓰던 집, 라스콜리니코프의 집, 그리고 도스토예프스키가 최후를 맞이했던 집을 찾아갔다. 라스콜리니코프가 노파를 살해하기 위해 걸었던 S거리와 K다리 사이의 걸음 수를 헤아리면서, 나는 19세기의 페테르부르크와 20세기의 레닌그라드를 상상했다. 그것은 치프킨을 따라 도스토예프스키를 찾아가는 여정에 다름 아니었다.

이 소설은 픽션과 다큐의 경계에 있다. 그것은 이 작품이 장르적으로 모호하고 위험한 지점을 택하고 있다는 뜻이다. 하지만 이 모험은 성공적인 것 같다. 우리가 '대문호'라고 부르는 천재 도스토예프스키는 이 소설을 통해 '박제'와 '신화'에서 풀려나 살아 있는 한 인간으로 환생한다. 도스토예프스키의 사랑, 도스토예프스키의 열등의식, 도스토예프스키의 다혈질적이면서도 소심한 성격, 도스토예프스키의 콤플렉스와 섹스와 의처증과 도박 중독증 등등이 섬세한 상징과 함께 소묘된다. 또 우리는 묘한 감동과 함께 도스토예프스키의 최후를 만날 수 있다.

쿠체의 『페테르부르크의 대가』가 네차예프 사건을 중심으로 역사 속의 도스토예프스키를 재현하고, 정찬의 『그림자 영혼』이 가학과 피학의 심리학을 위해 도스토예프스키적 모티프를 도입했으며, 김춘수의 『들림, 도스토예프스키』가 주인공들의 목소리를 빌어 '시적 대화주의'를 시도했다면, 치프킨의 이 소설은 '인간 도스토예프스키'의 내면적 드라마에 초점을 맞춘 작품이라고 할 수 있다. 이 내면의 드라마는 안나 그리고리예브나의 일기가 지닌 일차원적 사실성을 뛰어넘어, 도스토예프스키의 19세기와 치프킨의 20세기를 미학적으로 대질시키면서 풍요로워진다. 이 소설은 인간 도스토예프스키에 대한 관심만으로 읽을 수도 있고, 20세기 산문 미학의 한 전범이 될 만한 독자적인 작품으로 읽을 수도 있다. 어느 쪽이건 이 소설은 충분히 매력적이다. 우리는 19세기 러시아 문학의 성취를 씨줄로 삼고 20세기의 우울한 작가 정신을 날줄로 삼아 엮이는 섬세한 텍스트를 만난다.

다른 한편으로 이것은 극단적이며 전형적인 의미의 메타픽션이다. 이 작품은 소설에 대한 소설이며, 소설 쓰기에 대한 소설이며, 또 소설가가 주인공인 소설이다. 하지만 이 소설적 자의식은 20세기 모더니즘이 빠지곤 하던 막다른 미학주의의 산물이 아니다. 무엇보다도 이 소설의 메타적 특성은 온전히 '필연적'이다. 도스토예프스키를 찾아가는 화자의 여정이 그 자체로 곧 한 편의 소설을 이루기 때문이다. 이것은 20세기 소비에트의 음울한 풍경과 19세기 러시아의 문학적, 정신사적 풍경을 자연스럽게 결합시키기 위해 불가피한 선택인 것 같다. 이 소설에서 발견되는 수많은 '서술의 일탈'도 이런 맥락에서 읽을 수 있다. 도스토예프스키의 여로를 추적하다가도, 화자는 사적인 어조로 자신의 체험과 느낌을 덧붙이고 자신의 견해를 피력한다. 이 '서정적 일탈'과 작가적 논평은 물론 즉흥적인 것이 아니다. 20세기 소비에트의 풍경 속에 녹아 있는 암울한 일상과 역사적 사건들은 도스토예프스키의 정신사적 궤적과 맞물려 제 의미를 획득한다. 19세기와 20세기의 이질적인 풍경 및 에피소드들은 소설의 전체적 질감과 전언 속에서 기묘한 조화를 성취한다. 푸슈킨에서 수많은 20세기 소설들에 이르기까지 면면히 이어진 메타 서술의 전통은 치프킨에 의해 뛰어나게 계승되는 것이다.

무엇보다도 이 소설에서 우리는 다양한 지성사적 주제를 대면할 수 있다. 19세기 슬라브주의와 서구주의의 대립, 종교와 사회주의의 대비, 20세기 소비에트 사회의 다양한 부면들이 그것이다. 슬라브주의적 작가로서의 도스토예프스키와 서구주의자로서의 투르게네프를 솔제니친과 사하로프에 대입하는 장면들은, 19세기의 문제의식이 아직 끝나지 않았다는 것을 보여준다. 실제로 유라시아니즘과 대서양주의의 대립으로 요약되는 현대 러시아의 정치적이며 정신사적인 긴장은, 도스토예프스키와 투르게네프, 그리고 치프킨에 이르는 문제의식이 여전히 현재 진행형이라는 것을 보여준다.

여기에 덧붙여야 할 흥미로운 주제가 또 하나 있다. 그것은 유대인과 관련된 일종의 '문화적 대화'라고 부를 만한 것이다. 소설 속에서 '유대인' 작가 치프킨과 '전형적 러시아인'인 도스토예프스키의 '대화'는 위태로우면서도 흥미진진하다. 치프킨은 작품의 처음부터 끝까지, '유대인'으로서 자신의 정체성을 도스토예프스키에게 하나의 화두로 던진다. 그 화두는 치프킨의 뼛속 깊은 곳에 묻혀 있던 것이면서, 동시에 여전히 치유되지 않고 있는 역사적 주제와 겹쳐진다. 그것은 이 작품이 휴머니즘과 타자의 문제라는 오래된 문학적 테마에 닿아 있음을 보여준다.

물론 이 모든 주제를 통합하는 것은, 인간 도스토예프스키라는 흥미로운 '텍스트' 자체이다. 도스토예프스키의 정신적 외상(外傷)과 그 싸움의 기록이야말로, 이 소설의 근간이면서 말 그대로 한 시대의 풍경을 이루는 것이다. 우리는 19세기 작가와 20세기 작가의 문학적 대화를 21세기를 살아가는 독자로서 관람하게 된다. 북구 도시 페테르부르크의 서정적이면서도 음울한 겨울 풍경을 홀로 거니는 사내, 그는 도스토예프스키이면서 동시에 치프킨이기도 하다. 생전에 단 한 권의 소설도 출판해 보지 못한 작가라는 것이 믿기지 않을 만큼, 치프킨은 저 북구적 서정과 치열한 산문 정신을 화려하고 자재로운 문장 속에 결합시킨다.

번역 과정은 쉽지 않았다. 대부분 치프킨 특유의 기나긴 문장 때문이었다. 최소한의 가독성을 위해 문장들을 끊어서 번역할 수밖에 없었던 것은 지금도 아쉬움으로 남는다. 드물지 않게 발견될 오역들은 이후 교정할 수 있기를 바란다. 번역은 미출간 러시아어본을 대본으로 삼았으며, 퇴고 과정에서 Цыпкин Л. *Лето в Бадене*. М.: Новое литературное обозрение, 2003을 참조하였음을 밝혀둔다. 수전 손택의 서문은 미국 New Directions 출판사의 2001년 영어판을 기준으로 삼았다.

2006년 봄

이장욱

작가 연보

1926년 민스크에서 출생. 부모는 둘 다 의사이며 유대계 러시아인.

1941년 독일의 침공으로 민스크 함락. 할머니와 누이 등이 민스크 게토에서 살해당함. 치프킨과 그의 부모만 탈출에 성공함.

1947년 의대 졸업.

1948년 경제학도인 나탈리야 미치니코바와 결혼.

1950년 아들 미하일 출생. 스탈린의 반유대정책을 피해 시골 병원에 은둔.

1957년 모스크바로 이주. 척추 질환 연구소에서 일하면서 다양한 의학적 연구 성과를 거둠.

1961년 아버지 보리스 치프킨 사망.

1965년 안드레이 시냐프스키(필명 아브람 테르츠)와 문학적

교유를 시도하지만 시냐프스키의 체포로 무산됨. 시집 출판 실패. 이후 몇 편의 단편소설 집필.

1977년 치프킨의 아들 미하일 치프킨과 그의 아내가 미국으로 망명함. 『바덴바덴에서의 여름』 집필 시작.

1979년 나머지 가족과 함께 이민 비자를 신청하지만 기각당함.

1980년 『바덴바덴에서의 여름』 완성.

1981년 다시 이민 비자 신청, 기각당함. 어머니 베라 폴랴크가 80세를 일기로 사망.

1982년 이민 비자 신청, 기각당함. 3월 13일, 치프킨의 『바덴바덴에서의 여름』 연재의 첫 회가 뉴욕의 러시아 이민 잡지에 실림. 그로부터 일주일 뒤인 3월 20일, 심장마비로 사망.

세계문학전집 133
바덴바덴에서의 여름

1판 1쇄 펴냄 2006년 4월 15일
1판 22쇄 펴냄 2023년 1월 13일

지은이 레오니드 치프킨
서 문 수전 손택
옮긴이 이장욱
발행인 박근섭, 박상준
펴낸곳 (주)민음사

출판등록 1966. 5. 19. (제 16-490호)
서울특별시 강남구 도산대로1길 62(신사동) 강남출판문화센터 5층 (우편번호 06027)
대표전화 02-515-2000 팩시밀리 02-515-2007
www.minumsa.com

ISBN 978-89-374-6133-0 04800
ISBN 978-89-374-6000-5 (세트)

민음사 세계문학전집

세계문학전집 목록

1·2 **변신 이야기** 오비디우스·이윤기 옮김 서울대 권장도서 100선
3 **햄릿** 셰익스피어·최종철 옮김 서울대 권장도서 100선 | 미국대학위원회 선정 SAT 추천도서
4 **변신·시골의사** 카프카·전영애 옮김 서울대 권장도서 100선
5 **동물농장** 오웰·도정일 옮김 미국대학위원회 선정 SAT 추천도서 | 《타임》 선정 현대 100대 영문소설
6 **허클베리 핀의 모험** 트웨인·김욱동 옮김 《뉴스위크》 선정 100대 명저
7 **암흑의 핵심** 콘래드·이상옥 옮김 미국대학위원회 선정 SAT 추천도서 | 《뉴스위크》 선정 10대 명저
8 **토니오 크뢰거·트리스탄·베니스에서의 죽음** 토마스 만·안삼환 외 옮김 노벨 문학상 수상 작가
9 **문학이란 무엇인가** 사르트르·정명환 옮김
10 **한국단편문학선 1** 김동인 외·이남호 엮음 국립중앙도서관 선정 청소년 권장도서
11·12 **인간의 굴레에서** 서머싯 몸·송무 옮김
13 **이반 데니소비치, 수용소의 하루** 솔제니친·이영의 옮김 노벨 문학상 수상 작가
14 **너새니얼 호손 단편선** 호손·천승걸 옮김
15 **나의 미카엘** 오즈·최창모 옮김
16·17 **중국신화전설** 위앤커·전인초, 김선자 옮김
18 **고리오 영감** 발자크·박영근 옮김
19 **파리대왕** 골딩·유종호 옮김 노벨 문학상 수상 작가 | 《타임》 선정 현대 100대 영문소설
20 **한국단편문학선 2** 김동리 외·이남호 엮음
21·22 **파우스트** 괴테·정서웅 옮김 서울대 권장도서 100선 | 미국대학위원회 선정 SAT 추천도서
23·24 **빌헬름 마이스터의 수업시대** 괴테·안삼환 옮김
25 **젊은 베르테르의 슬픔** 괴테·박찬기 옮김 논술 및 수능에 출제된 책(1998~2005)
26 **이피게니에·스텔라** 괴테·박찬기 외 옮김
27 **다섯째 아이** 레싱·정덕애 옮김 노벨 문학상 수상 작가
28 **삶의 한가운데** 린저·박찬일 옮김
29 **농담** 쿤데라·방미경 옮김
30 **야성의 부름** 런던·권택영 옮김
31 **아메리칸** 제임스·최경도 옮김
32·33 **양철북** 그라스·장희창 옮김 노벨 문학상 수상 작가 | 서울대 권장도서 100선
34·35 **백년의 고독** 마르케스·조구호 옮김 노벨 문학상 수상 작가 | 서울대 권장도서 100선
36 **마담 보바리** 플로베르·김화영 옮김 서울대 권장도서 100선
37 **거미여인의 키스** 푸익·송병선 옮김
38 **달과 6펜스** 서머싯 몸·송무 옮김
39 **폴란드의 풍차** 지오노·박인철 옮김
40·41 **독일어 시간** 렌츠·정서웅 옮김
42 **말테의 수기** 릴케·문현미 옮김
43 **고도를 기다리며** 베케트·오증자 옮김 노벨 문학상 수상 작가 | 서울대 권장도서 100선
44 **데미안** 헤세·전영애 옮김 노벨 문학상 수상 작가

45 젊은 예술가의 초상 조이스·이상옥 옮김 서울대 권장도서 100선
46 카탈로니아 찬가 오웰·정영목 옮김
47 호밀밭의 파수꾼 샐린저·공경희 옮김 《타임》 선정 현대 100대 영문소설 | 미국대학위원회 선정 SAT 추천도서 | 《뉴스위크》 선정 100대 명저 | BBC 선정 꼭 읽어야 할 책
48·49 파르마의 수도원 스탕달·원윤수, 임미경 옮김
50 수레바퀴 아래서 헤세·김이섭 옮김 노벨 문학상 수상 작가 | 국립중앙도서관 선정 청소년 권장도서
51·52 내 이름은 빨강 파묵·이난아 옮김 노벨 문학상 수상 작가
53 오셀로 셰익스피어·최종철 옮김 서울대 권장도서 100선
54 조서 르 클레지오·김윤진 옮김 노벨 문학상 수상 작가
55 모래의 여자 아베 코보·김난주 옮김
56·57 부덴브로크 가의 사람들 토마스 만·홍성광 옮김 노벨 문학상 수상 작가
58 싯다르타 헤세·박병덕 옮김 노벨 문학상 수상 작가
59·60 아들과 연인 로렌스·정상준 옮김 《뉴스위크》 선정 100대 명저
61 설국 가와바타 야스나리·유숙자 옮김 노벨 문학상 수상 작가 | 서울대 권장도서 100선
62 벨킨 이야기·스페이드 여왕 푸슈킨·최선 옮김
63·64 넙치 그라스·김재혁 옮김 노벨 문학상 수상 작가
65 소망 없는 불행 한트케·윤용호 옮김 노벨 문학상 수상 작가
66 나르치스와 골드문트 헤세·임홍배 옮김 노벨 문학상 수상 작가
67 황야의 이리 헤세·김누리 옮김 노벨 문학상 수상 작가
68 페테르부르크 이야기 고골·조주관 옮김
69 밤으로의 긴 여로 오닐·민승남 옮김 노벨 문학상 수상 작가 | 미국대학위원회 선정 SAT 추천도서
70 체호프 단편선 체호프·박현섭 옮김
71 버스 정류장 가오싱젠·오수경 옮김 노벨 문학상 수상 작가
72 구운몽 김만중·송성욱 옮김 서울대 권장도서 100선 | 국립중앙도서관 선정 청소년 권장도서
73 대머리 여가수 이오네스코·오세곤 옮김
74 이솝 우화집 이솝·유종호 옮김 논술 및 수능에 출제된 책(1998~2005)
75 위대한 개츠비 피츠제럴드·김욱동 옮김 《타임》 선정 현대 100대 영문소설
76 푸른 꽃 노발리스·김재혁 옮김
77 1984 오웰·정회성 옮김 《타임》 선정 현대 100대 영문소설 | 《뉴스위크》 선정 100대 명저
78·79 영혼의 집 아옌데·권미선 옮김
80 첫사랑 투르게네프·이항재 옮김
81 내가 죽어 누워 있을 때 포크너·김명주 옮김 노벨 문학상 수상 작가
82 런던 스케치 레싱·서숙 옮김 노벨 문학상 수상 작가
83 팡세 파스칼·이환 옮김
84 질투 로브그리예·박이문, 박희원 옮김
85·86 채털리 부인의 연인 로렌스·이인규 옮김
87 그 후 나쓰메 소세키·윤상인 옮김
88 오만과 편견 오스틴·윤지관, 전승희 옮김 미국대학위원회 선정 SAT 추천도서
89·90 부활 톨스토이·연진희 옮김 논술 및 수능에 출제된 책(1998~2005)
91 방드르디, 태평양의 끝 투르니에·김화영 옮김
92 미겔 스트리트 나이폴·이상옥 옮김 노벨 문학상 수상 작가
93 뻬드로 빠라모 룰포·정창 옮김

94 차라투스트라는 이렇게 말했다 니체 · 장희창 옮김 국립중앙도서관 선정 청소년 권장도서
95·96 적과 흑 스탕달 · 이동렬 옮김 국립중앙도서관 선정 청소년 권장도서
97·98 콜레라 시대의 사랑 마르케스 · 송병선 옮김 노벨 문학상 수상 작가 | BBC 선정 꼭 읽어야 할 책
99 맥베스 셰익스피어 · 최종철 옮김 서울대 권장도서 100선 | 미국대학위원회 선정 SAT 추천도서
100 춘향전 작자 미상 · 송성욱 풀어 옮김 서울대 권장도서 100선
101 페르디두르케 곰브로비치 · 윤진 옮김
102 포르노그라피아 곰브로비치 · 임미경 옮김
103 인간 실격 다자이 오사무 · 김춘미 옮김
104 네루다의 우편배달부 스카르메타 · 우석균 옮김
105·106 이탈리아 기행 괴테 · 박찬기 외 옮김
107 나무 위의 남작 칼비노 · 이현경 옮김
108 달콤 쌉싸름한 초콜릿 에스키벨 · 권미선 옮김
109·110 제인 에어 C. 브론테 · 유종호 옮김 BBC 선정 꼭 읽어야 할 책
111 크눌프 헤세 · 이노은 옮김 노벨 문학상 수상 작가
112 시계태엽 오렌지 버지스 · 박시영 옮김 《타임》 선정 현대 100대 영문소설 | 《뉴스위크》 선정 100대 명저
113·114 파리의 노트르담 위고 · 정기수 옮김 미국대학위원회 선정 SAT 추천도서
115 새로운 인생 단테 · 박우수 옮김
116·117 로드 짐 콘래드 · 이상옥 옮김 《뉴스위크》 선정 100대 명저
118 폭풍의 언덕 E. 브론테 · 김종길 옮김 미국대학위원회 선정 SAT 추천도서
119 텔크테에서의 만남 그라스 · 안삼환 옮김 노벨 문학상 수상 작가
120 검찰관 고골 · 조주관 옮김
121 안개 우나무노 · 조민현 옮김
122 나사의 회전 제임스 · 최경도 옮김 미국대학위원회 선정 SAT 추천도서
123 피츠제럴드 단편선 1 피츠제럴드 · 김욱동 옮김
124 목화밭의 고독 속에서 콜테스 · 임수현 옮김
125 돼지꿈 황석영
126 라셀라스 존슨 · 이인규 옮김
127 리어 왕 셰익스피어 · 최종철 옮김 서울대 권장도서 100선 | 《뉴스위크》 선정 100대 명저
128·129 쿠오 바디스 시엔키에비츠 · 최성은 옮김 노벨 문학상 수상 작가
130 자기만의 방 · 3기니 울프 · 이미애 옮김
131 시르트의 바닷가 그라크 · 송진석 옮김
132 이성과 감성 오스틴 · 윤지관 옮김
133 바덴바덴에서의 여름 치프킨 · 이장욱 옮김
134 새로운 인생 파묵 · 이난아 옮김 노벨 문학상 수상 작가
135·136 무지개 로렌스 · 김정매 옮김
137 인생의 베일 서머싯 몸 · 황소연 옮김
138 보이지 않는 도시들 칼비노 · 이현경 옮김
139·140·141 연초 도매상 바스 · 이운경 옮김 《타임》 선정 현대 100대 영문소설
142·143 플로스 강의 물방앗간 엘리엇 · 한애경, 이봉지 옮김 미국대학위원회 선정 SAT 추천도서
144 연인 뒤라스 · 김인환 옮김
145·146 이름 없는 주드 하디 · 정종화 옮김
147 제49호 품목의 경매 핀천 · 김성곤 옮김 《타임》 선정 현대 100대 영문소설

148 성역 포크너 · 이진준 옮김 노벨 문학상 수상 작가 | 퓰리처상 수상 작가
149 무진기행 김승옥
150·151·152 신곡(지옥편 · 연옥편 · 천국편) 단테 · 박상진 옮김 《뉴스위크》 선정 100대 명저
153 구덩이 플라토노프 · 정보라 옮김
154·155·156 카라마조프가의 형제들 도스토옙스키 · 김연경 옮김
157 지상의 양식 지드 · 김화영 옮김 노벨 문학상 수상 작가
158 밤의 군대들 메일러 · 권택영 옮김 퓰리처상 수상 작가
159 주홍 글자 호손 · 김욱동 옮김 서울대 권장도서 100선 | 미국대학위원회 선정 SAT 추천도서
160 깊은 강 엔도 슈사쿠 · 유숙자 옮김
161 욕망이라는 이름의 전차 윌리엄스 · 김소임 옮김
162 마사 퀘스트 레싱 · 나영균 옮김 노벨 문학상 수상 작가
163·164 운명의 딸 아옌데 · 권미선 옮김
165 모렐의 발명 비오이 카사레스 · 송병선 옮김
166 삼국유사 일연 · 김원중 옮김 서울대 권장도서 100선
167 풀잎은 노래한다 레싱 · 이태동 옮김 노벨 문학상 수상 작가
168 파리의 우울 보들레르 · 윤영애 옮김
169 포스트맨은 벨을 두 번 울린다 케인 · 이만식 옮김
170 썩은 잎 마르케스 · 송병선 옮김 노벨 문학상 수상 작가
171 모든 것이 산산이 부서지다 아체베 · 조규형 옮김 《타임》 선정 현대 100대 영문소설
172 한여름 밤의 꿈 셰익스피어 · 최종철 옮김 미국대학위원회 선정 SAT 추천도서
173 로미오와 줄리엣 셰익스피어 · 최종철 옮김 미국대학위원회 선정 SAT 추천도서
174·175 분노의 포도 스타인벡 · 김승욱 옮김 노벨 문학상 수상 작가 | 《타임》 선정 현대 100대 영문소설
176·177 괴테와의 대화 에커만 · 장희창 옮김
178 그물을 헤치고 머독 · 유종호 옮김 《타임》 선정 현대 100대 영문소설
179 브람스를 좋아하세요... 사강 · 김남주 옮김
180 카타리나 블룸의 잃어버린 명예 하인리히 뵐 · 김연수 옮김 노벨 문학상 수상 작가
181·182 에덴의 동쪽 스타인벡 · 정회성 옮김 노벨 문학상 수상 작가
183 순수의 시대 워튼 · 송은주 옮김 《뉴스위크》 선정 100대 명저 | 퓰리처상 수상작
184 도둑 일기 주네 · 박형섭 옮김
185 나자 브르통 · 오생근 옮김
186·187 캐치-22 헬러 · 안정효 옮김 《타임》 선정 현대 100대 영문소설 | 《뉴스위크》 선정 100대 명저 | BBC 선정 꼭 읽어야 할 책
188 숄로호프 단편선 숄로호프 · 이항재 옮김 노벨 문학상 수상 작가
189 말 사르트르 · 정명환 옮김
190·191 보이지 않는 인간 엘리슨 · 조영환 옮김 《타임》 선정 현대 100대 영문소설
192 왑샷 가문 연대기 치버 · 김승욱 옮김 퓰리처상 수상 작가
193 왑샷 가문 몰락기 치버 · 김승욱 옮김 퓰리처상 수상 작가
194 필립과 다른 사람들 노터봄 · 지명숙 옮김
195·196 하드리아누스 황제의 회상록 유르스나르 · 곽광수 옮김
197·198 소피의 선택 스타이런 · 한정아 옮김 퓰리처상 수상 작가
199 피츠제럴드 단편선 2 피츠제럴드 · 한은경 옮김
200 홍길동전 허균 · 김탁환 옮김

201 **요술 부지깽이** 쿠버 · 양윤희 옮김

202 **북호텔** 다비 · 원윤수 옮김

203 **톰 소여의 모험** 트웨인 · 김욱동 옮김

204 **금오신화** 김시습 · 이지하 옮김

205·206 **테스** 하디 · 정종화 옮김 미국대학위원회 선정 SAT 추천도서 | BBC 선정 꼭 읽어야 할 책

207 **브루스터플레이스의 여자들** 네일러 · 이소영 옮김

208 **더 이상 평안은 없다** 아체베 · 이소영 옮김

209 **그레인지 코플랜드의 세 번째 인생** 워커 · 김시현 옮김 퓰리처상 수상 작가

210 **어느 시골 신부의 일기** 베르나노스 · 정영란 옮김

211 **타라스 불바** 고골 · 조주관 옮김

212·213 **위대한 유산** 디킨스 · 이인규 옮김 서울대 권장도서 100선 | BBC 선정 꼭 읽어야 할 책

214 **면도날** 서머싯 몸 · 안진환 옮김

215·216 **성채** 크로닌 · 이은정 옮김

217 **오이디푸스 왕** 소포클레스 · 강대진 옮김 서울대 권장도서 100선

218 **세일즈맨의 죽음** 밀러 · 강유나 옮김

219·220·221 **안나 카레니나** 톨스토이 · 연진희 옮김 서울대 권장도서 100선

222 **오스카 와일드 작품선** 와일드 · 정영목 옮김

223 **벨아미** 모파상 · 송덕호 옮김

224 **파스쿠알 두아르테 가족** 호세 셀라 · 정동섭 옮김 노벨 문학상 수상 작가

225 **시칠리아에서의 대화** 비토리니 · 김운찬 옮김

226·227 **길 위에서** 케루악 · 이만식 옮김 《타임》 선정 현대 100대 영문소설 | 《뉴스위크》 선정 100대 명저

228 **우리 시대의 영웅** 레르몬토프 · 오정미 옮김

229 **아우라** 푸엔테스 · 송상기 옮김

230 **클링조어의 마지막 여름** 헤세 · 황승환 옮김 노벨 문학상 수상 작가

231 **리스본의 겨울** 무뇨스 몰리나 · 나송주 옮김

232 **뻐꾸기 둥지 위로 날아간 새** 키지 · 정회성 옮김 《타임》 선정 현대 100대 영문소설

233 **페널티킥 앞에 선 골키퍼의 불안** 한트케 · 윤용호 옮김 노벨 문학상 수상 작가

234 **참을 수 없는 존재의 가벼움** 쿤데라 · 이재룡 옮김

235·236 **바다여, 바다여** 머독 · 최옥영 옮김

237 **한 줌의 먼지** 에벌린 워 · 안진환 옮김 《타임》 선정 현대 100대 영문소설

238 **뜨거운 양철 지붕 위의 고양이 · 유리 동물원** 윌리엄스 · 김소임 옮김 퓰리처상 수상작

239 **지하로부터의 수기** 도스토옙스키 · 김연경 옮김

240 **키메라** 바스 · 이운경 옮김

241 **반쪼가리 자작** 칼비노 · 이현경 옮김

242 **벌집** 호세 셀라 · 남진희 옮김 노벨 문학상 수상 작가

243 **불멸** 쿤데라 · 김병욱 옮김

244·245 **파우스트 박사** 토마스 만 · 임홍배, 박병덕 옮김 노벨 문학상 수상 작가

246 **사랑할 때와 죽을 때** 레마르크 · 장희창 옮김

247 **누가 버지니아 울프를 두려워하랴?** 올비 · 강유나 옮김

248 **인형의 집** 입센 · 안미란 옮김

249 **위폐범들** 지드 · 원윤수 옮김 노벨 문학상 수상 작가

250 **무정** 이광수 · 정영훈 책임 편집 서울대 권장도서 100선

251·252 **의지와 운명** 푸엔테스·김현철 옮김
253 **폭력적인 삶** 파솔리니·이승수 옮김
254 **거장과 마르가리타** 불가코프·정보라 옮김
255·256 **경이로운 도시** 멘도사·김현철 옮김
257 **야쿱을 둘러싼 추측들** 욘존·손대영 옮김
258 **왕자와 거지** 트웨인·김욱동 옮김
259 **존재하지 않는 기사** 칼비노·이현경 옮김
260·261 **눈먼 암살자** 애트우드·차은정 옮김 《타임》 선정 현대 100대 영문소설
262 **베니스의 상인** 셰익스피어·최종철 옮김
263 **말리나** 바흐만·남정애 옮김
264 **사볼타 사건의 진실** 멘도사·권미선 옮김
265 **뒤렌마트 희곡선** 뒤렌마트·김혜숙 옮김
266 **이방인** 카뮈·김화영 옮김 노벨 문학상 수상 작가 | 미국대학위원회 선정 SAT 추천도서
267 **페스트** 카뮈·김화영 옮김 노벨 문학상 수상 작가 | 국립중앙도서관 선정 청소년 권장도서
268 **검은 튤립** 뒤마·송진석 옮김
269·270 **베를린 알렉산더 광장** 되블린·김재혁 옮김
271 **하얀 성** 파묵·이난아 옮김 노벨 문학상 수상 작가
272 **푸슈킨 선집** 푸슈킨·최선 옮김
273·274 **유리알 유희** 헤세·이영임 옮김 노벨 문학상 수상 작가
275 **픽션들** 보르헤스·송병선 옮김 서울대 권장도서 100선
276 **신의 화살** 아체베·이소영 옮김
277 **빌헬름 텔·간계와 사랑** 실러·홍성광 옮김
278 **노인과 바다** 헤밍웨이·김욱동 옮김 노벨 문학상 수상 작가 | 퓰리처상 수상작
279 **무기여 잘 있어라** 헤밍웨이·김욱동 옮김 미국대학위원회 선정 SAT 추천도서
280 **태양은 다시 떠오른다** 헤밍웨이·김욱동 옮김 《타임》 선정 현대 100대 영문 소설
281 **알레프** 보르헤스·송병선 옮김
282 **일곱 박공의 집** 호손·정소영 옮김
283 **에마** 오스틴·윤지관, 김영희 옮김
284·285 **죄와 벌** 도스토옙스키·김연경 옮김 미국대학위원회 선정 SAT 추천도서
286 **시련** 밀러·최영 옮김
287 **모두가 나의 아들** 밀러·최영 옮김
288·289 **누구를 위하여 종은 울리나** 헤밍웨이·김욱동 옮김 노벨 문학상 수상 작가
290 **구르브 연락 없다** 멘도사·정창 옮김
291·292·293 **데카메론** 보카치오·박상진 옮김
294 **나누어진 하늘** 볼프·전영애 옮김
295·296 **제브데트 씨와 아들들** 파묵·이난아 옮김 노벨 문학상 수상 작가
297·298 **여인의 초상** 제임스·최경도 옮김 미국대학위원회 선정 SAT 추천도서
299 **압살롬, 압살롬!** 포크너·이태동 옮김 노벨 문학상 수상 작가
300 **이상 소설 전집** 이상·권영민 책임 편집
301·302·303·304·305 **레 미제라블** 위고·정기수 옮김
306 **관객모독** 한트케·윤용호 옮김 노벨 문학상 수상 작가
307 **더블린 사람들** 조이스·이종일 옮김

308 **에드거 앨런 포 단편선** 앨런 포·전승희 옮김 미국대학위원회 선정 SAT 추천도서
309 **보이체크·당통의 죽음** 뷔히너·홍성광 옮김
310 **노르웨이의 숲** 무라카미 하루키·양억관 옮김
311 **운명론자 자크와 그의 주인** 디드로·김희영 옮김
312·313 **헤밍웨이 단편선** 헤밍웨이·김욱동 옮김 노벨 문학상 수상 작가
314 **피라미드** 골딩·안지현 옮김 노벨 문학상 수상 작가
315 **닫힌 방·악마와 선한 신** 사르트르·지영래 옮김
316 **등대로** 울프·이미애 옮김 《타임》 선정 현대 100대 영문소설 | 《뉴스위크》 선정 100대 명저
317·318 **한국 희곡선** 송영 외·양승국 엮음
319 **여자의 일생** 모파상·이동렬 옮김
320 **의식** 노터봄·김영중 옮김
321 **육체의 악마** 라디게·원윤수 옮김
322·323 **감정 교육** 플로베르·지영화 옮김
324 **불타는 평원** 룰포·정창 옮김
325 **위대한 몬느** 알랭푸르니에·박영근 옮김
326 **라쇼몬** 아쿠타가와 류노스케·서은혜 옮김
327 **반바지 당나귀** 보스코·정영란 옮김
328 **정복자들** 말로·최윤주 옮김
329·330 **우리 동네 아이들** 마흐푸즈·배혜경 옮김 노벨 문학상 수상 작가
331·332 **개선문** 레마르크·장희창 옮김
333 **사바나의 개미 언덕** 아체베·이소영 옮김
334 **게걸음으로** 그라스·장희창 옮김 노벨 문학상 수상 작가
335 **코스모스** 곰브로비치·최성은 옮김
336 **좁은 문·전원교향곡·배덕자** 지드·동성식 옮김 노벨 문학상 수상 작가
337·338 **암 병동** 솔제니친·이영의 옮김 노벨 문학상 수상 작가
339 **피의 꽃잎들** 응구기 와 시옹오·왕은철 옮김
340 **운명** 케르테스·유진일 옮김 노벨 문학상 수상 작가
341·342 **벌거벗은 자와 죽은 자** 메일러·이운경 옮김 퓰리처상 수상 작가
343 **시지프 신화** 카뮈·김화영 옮김 노벨 문학상 수상 작가
344 **뇌우** 차오위·오수경 옮김
345 **모옌 중단편선** 모옌·심규호, 유소영 옮김 노벨 문학상 수상 작가
346 **일야서** 한사오궁·심규호, 유소영 옮김
347 **상속자들** 골딩·안지현 옮김 노벨 문학상 수상 작가
348 **설득** 오스틴·전승희 옮김
349 **히로시마 내 사랑** 뒤라스·방미경 옮김
350 **오 헨리 단편선** 오 헨리·김희용 옮김
351·352 **올리버 트위스트** 디킨스·이인규 옮김
353·354·355·356 **전쟁과 평화** 톨스토이·연진희 옮김
357 **다시 찾은 브라이즈헤드** 에벌린 워·백지민 옮김
358 **아무도 대령에게 편지하지 않다** 마르케스·송병선 옮김
359 **사양** 다자이 오사무·유숙자 옮김
360 **좌절** 케르테스·한경민 옮김 노벨 문학상 수상 작가

361·362 **닥터 지바고** 파스테르나크·김연경 옮김 노벨 문학상 수상 작가

363 **노생거 사원** 오스틴·윤지관 옮김

364 **개구리** 모옌·심규호, 유소영 옮김 노벨 문학상 수상 작가

365 **마왕** 투르니에·이원복 옮김 공쿠르상 수상 작가

366 **맨스필드 파크** 오스틴·김영희 옮김

367 **이선 프롬** 이디스 워튼·김욱동 옮김 퓰리처상 수상 작가

368 **여름** 이디스 워튼·김욱동 옮김 퓰리처상 수상 작가

369·370·371 **나는 고백한다** 자우메 카브레·권가람 옮김

372·373·374 **태엽 감는 새 연대기** 무라카미 하루키·김연경 옮김

375·376 **대사들** 제임스·정소영 옮김

377 **족장의 가을** 마르케스·송병선 옮김 노벨 문학상 수상 작가

378 **핏빛 자오선** 매카시·김시현 옮김

379 **모두 다 예쁜 말들** 매카시·김시현 옮김

380 **국경을 넘어** 매카시·김시현 옮김

381 **평원의 도시들** 매카시·김시현 옮김

382 **만년** 다자이 오사무·유숙자 옮김

383 **반항하는 인간** 카뮈·김화영 옮김 노벨 문학상 수상 작가

384·385·386 **악령** 도스토옙스키·김연경 옮김

387 **태평양을 막는 제방** 뒤라스·윤진 옮김

388 **남아 있는 나날** 가즈오 이시구로·송은경 옮김

389 **앙리 브륄라르의 생애** 스탕달·원윤수 옮김

390 **찻집** 라오서·오수경 옮김

391 **태어나지 않은 아이를 위한 기도** 케르테스·이상동 옮김 노벨 문학상 수상 작가

392·393 **서머싯 몸 단편선** 서머싯 몸·황소연 옮김

394 **케이크와 맥주** 서머싯 몸·황소연 옮김

395 **월든** 소로·정회성 옮김

396 **모래 사나이** E. T. A. 호프만·신동화 옮김

397·398 **검은 책** 오르한 파묵·이난아 옮김 노벨 문학상 수상 작가

399 **방랑자들** 올가 토카르추크·최성은 옮김 노벨 문학상 수상 작가

400 **시여, 침을 뱉어라** 김수영·이영준 엮음

401·402 **환락의 집** 이디스 워튼·전승희 옮김

403 **달려라 메로스** 다자이 오사무·유숙자 옮김

404 **아버지와 자식** 투르게네프·연진희 옮김

405 **청부 살인자의 성모** 바예호·송병선 옮김

406 **세피아빛 초상** 아옌데·조영실 옮김

407·408·409·410 **사기 열전** 사마천·김원중 옮김 서울대 권장도서 100선

411 **이상 시 전집** 이상·권영민 책임 편집

412 **어둠 속의 사건** 발자크·이동렬 옮김

413 **태평천하** 채만식·권영민 책임 편집

414·415 **노스트로모** 콘래드·이미애 옮김

416·417 **제르미날** 졸라·강충권 옮김

418 **명인** 가와바타 야스나리·유숙자 옮김 노벨 문학상 수상 작가

419 **핀처 마틴** 골딩·백지민 옮김 노벨 문학상 수상 작가

세계문학전집은 계속 간행됩니다.